劍香刀殺

검향도살

검향도살 1

태사검 新무협 판타지 소설

초판 1쇄 찍은 날 § 2006년 3월 1일
초판 1쇄 펴낸 날 § 2006년 3월 10일

지은이 § 태사검
펴낸이 § 서경석

편집장 § 문혜영
편집 § 장상수 · 최하나 · 문정흠

펴낸곳 § 도서출판 청어람
등록번호 § 제1081-1-89호
등록일자 § 1999. 5. 31
어람번호 § 제2-0855호

주소 § 경기도 부천시 원미구 심곡1동 350-1 남성B/D 3F (우) 420-011
전화 § 032-656-4452 팩스 § 032-656-4453
http://www.chungeoram.com
E-mail § eoram99@chollian.net

ISBN 89-251-0023-1 04810
ISBN 89-251-0022-3 (세트)

검향도살

Fantastic Oriental Heroes

劍香刀殺

1

자객입문

태사검 新무협 판타지 소설

도서출판 청어람

목차

바람 소리 소슬함이여, 역수가 차갑구나.
장사(壯士) 한번 떠나감이여, 돌아오지 못하리라.

본문에서 한 번 더 인용되겠지만 형가(荊軻)가 남긴 한 편의 시는 실로 비장하다.

형가는 비록 실패한 자객이지만 사기(史記) '자객열전'에 언급될 만큼 그 이름을 청사에 길이 전하고 있다. 한갓 자객인 그가 이렇듯 오랜 세월 사람들의 입에 오를 수 있는 것은 단지 진시황을 척살하려 했던 자객이기 때문만은 아니다.

형가는 역수(易水)에서 친인들과 작별의 술을 나누면서 돌아오지 못할 길을 떠나는 자신의 심정을 시로 읊었다. 아무리 대담하고 냉정한 대장부였지만 죽음의 길은 역시 두렵고도 서글픈 법이다.

그러나 마황(魔皇)과 같은 진시황을 대면한 형가는 결연하게 척살의 비수를 뽑아 들었다. 하늘이 그의 척살을 허락지 않아 비록 진시황을 죽이는 데 실패했지만 그는 최후까지 자객의 소임을 다하였고 온몸을 도륙당하는 비참한 최후를 당했다.

자객 형가!

수많은 자객들이 그를 자객의 비조(鼻祖)로 추앙하는 이유도 바로 죽음의 두려움을 극복한 그의 정신력과 의지를 높이 평가하기 때문이다.

자객은 세상에서 가장 힘겹고 고독하며 세상 사람들로부터 지탄을 받는 직업이다. 하긴 소돼지를 잡는 백정들조차 천시하는 세상인데 사람들의 목숨을 빼앗는 자객에 대한 평가가 좋을 리 만무하다.

왜 자객과 같은 인간 백정들이 존재한단 말인가?

많은 사람들이 이렇게 반문할 수 있지만 자객 또한 세상이 필요로 하는 존재이기에 그들이 탄생되었다. 자객의 척살은 숙명이고, 죽어야 하는 자들은 그렇게 죽을 운명이기에 어찌 본다면 자객의 존재는 필연일 수 있었다.

자객 일검향(一劍香)!

13세의 소년인 그가 왜 자객이 되어야 했으며, 험난한 자객의 길을 어떻게 걸어가느냐가 이 작품의 주된 이야기다. 단순한 살인병기가 아니었기에 그의 검은 감동적일 만큼 애처롭다.

자객 형가와 자객 일검향!

아득한 1,500년의 세월을 사이에 두고 있지만 그들의 인간적 고뇌는 기이할 만큼 닮았다. 비록 결과는 다르지만…….

유성처럼 스러져 버릴 수도 있는 글을 책으로 꾸며주신 청어람 가족 모든 분께 깊은 감사를 드리며, 강호제현께 자객의 날카로운 향기를 바친다.

경술년 3월 초 태사검 배상.

 소년이 죽은 사람을 본 것은 그때가 처음이었다.

 병들어 죽거나 얼어죽었다면 형상이라도 온전했을 테지만 그런 형상이 아니었다. 시체는 돗자리를 짜기 위해 앉아 있던 그 자세 그대로 목이 베어져 있었다.

 베어진 목을 통해 아직도 피가 흐르고 있었다. 그것은 살아 있는 사람이 시체가 된 지 얼마 되지 않았다는 것을 의미한다.

 소년은 사람의 피가 얼마나 붉은지 그때 처음 알았고, 사람의 피가 얼마나 비린지 그때 처음 느꼈다.

 목이 베어진 채 죽은 사람을 보았다는 것만으로도 충격적인 일이다. 한데 죽은 사람은 남이 아니었다.

 바로 소년의 아버지였던 것이다.

 "아, 아버지!"

털썩 주저앉은 소년은 그만 넋을 잃고 말았다.

악몽이라 하여도 섬뜩하지만 악몽이기를 바랐다. 소년은 잠시 귀신에 씌워 환각을 본 것이라 애써 자신을 달랬다. 그저 눈을 감았다 뜨면 모든 것이 현실로 돌아올 것이라 믿었다.

"하하, 린(燐)아야, 이제 오는 것이냐?"

학당(學堂)에서 돌아온 아들을 맞는 아버지의 다정한 웃음소리가 환청처럼 들려왔다.

소년은 덜덜 떨면서 감았던 눈을 떴다.

불행하게도, 그리고 너무나 애통하게도 모든 것은 현실이었다. 아버지의 머리는 짜던 돗자리 위에 덩그러니 놓여져 있었다. 한 가지 다행스런 사실은 아버지의 표정에서 어떤 고통도 찾아볼 수 없다는 점이었다. 하지만 그런 모습이 소년을 더욱 슬프게 만들었다.

"어머니!"

소년은 비 오듯 눈물을 뿌리며 문을 밀치고 초옥 안으로 들어섰다.

어머니는 마당에서 벌어진 엄청난 비극을 전혀 모르고 있는 듯싶었다.

그녀는 의자에 앉아 수를 놓고 있었다. 수틀을 손에 쥔 채 붉은 실이 꿰어진 바늘을 비단에 꽂는 중이었다.

소년은 어머니 앞에 털썩 무릎을 꿇었다.

"어머니, 아버지… 아버지가 돌아가셨어요! 피살되셨다고요!"

어머니는 끔찍한 비보를 듣고도 여전히 단아한 미소만 머금고 있었다.

"어머니……?"

소녀는 뭔가 새로운 사실을 발견하고는 하얗게 질렸다.

어머니는 수를 놓는 그 자세로 미동도 하지 않고 있었다. 가슴 부위가 붉게 물들어 있었고, 몸에서 흘러나온 피가 바닥을 홍건하게 적시고 있었다.

또 한 번의 충격과 경악!

그의 어머니마저 피살된 것이다. 등 뒤의 명문혈을 관통한 상처는 심장까지 이어져 있었고, 그 바람에 즉사한 것이다.

세상이 빙글빙글 돌았다.

소년은 극도의 상심을 이기지 못하고 피를 토하며 옆으로 쓰러졌다.

'이건… 악몽이야!'

연쇄 살인 사건이 벌어진 곳은 서른 가구 남짓 되는 외진 부락이었다.

그렇다 해도 부부가 갑작스럽게 피살되었기에 관에서 조사관이 파견되었다.

두 명의 관병을 대동한 검시관은 현청에서 칠십 리나 떨어진 부락까지 오느라 몹시 피곤한 모습이었다. 관병들의 부축을 받아 말에서 내려선 그는 느릿느릿 사건 현장으로 들어섰다.

초옥 주변으로는 모든 부락민들이 나와 지켜보고 있었다.

부락민들은 모두가 이웃처럼 지냈기에 십수 년 이래 닭 한 마리 도둑 맞는 범죄가 없는 동네였다. 또한 가난했지만 모두가 열심히 일을 했기에 밥을 굶는 사람은 없었다.

그렇듯 평온한 부락에서 난데없이 살인 사건이 발생했기에 부락민들의 충격과 공포는 이루 말할 수가 없었다.

상복을 입은 소년은 깊이 읍을 올리며 검시관을 맞이했다.

“번거로움을 끼쳐 드려 송구합니다.”

부모를 한순간에 잃은 13세 소년으로서는 드물게 강한 정신력의 소유자였다.

하룻밤 사이에 안색이 해쓱하게 변했지만 그는 여느 아이들처럼 정신없이 울음만 터뜨리지 않았다. 이웃의 도움으로 혼절 상태에서 깨어난 그는 현장 보존을 우선적으로 부탁했다.

검시관은 돗자리를 짜다가 앉은 상태로 죽은 시신을 보고는 가볍게 고개를 끄덕였다.

“현장 보존은 잘됐군.”

그는 서첩을 꺼내 들고는 붓에 먹물을 묻혔다.

“네 아비의 이름이 뭐냐?”

“성은 태사(太獅)이며 함자는 건(乾)이십니다.”

“태사건이라……. 독특한 이름이군.”

검시관은 사망자의 이름을 기록하고는 시신의 상태를 살폈다. 그는 한참 동안 베어진 목 부위를 살피다가 태사건의 수급을 집어 들었다.

“한칼에 죽었구나. 솜씨가 좋군.”

검시관은 수급을 내려놓고는 초옥 안으로 들어갔다. 관병이 턱짓을 하자 소년도 초옥으로 걸음을 옮겼다.

검시관은 수를 놓는 와중에 절명한 여인의 시신을 잠시 살피고는 천천히 방 안을 한 바퀴 돌았다. 이어 여인의 등에 난 상처를 매만지고는 서첩에 붓을 댔다.

“네 어미 이름이 뭐냐?”

“성은 손(孫)이며 함자는 공연(公燕)이십니다.”

“손공연……. 평민 주제에 이름이 너무 좋아.”

검시관은 소년에게 서첩을 내밀었다.

"네가 상주이니 검시를 받았다는 서명을 남겨야 한다. 네 이름이 뭐냐?"

"태사린(太獅燐)입니다."

"오냐, 태사린. 아래쪽에 네 이름을 적어라."

소년 태사린은 검시관이 시키는 대로 서첩에 서명을 했다.

검시관은 자신의 할 일을 마쳤는지 서첩을 챙겨 넣고는 서둘러 초옥을 나섰다. 그는 부락민들을 향해 점잖게 외쳤다.

"검시를 마쳤으니 장례를 치러도 좋다! 베어진 목을 꿰매는 정도는 알고 있겠지?"

늙은 촌부가 공손하게 허리를 굽혔다.

"물론입니다요, 검시관 어른. 먼 길을 오셨으니 식사라도 하고 가십시오."

검시관은 군병들의 부축을 받아 말에 올랐다.

"됐다. 너희들 사는 행색을 보니 밥 한 끼 얻어먹기도 부담스럽구나."

태사린은 얼른 말고삐를 쥐었다.

"대인, 흉수는 잡을 수 있는 거죠? 저희 부모님은 아무런 죄도 짓지 않은 선량한 분들이십니다. 흉수를 꼭 잡아 이 원한을 풀어주십시오."

검시관은 떨떠름한 표정으로 입맛을 다셨다.

"기대하지 마라."

"대인, 그게 무슨 말씀이십니까? 흉수는 제 아버지와 어머니를 해친 흉악한 살인자입니다. 관에서 당연히 관병을 풀어 잡아야 하는 것 아닙니까?"

"솔직히 말해 현청의 모든 관병들을 동원해도 불가능하다."

태사린은 아랫입술을 질끈 깨물었다.

"현청의 관병으로 부족하다면 제가 태수님을 찾아가 탄원서를 올리겠습니다! 제발 잡아주십시오!"

"이 녀석아, 죽는 사람이 어디 한둘이냐? 어서 길을 비켜라!"

"이건 살인입니다! 세상에서 가장 흉악한 범죄라고요! 어떻게 수색도 하기 전에 잡을 수 없다 하십니까?"

군병들이 태사린을 잡아끌었다.

"이놈! 검시관 어른께 무슨 행패냐?"

"어서 고삐를 놓지 못할까?"

그러나 태사린은 여전히 고삐를 움켜쥔 채 피를 뿜듯이 외쳤다.

"그렇다면 흉수가 어떤 놈인지라도 알려주십시오! 제가 찾아내겠습니다! 반드시 찾아내 참수를 시키겠습니다!"

검시관은 나직이 한숨을 쉬고는 말에서 내려섰다.

"따라오너라."

그는 부락 어귀에 있는 커다란 느티나무 아래로 걸어갔다. 그가 바위에 걸터앉자 태사린은 무릎을 꿇고는 배례를 올렸다.

"대인, 제가 배움은 적지만 살부지수(殺父之讐)와는 하늘을 같이할 수 없다 들었습니다. 대인께서는 전문가이시니 흉수가 어떤 자인지 파악하셨을 것입니다. 제발 알려주십시오."

검시관은 허리춤에서 계피 조각을 꺼내 우물거렸다. 계피는 입 안을 씻어주는 효능 외에도 갈증을 덜어주는 효과가 있다.

"너희 집에 귀한 보물이라도 있었더냐?"

"제가 알기로는 없습니다. 아버지는 돗자리와 대바구니를 짜고, 어머니는 수를 놓아 겨우 연명할 정도인데 값진 보물이 어디 있겠습니까?"

"그렇다면 일반 도적은 아니다. 내 잠시 방 안을 둘러보았지만 재물을 뒤진 흔적은 없는 것 같았다."

"도적이 아니라고요?"

검시관은 서첩을 꺼내 들고 검시 기록을 훑어보았다.

"네 아비는 아주 빠른 칼에 죽었다. 그것을 쾌도라 하는데, 높은 경지에 이르면 죽는 사람은 자신의 죽음조차 느끼지 못한다. 네 아비의 수급을 봐도 알 수 있다. 고통을 느낀 흔적이 전혀 없었어."

"……."

"네 어미는 검에 찔려 죽었다. 그 수법 역시 아주 깨끗했다. 명문혈을 찔러 심장까지 관통했다. 역시 놀랍도록 빠른 쾌검이다."

태사린은 짙은 눈썹을 불끈 치켜 올렸다.

"그럼… 흉수가 둘이란 말씀이십니까?"

"그럴 것이다. 아마 두 명의 흉수가 동시에 네 아비와 어미를 죽인 것 같다. 만일 기척을 느꼈다면 다른 움직임이 있었어야 하는데, 두 사람 모두 일을 하던 모습 그대로 죽었으니 말이다."

"대인께서는 그렇게 자세히 파악했으면서 왜 흉수를 찾을 수 없다 하십니까?"

검시관은 다시 계피 조각을 우물거리며 대답해 주었다.

"세상에는 강호(江湖)라는 곳이 있다. 달리 무림(武林)이라고도 하지. 이는 물론 상징적인 이름이기에 네가 아무리 눈을 씻고 다녀도 강호무림이라는 지역은 찾을 수 없을 것이다."

“강호무림이라……. 저도 들은 적이 있습니다.”

“그렇다면 얘기가 쉽겠구나. 강호인 중에서 사람을 전문적으로 죽이자는 자들이 있는데, 그들을 자객(刺客)이라 한다.”

“자객이오?”

“그래, 살수(殺手)라고 불리기도 한다. 내 판단이 정확하다면 네 아비와 어미는 자객의 손에 의해 죽었다. 그것도 아주 뛰어난 자객이다.”

태사린은 선뜻 이해가 되지 않았다.

“자객… 자객이 왜 제 부모님을 해쳤단 말입니까?”

검시관은 서첩을 품속에 챙겨 넣었다.

“그것까지야 내가 어떻게 알겠느냐? 자객들은 보수만 받으면 누구라도 죽이는 잔혹한 자들이다. 아마도 네 부모가 예전에 누군가에게 큰 원한을 샀기에 그자가 청부를 했을 가능성이 높다.”

“자객도 이 나라 백성인데 함부로 사람을 죽여도 된단 말입니까? 왜 그런 자들을 가만두는 겁니까?”

“이 녀석아, 자객은 그 행적이 바람과 같아 찾아낼 수가 없다. 소굴이 어디인지도 모르고, 그 숫자가 얼마나 되는지도 모른다. 가히 유령 같은 자들이라 할 수 있지. 대체 그런 자를 어떻게 잡는단 말이냐? 그래서 기대하지 말라고 한 것이다.”

말을 마친 검시관이 자리를 털고 일어섰다.

태사린은 그의 바짓가랑이를 쥐고 매달렸다.

“대인, 그래도 방도가 있을 것 아닙니까? 제 부모님을 살해한 그 흉악한 자객들을 찾아낼 수 있는 방법을 일러주십시오! 부탁입니다!”

“포기해라.”

“그럴 수는 없습니다! 평생을 바쳐서라도 반드시 찾아내겠습니다!

제발 방법을 알려주십시오!"

검시관은 안쓰러운 표정으로 소년을 내려다보았다.

"태사린이라 했더냐? 복수심이 너를 망칠 수도 있다. 그저 운명으로 생각하거라."

"안 됩니다! 부모님의 원한을 갚지 못한다면 저는 죽어도 부모님을 뵐 자격이 없습니다! 부탁드립니다, 대인!"

태사린은 눈물을 글썽이며 간절하게 요청했다.

검시관은 연신 한숨을 내쉬다가 그를 끌어 일으켰다.

"잘 듣거라. 네가 흉수를 찾아내려면 뛰어난 무공을 터득해 자객 소굴로 쳐들어가야 한다. 하지만 세상에는 자객의 단체가 수백 개도 넘는다 들었다. 어떻게 그 많은 곳을 모두 뒤질 수 있겠느냐?"

태사린은 그만 절망적인 심정이 되어 주르륵 눈물을 흘렸다. 원한은 뼈에 사무쳤지만 흉수에 대한 단서가 너무도 미흡했다.

단지 두 명의 자객. 그것도 쾌도와 쾌검의 소유자.

그런 단서로 흉수를 찾아내기란 바닷물 속에 빠진 바늘을 찾는 것과 다를 바 없다.

검시관은 그가 안됐는지 머리를 쓰다듬어 주었다.

"좀 더 빠른 방법이 있기는 하다."

"아, 어떤 방법인데요?"

"네가 자객이 되는 것이다."

"제, 제가 자객이 된다고요?"

"자객들 세상에 대해 자객만큼 많이 알고 있는 사람이 있겠느냐? 나의 추측이다만, 자객들 사이에서도 교류가 있을 것이다. 그들 간에도 정보가 필요할 테니까. 그래야만 살인 명단에 오른 자들을 쉽게 찾아낼 수 있을 테니까 말이다."

검시관은 얘기를 해놓고는 정색을 했다.

"이런, 공연한 얘기를 했구나. 자객은 인성이 말살된 자들이나 될 수 있다 들었다. 넌 품성이 맑고 꿋꿋하니 절대 자객이 될 생각은 말아라. 차라리 훌륭한 스승을 만나 무공을 수련하는 편이 훨씬 나을 것이다."

그는 태사린의 어깨를 다독이고는 걸음을 옮겼다.

"도움이 못 돼 미안하구나."

이웃의 도움으로 장례를 마친 태사린은 최소한의 여장을 꾸렸다.

그는 밤이 깊기를 기다려 부락을 빠져나왔다. 고마운 이웃에게 인사도 못 한 것이 미안했지만 그들 때문에 자신의 결심이 흔들릴 것을 우려한 것이다.

입동이 지난 하늘에는 별이 총총했다. 옷깃 속으로 파고드는 겨울 바람이 싸늘하다.

갑작스럽게 혼자가 되어버린 태사린은 외로움에 눈물이 핑 돌았다. 그러나 그는 마음속으로 눈물을 씹어삼켰다. 부모의 원수를 갚을 때까지 울지 않으리라 맹세했다.

막상 부락을 떠나왔지만 어디로 가야 할지 막막하기만 했다.

자객이 되고 싶어도 자객 단체가 어디에 있는지 알아야 했고, 설사 찾아낸다 해도 순순히 그를 자객으로 받아줄지도 의문이었다. 오히려 불순한 의도가 탄로나 무참하게 죽을 수도 있는 일이었다.

어린 그로서는 본능적으로 두려움이 앞섰다.

그러나 자신의 눈으로 목격한 부모의 죽음은 너무도 참혹했기에 평생토록 기억 속에서 그를 괴롭힐 것이다.

태사린은 깊이 숨을 들이켰다.

'두렵다. 하지만 두렵다 하여 부모님의 원수를 갚지 못하는 것은 비겁한 짓이야.'

이때 밤하늘을 가로지르는 한줄기 유성이 긴 궤적을 일으키며 스쳐 지나갔다.

유성은 아주 짧은 순간이지만 세상에서 가장 밝은 별이 되어 뭇 별들을 압도한다. 비록 여느 별처럼 이름도 갖지 못한 채 소멸되지만.

태사린은 결연히 마음을 다졌다.

'그래, 내 몸이 유성처럼 타버려도 좋아. 부모님의 원수만 갚을 수 있다면 재로 변한다 해도 두렵지 않아.'

그는 입술을 질끈 깨물며 스스로를 향해 외쳤다.

"태사린, 넌 반드시 자객이 되리라!"

第1章

강호에서의 첫 만남

호북성 북서쪽에 위치한 방현(房縣)은 사천과 섬서로 뻗은 관도가 교차하는 교통의 요지다. 간간이 눈발이 뿌려지는 와중에도 물자와 양곡을 실은 마차와 수레가 서로 교차하며 바쁘게 달려가고 있었다.

부유한 사람은 따뜻한 비단옷에 털 갖옷을 걸친 채 유유히 걸음을 옮길 수 있지만 가난한 행상들은 헤진 솜옷을 껴입은 채 종종걸음으로 관도를 걸어야 했다.

휘이이잉……!

회색 빛 하늘이 더욱 짙어지며 세찬 바람과 함께 눈을 쏟아냈다.

누더기를 걸친 소년이 쏟아지는 눈을 고스란히 맞으며 터벅터벅 관도를 따라 걷고 있었다. 추위를 막기 위해 몇 겹의 무명옷을 걸쳐 입었지만 구멍이 숭숭 난 상태라 한겨울의 혹독한 바람을 막아내기에는 턱없이 부족해 보였다.

제대로 먹지 못해 소년의 얼굴은 누렇게 떴고, 양 볼마저 홀쭉했다. 추위와 배고픔으로 몹시 초췌해 보였지만 앞을 직시하는 소년의 눈빛은 놀랍도록 맑고 깨끗했다.

바람을 타고 날아드는 눈발이 얼굴을 때렸지만 소년은 눈을 깜빡이지도 않았고, 고개를 돌리지도 않았다. 걸음걸이는 느렸지만 보폭은 일정했다.

갈랫길에 이르자 우측으로 멀리 방현의 성곽이 보였다. 곧장 가면 섬서에 이르고, 좌측으로 꺾어지면 사천 방향이었다.

소년은 세 방향의 길을 살피다가 방현성 쪽으로 걸음을 옮겼다.

"눈이 그칠 때까지 잠시 쉴 곳을 찾아야겠다."

벌써 수북하게 쌓인 눈은 그가 세 걸음을 내딛기도 전에 족인을 감춰 버렸다.

소년은 다름 아닌 태사린(太獅燐)이었다.

그가 부모를 해친 흉수를 찾기 위해 무작정 흥산 부락을 떠나온 지도 벌써 한 달이 넘었다. 그동안 몇몇 성시를 거쳐 오면서 강호에 대해 알아보고, 자객 단체에 대해서도 한두 가지 정보를 접하게 되었다.

하지만 강호무림은 그가 예상한 것보다 훨씬 광대했고, 자객 단체에 대해 알고 있는 사람은 극소수에 불과했다.

아무리 애를 써도 자객 단체의 이름 서너 개를 들은 것이 고작이었다. 물론 자객 소굴이 어디에 있는지에 대해서는 아무도 몰랐다. 오히려 자객들의 소재를 묻는 그를 경계하며 밀쳐 내기 일쑤였다.

자객들의 존재는 사신(死神)이며 냉혹한 유령이었다. 세상 사람들은 그들의 존재를 거론하는 것조차 두려워했다.

보통의 아이였다면 좌절감에 위축되었겠지만 태사린은 자객의 존재가 희미해질수록 더 강한 집착과 오기를 느꼈다. 평생을 바쳐서라도 반드시 부모의 원수를 찾아내겠다는 집념이 그를 강하게 만들었다.

성문을 지켜서고 있던 군병들은 타지인에 대해 통상적으로 검문을 하지만 태사린은 눈여겨보지도 않았다. 떠돌이 비렁뱅이 정도로 생각한 것이다.

태사린은 먼저 사람들로 북적이는 시전을 찾아갔다.

그는 비록 구리 돈 한 문 없는 빈털터리였지만 한 번도 구걸은 하지 않았다. 궂은 일거리라도 찾아서 일을 한 후 소정의 보수를 받아 끼니를 해결했다. 가진 것 없는 몸이라도 비렁뱅이로 살고 싶지는 않아서였다.

눈보라 때문인지 시전은 썰렁했다.

상점 일부는 문을 닫았고, 다른 상점의 상인들도 눈보라를 원망하며 철시를 준비하는 중이었다.

태사린은 어깨에 쌓인 눈을 털고 옷차림을 최대한 단정히 하고는 객잔 한곳을 찾아 들어갔다.

"어서 옵쇼……."

무료한 표정으로 계단대에 앉아 있던 주인은 문이 열리자 손님이 들었다 싶어 반가운 표정으로 몸을 일으켰다. 그러다 비렁뱅이로 보이는 태사린의 몰골에 이내 인상이 일그러졌다.

"뭐냐? 구걸이라도 온 것이냐?"

태사린은 공손히 머리를 숙였다.

"청소와 설거지를 시켜주십시오. 장작도 패겠습니다. 하룻밤 눈보라만 피해갈 수 있게 배려해 주세요."

주인은 물끄러미 그를 바라보다가 물었다.

“그러니까 일거리를 달라 이거냐?”

“그렇습니다, 대인. 열심히 하겠습니다.”

주인은 화롯가에 앉아 연신 하품을 하는 건장한 점소이를 호출했다.

“황칠(黃七), 이리 좀 오너라.”

점소이는 수건을 어깨에 걸치고는 짜증스런 표정으로 다가섰다.

“왜요?”

주인은 턱짓으로 태사린을 가리켰다.

“요 녀석을 뒤꼍으로 데려가라. 아마 패다 남은 장작이 꽤 남았을 것이다.”

태사린은 일거리를 찾았다 싶어 손을 모으며 예를 올렸다.

“감사합니다, 대인.”

한데 주인의 표정이 냉담하게 바뀌었다.

“황칠, 요 맹랑한 녀석을 장작개비가 모두 분질러질 때까지 흠씬 두들겨 팬 후 내쫓아라!”

태사린은 흠칫 놀라 한 걸음을 물러섰다.

“왜, 왜 이러십니까?”

주인은 눈을 부릅뜨며 씩씩거렸다.

“어린 도둑놈 새끼! 그동안 내가 한두 번 당한 줄 알아? 불쌍하게 생각해 들여서 따뜻한 밥을 먹여주었다가 은자와 값진 요리 도구를 도둑맞은 것만 수백 냥이야!”

“저는 그런 아이가 아닙니다.”

“요놈아, 네가 도둑놈이라도 스스로 도둑이라고 말하겠느냐? 뭐 하고 있느냐, 황칠?”

건장한 점소이는 태사린의 목덜미를 움켜쥐었다.

"주인 어른, 이런 새끼 때릴 곳이 어디 있습니까요? 공연히 개 값 치를 수 있으니 그냥 내다 버립시다."

문을 밀치고 나선 점소이는 길바닥으로 냅다 태사린을 패대기쳤다.

"거지 새끼, 한번 더 기웃거렸다가는 돼지게 패주겠다! 알겠냐?"

그는 손을 탁탁 털고는 문을 닫고 들어갔다.

태사린은 겨우 몸을 일으켰다. 그나마 바닥에 눈이 수북하게 쌓여 있었던 덕에 뼈마디가 상하는 부상은 피할 수 있었다.

기분은 씁쓸했지만 굳이 객잔 주인을 원망하고 싶지는 않았다. 이런 설움과 박대가 처음은 아니었다. 사실 출신도 모르는 비렁뱅이를 선뜻 거둬줄 사람은 많지 않았다.

태사린은 꽁꽁 언 손을 입김으로 불어 녹이며 다른 객잔을 찾아 걸음을 옮겼다.

한데 이때였다.

비렁뱅이로 보이는 네 명이 그를 둘러쌌다. 그와 같은 또래로 보였지만 인상이 사나웠다. 손에는 개를 쫓는 타구봉(打狗棒)을 쥐었고, 허리에는 새끼줄을 감고 있었다.

"헤헷, 이건 어디서 굴러온 개뼈다귀야?"

"감히 우리 허락도 없이 동냥질일세?"

태사린은 한눈에 그들이 개방의 제자들임을 알 수 있었다.

한 달여의 강호행이었지만 개방의 제자들은 어디를 가도 만날 수 있었다. 그들은 모두 타구봉을 쥐었고, 옷을 기워 입는 표식으로 신분을 구분한다는 것도 알고 있었다. 한 번 기워 입은 일결(一結) 제자가 대부분이었는데 그들이 개방에서 최 말단이었다.

태사린은 개방 제자들에게 몇 번 수모를 당한 적이 있기에 조용히 비켜섰다.

“난 비렁뱅이가 아니야.”

그러자 언청이가 그를 막아섰다.

“임마, 우리가 똑똑히 봤는데 비렁뱅이가 아니란 말이냐? 너, 우리가 누구인지 알아?”

“개방의 제자겠지.”

“헤헷, 아주 무지한 놈은 아니군. 그렇다면 우리 구역에서 구걸하려면 허락을 받아야 한다는 것도 알고 있을 텐데?”

“난 비렁뱅이가 아니라고 했어.”

태사린은 그들을 무시한 채 빠져나갔다.

순간 언청이가 타구봉을 휘둘러 그의 어깨를 내려쳤다.

“이 새끼가 우리를 졸로 보네?”

퍼억!

강력한 일격에 태사린은 중심을 잃고 휘청거렸다. 하지만 체력은 쇠진했어도 정신력은 강했기에 쉽게 쓰러지지 않았다.

언청이는 그가 자신의 일격을 맞고도 쓰러지지 않자 얼굴을 벌겋게 물들였다.

“저 새끼, 조져!”

다른 세 비렁뱅이가 사정없이 태사린을 두들겨 패기 시작했다. 결국 태사린이 코피를 흘리며 쓰러지자 두 명이 그의 양팔을 잡고 질질 끌었다.

지켜보던 상점 주인들은 그저 피식 실소를 지을 뿐이었다. 타지에서 흘러들어 온 비렁뱅이가 개방 지소(支所)의 비렁뱅이들에게 손찌검을 당하는 경우는 늘 있어왔던 일이었기 때문이다.

태사린은 두 비렁뱅이에게 질질 이끌려 성문을 통과했다.

보초를 서던 군병 하나가 눈살을 찌푸리며 물었다.

"뭔 일이냐, 야흘(野吃)?"

야흘로 불린 언청이가 대수롭지 않게 응수했다.

"별일 아닙니다, 아저씨. 좀도둑을 미리 막는 게 우리 임무잖아요?"

"날도 추운데 적당히 해. 공연히 얼어 죽기라도 하면 우리만 귀찮아지니까."

"헤헤, 걱정 마세요. 조용히 타일러 보낼 겁니다."

성 밖까지 끌려 나온 태사린은 꽁꽁 얼어붙은 하천으로 굴러 떨어졌다.

야흘은 타구봉으로 태사린의 가슴을 찍었다.

"새끼야, 우리 개방의 제자가 되든가, 아니면 꺼지든가 둘 중 하나다!"

태사린은 타구봉을 밀치고는 일어나 앉았다.

"난 비렁뱅이가 아니라고 했어!"

야흘은 그의 강경한 태도에 움찔했다.

"이 새끼, 보기보다 독종일세?"

강둑 위에 서 있는 동료들이 주절거렸다.

"그만 가자, 야흘."

"단단히 혼났으니 감히 성내로는 들어오지 못할 거야."

"그래, 놈이 비렁뱅이가 아니라면 우리가 상관할 일도 아니잖아? 공연히 지소장한테 야단맞을 수도 있다고."

야흘은 태사린을 훑어보고는 한쪽으로 침을 뱉었다.

"임마, 비렁뱅이가 아니라면 제대로 입고 다녀. 그런 몰골을 하고 다니는데 누가 널보고 비렁뱅이라고 하지 않겠냐?"

그는 사납게 쏘아보고는 강둑으로 올라갔다.

태사린은 소매로 입 주변을 닦았다. 흘린 코피가 벌써 얼어붙었는지 몹시 아렸다.

몇 번을 미끄러지면서 겨우 강둑으로 오른 그는 깊이 한숨을 쉬었다. 개방 제자들에게 맞은 게 분해서가 아니었다. 그가 떠돌이 비렁뱅이로 천시되는 것이 서러웠다.

새삼 부모가 그리워졌다.

여느 집답지 않게 엄한 어머니였지만 밤을 새워서 수를 놓아 번 돈으로 그를 학당에 보내주었다. 가난한 형편이지만 자식만큼은 학문을 익히도록 배려한 것이다.

반면 아버지는 더할 나위 없이 자상했다. 한 번도 인상을 찌푸린 적이 없었고, 남과 다투는 모습도 본 적이 없었다. 어머니에게 꾸지람을 받고도 사람 좋게 허허 웃을 뿐이었다.

그저 여느 부락민들처럼 평범한 부모.

왜 그들이 냉혹한 자객의 손에 피살되었는지 영문을 알 수가 없었다. 검시관의 말대로라면 과거 누군가와 큰 원한을 맺었다고밖에는 볼 수 없다. 하지만 그가 보아온 부모의 성품이라면 절대 그럴 리 없었다.

왜?

그것은 그가 새롭게 찾아낸 또 하나의 의문이었다.

누가 부모를 해쳤는지보다 왜 해쳤을까 하는 문제가 더 중요시되었다. 더불어 자객들에게 살인을 청부한 자에 대한 증오가 그의 가슴에 깊이 각인되었다.

휘이이잉!

세찬 칼바람에 갑작스럽게 한기를 느낀 태사린은 상념에서 깨어나 주변을 두리번거렸다. 신시를 겨우 지난 시각이었지만 사방이 벌써부터 어둑어둑했다.

"후우, 끼니를 때우기는 글렀군. 얼어 죽지 않으려면 어디 쉴 곳이라도 찾아야겠어."

하천 변에는 한 길도 넘는 갈대가 무성했다. 바싹 마른 갈대는 눈꽃을 머리에 인 채 세찬 바람을 따라 출렁이고 있었다.

겨우 갈대를 헤치고 관도로 나선 태사린은 사천 방향으로 길을 잡았다. 버려진 움막이라도 찾아내면 다행이고, 민가를 발견하면 헛간에라도 들어가 하룻밤을 지새울 생각이었다.

아침부터 굶주려서인지 매서운 추위에 이가 절로 딱딱 마주쳐졌다. 따뜻한 물 한 잔이 너무도 그리웠다.

한데 그가 막 걸음을 옮기려 할 때였다.

휘이익!

눈보라 속을 뚫고 한줄기 인영이 칠 장 넓이의 하천을 단숨에 건너뛰었다. 섬세한 인영은 잠시 주춤하다가 갈대 숲 속으로 파고들었다. 얼마나 유연한 움직임인지 갈대 사이를 헤집으면서도 눈꽃 하나 흩어지지 않았다.

찰나지간 두 사람의 눈이 마주쳤다.

갈대 숲을 헤집고 이동하는 인영은 여인이었다. 흩어진 장발이 얼굴을 반쯤 가렸기에 용모가 분명치 않았지만 상당히 앳돼 보였다.

눈이 보석이었다.

태사린은 사람의 눈이 이렇듯 예쁠 수 있다는 것을 처음 깨달았다.

"아……!"

그는 감탄사를 발하다가 그녀의 하얀 턱을 타고 흐르는 피를 발견하고는 대번에 부상 중임을 알게 되었다.

그의 시선이 다시 여인의 눈으로 향했다. 자신을 바라보는 그녀의 눈빛이 슬퍼 보였다. 마치 누군가에게 쫓기는 듯한 다급함이 역력했다.

태사린은 의아함에 입을 떼려 했지만 여인은 이내 갈대 숲 속으로 사라져 버렸다.

곧이어 그녀가 건너뛴 하천 저편에서 십여 개의 인영이 모습을 드러냈다. 그들은 얼음을 밟고 뛰면서 강둑으로 올라섰다.

한 명을 제외하고는 모두 흑의 장한들이었다. 그들은 순식간에 흩어지며 갈대 숲으로 뛰어들었다.

"……?"

태사린은 직감적으로 여인을 추격해 온 사람들임을 알 수 있었다. 그는 행여 자신에게 화가 미칠 우려가 있어 얼른 걸음을 옮겼다.

순간 한 사람이 그의 앞을 가로막았다. 얼마나 빠른 몸놀림인지 마치 땅속에서 솟아난 듯싶었다.

"어엇?"

깜짝 놀란 태사린은 급히 두 걸음을 물러섰다.

차디찬 은의를 걸친 장년인이었다. 미간에 마치 단풍잎 같은 붉은 문양이 새겨져 있는 것이 독특했다.

태사린은 장년인의 눈을 대하는 순간 심장이 얼어붙고 말았다.

인간의 눈이 아니었다. 핏발이 곤두선 붉은 눈은 악귀의 것인 양 섬뜩했다. 강렬한 눈빛은 화살이 되어 태사린의 눈에 꽂혔다.

"으음!"

태사린은 차마 직시할 수가 없어 눈을 감으며 고개를 돌렸다. 그러다 한쪽 어깨가 으스러지는 듯한 고통을 느끼며 번쩍 눈을 떴다.

장년인이 갈고리 같은 손으로 그의 어깨를 움켜쥔 채 물었다.

"방금 한 계집이 이리로 달아났다. 어디로 갔느냐?"

마치 쇠를 긁는 듯한 거친 음성이었다.

태사린은 그의 장심을 통해 엄습해 오는 한기에 온몸을 부르르 떨었다.

"저는……."

"네놈이 장님이 아니라면 분명 보았을 것이다. 보지 못했다 말한다면 네놈은 죽는다."

태사린은 그의 무시무시한 혈안 앞에 압도되고 말았다.

거짓말을 하면 죽는다.

그의 심장이 세차게 뛰었다. 죽음에 대한 본능적인 공포와 두려움에 등줄기가 축축하게 젖어들었다.

그는 마른침을 꿀꺽 삼키며 입을 열었다.

"여, 여인인지는 모르겠습니다. 하지만 검은 물체가 날아든 것은 보았습니다."

"어디로 갔느냐?"

"저, 저리로."

태사린은 하천 아래쪽을 가리켰다.

여인이 몸을 숨긴 쪽과는 반대 방향이었다. 물론 살기 위해서는 바른대로 고해야 했지만 자신이 살기 위해 남을 위험에 빠뜨릴 수는 없었다.

보석 같은 눈을 소유한 의문의 여인.

그녀가 선인(善人)인지 악인(惡人)인지는 확신할 수 없지만 이렇듯 무시무시한 사람들보다는 나쁘지 않을 것이라 판단했다. 또한 마음 한 구석으로 자신이 사실대로 말한다 해도 살려두지 않을 것 같은 생각에 여인의 은신처를 숨긴 것이다.

장년인은 잠시 태사린을 직시하고는 훌쩍 몸을 날렸다.

"나를 따르라!"

그는 갈대 위에 쌓인 눈꽃을 밟으며 미끄러졌다. 절정의 초상비 신법이었다.

이런 절기를 처음 대한 태사린은 그만 입을 딱 벌리고 말았다.

남의 장년인의 뒤를 이어 흑의 장한들이 빠른 속도로 달려갔다. 그들의 경공술은 다소 미흡한지 갈대를 밟을 때마다 마디가 뚝뚝 분질러졌다.

그들이 모두 사라지자 태사린은 털썩 주저앉으며 가쁜 숨을 몰아쉬었다.

"헉헉……!"

마치 한바탕 악몽을 꾼 듯싶었다. 남의 장년인의 섬뜩한 혈안을 떠올린 그는 심하게 진저리를 쳤다.

"인간이 아니야. 어떻게 인간의 눈이 그렇게 사악할 수 있단 말인가?"

겨우 마음을 안정시킨 그는 힘겹게 몸을 일으켰다.

몇 걸음을 걷던 그는 문득 쫓기던 여인의 존재가 궁금해졌다. 보석 같은 눈과 백설처럼 하얀 얼굴, 턱을 적시는 붉은 피…….

"부상이 심한 것 같은데 괜찮을까?"

그는 잠시 뒤를 돌아보면서 혹시나 추격자들이 다시 쫓아오지는 않는지 살펴보았다. 다행히 짙은 눈보라만 휘날릴 뿐 추격자들의 모습은 보이지 않았다.

"제대로 따돌렸군."

태사린은 얼른 갈대 숲 속으로 뛰어들었다.

그의 키를 넘길 만큼 웃자란 갈대 숲이었기에 헤쳐 나가기가 쉽지 않았다. 그나마 겨울바람에 바싹 말라 있어 좌우로 헤칠 때마다 갈대가 꺾이는 바람에 십수 장 정도를 나아갈 수 있었다.

문득 그의 눈에 희끗희끗한 물체가 보였다.

하얀 피풍의를 두른 여인이었다. 그녀는 갈대에 기댄 채 모로 누워 있었다. 안색은 지극히 창백했고, 보석 같은 눈도 빛을 잃고 있었다. 많은 피를 토했는지 입 주변이 검붉게 물들어 있었다.

"소, 소저, 괜찮습니까?"

여인은 비몽사몽의 상황에서도 잔뜩 경계하는 눈빛으로 그를 올려보았다.

태사린은 자세를 낮추어 그녀의 옆에 앉았다.

"추격해 오던 자들은 멀리 갔습니다. 내가 따돌렸어요. 이제 안심해도 됩니다."

여인은 잠시 그를 바라보다가 믿을 만한 아이다 싶었는지 경각심을 풀었다. 그녀의 붉은 입술이 달싹거렸다.

"고, 고마워요."

"어떻게 해야 도울 수 있습니까? 성내 약방까지 모셔다 드릴까요?"

여인은 고개를 저으며 말했다.

"부자, 정향, 건강, 천삼……."

예닐곱 가지의 약재 이름을 언급하던 여인의 목소리가 점차 잦아들었다.

태사린은 정신을 바싹 차려 약재 이름을 뇌리에 새겼다. 한두 가지 약재는 들은 적이 있지만 나머지는 생소했다.

여인은 긴장이 풀린 듯 신음을 토하며 정신을 잃었다.

태사린은 자신의 몸도 추스르기 힘든 상황에 남을 도와야 한다는 생각에 잠시 고민스러워졌다. 그래도 여인을 방치해 둘 수는 없었다. 아마 이런 추위에 반 시진도 안 돼 얼어 죽을 것이다.

"일단 눈보라부터 피해야 돼."

그는 갈대를 헤치고 강둑으로 나섰다.

하늘의 도움인지 멀지 않은 곳에 허름한 움막이 보였다. 그는 무릎까지 빠지는 눈을 헤치며 달려갔다.

움막은 비어 있었다. 아마도 장마철에 하천을 오가는 뱃사공의 임시 거처인 듯싶었다. 뚫어진 천장만 막으면 그런대로 눈보라는 피할 수 있을 것 같았다.

다시 갈대 숲으로 달려간 그는 여인을 들쳐 업었다. 여인의 몸은 몹시 차가웠다. 마치 얼음으로 만들어진 인형 같았다. 무겁지 않은 것이 그나마 다행이었다.

태사린은 안간힘을 써 그녀를 움막까지 업고 왔다. 허기진 몸으로 힘을 써서인지 눈물이 핑 돌았다.

"후아, 이러다 내가 먼저 진이 빠져 죽겠군."

그는 움막을 나가 갈대를 한 아름 꺾어 들고 안으로 들어섰다. 아버지와 함께 돗자리를 짠 적이 있었기에 갈대를 엮어 자리를 하나 만드는 일은 어렵지 않았다.

그는 두 겹의 자리를 만들어 바닥에 깔고는 여인을 눕혔다. 여인은 혼절한 상황에서도 심한 한기에 턱을 덜덜 떨었다.

"이거 큰일났네."

그는 자신의 누더기 옷을 벗어 그녀에게 덮어주었다. 보온 효과는 크지 않겠지만 측은한 마음에 그냥 내버려 둘 수가 없었던 것이다.

"부자, 정향, 건강, 천삼……."

나직이 뇌까리던 그는 난감한 표정으로 자신의 이마를 쳤다.

"이런, 돈이 없잖아. 그런 비싼 약재를 무슨 수로 구한단 말인가?"

그는 한참을 고민하다가 여인의 옷 속을 더듬었다. 사실 실신한 여인의 몸을 뒤진다는 것은 추악한 행위였지만 달리 방도가 없었다. 그는 일말의 사심도 없이 여인의 품속으로 손을 넣었다.

자그만한 비단 주머니를 찾아낸 그는 그것을 꺼내 주머니를 열어보았다.

"와아!"

입이 딱 벌어졌다. 금, 은 조각과 더불어 진주와 비취 같은 귀한 보석까지 들어 있었다. 은자로 환산하면 족히 수백 냥은 넘을 거액이었다.

"알고 보니 부잣집 아가씨였어. 도적들은 아마도 이 귀공녀의 패물을 노렸나 보군."

그는 은 조각만 몇 개 손에 쥐고는 주머니를 다시 여인의 품속에 넣어주었다. 어린 나이인데다 형편없는 행색을 한 그가 거금을 들고 다니다가는 도둑으로 오인받기 십상이었다.

움막을 나선 그는 갑작스런 한기에 부르르 떨었다. 누더기 장삼조차 입지 않아 추위를 감당할 수가 없었다.

"참아라, 태사린. 일단 성내까지 가면 돼."

눈을 헤치고 관도로 나선 그는 때마침 성으로 향하는 마차를 얻어

탈 수 있었다. 급한 마음이라 염치를 차릴 형편이 아니었다.

약방의 주인은 막 문을 닫는 중이었다.

유시를 지난 시각이었지만 눈보라 때문에 약재를 사러 올 사람이 없다 싶은 것이다.

겨우 당도한 태사린은 약방 주인에게 사정해 약재를 구입할 수 있었다. 약방 주인은 약재를 싸주면서도 연신 고개를 갸웃거렸다.

"모두 한독을 치료할 약재인데 누가 이런 처방을 했느냐?"

태사린은 대충 얼버무렸다.

"제 할아버지가 의술을 조금 아세요. 누이가 갑자기 독사에 물리는 바람에……."

"뭐야? 이런 엄동설한에 독사한테 물려?"

"모르겠어요. 뱀굴이라도 밟았나 봐요."

태사린은 약탕기와 약사발, 탕재를 쥐어짤 삼베까지 구입해 보따리를 꾸렸다.

약방을 나온 그는 추위를 견딜 수 없어 포목점에 들러 모포도 사고 헌옷도 한 벌 사 입었다. 비록 낡았지만 솜을 넣어 기운 옷이라 한결 추위를 덜 수 있었다.

추위가 가시자 이번에는 배가 너무 고팠다.

"안 되겠다. 아가씨한테는 미안한 일이지만 뭐라도 사 먹어야겠어."

그는 반점에 들러 만두와 죽을 샀다. 만두는 자신을 위해서였고, 죽은 여인이 깨어났을 때 먹일 생각이었다.

한 보따리를 등에 멘 그는 성을 나가는 마차 짐칸에 몰래 올라탔다.

그는 모포를 뒤집어쓰고 누운 채 만두를 먹었다. 아직도 속이 따뜻한 만두는 그가 먹어본 것 중 최고의 별미였다.

　움막으로 돌아온 태사린은 서둘러 약을 달였다.

　탕약이 끓는 동안 그는 대충 움막을 수리했다. 갈대를 엮어 뚫어진 지붕을 이었고, 여인의 몸에 덮어주었던 누더기를 찢어 반쯤 부서진 문의 바람을 막았다.

　그는 여인의 몸에 모포를 덮어주고는 흩어진 머리카락을 단정하게 쓸어내렸다. 비로소 여인의 모습을 자세히 보게 된 그는 절로 감탄에 젖고 말았다.

　아미는 그린 듯 고왔고 콧날은 도도했다. 꼭 감은 두 눈에 드리워진 속눈썹이 유난히 길어 보인다. 양 볼은 옥처럼 깨끗했고 입술은 앵두처럼 도톰했다.

　부상 때문에 핏기가 없고 입술마저 파리했지만 가히 절색이었다.

　"아……!"

　태사린은 마치 그림 속의 천상옥녀를 대하 듯 취한 눈으로 그녀의 이목구비를 하나하나 살폈다.

　"정말 예쁘군. 너무 예뻐."

　그녀 때문에 하마터면 죽을 뻔한 위기도 겪었고, 엄동설한에 입에 단내가 나도록 뛰어다녔지만 절세의 옥용을 대하는 순간 모든 시름이 사라졌다.

　여인은 그보다 당연히 연상이었지만 앳된 모습으로 미루어 아주 많아 보이지는 않았다. 15, 6세 정도로 보였기에 여인이라기보다는 소녀에 가까웠다.

　태사린은 그녀의 자색에 취해 약탕기가 펄펄 끓는 것도 몰랐다. 탄

내가 코를 찌르는 순간에야 자신의 실책을 깨달았다.

"맙소사! 내가 지금 뭐 하는 거야?"

퍼뜩 정신을 차린 그는 급히 약탕기를 화덕에서 꺼냈다.

"다 탔으면 어떻게 하지?"

다시 방현성까지 가서 약을 사 오기에는 너무 늦은 시각이었다.

그는 심하게 자책하며 삼베에 탕재를 쏟았다. 다행히 바싹 졸았을 뿐 탕재가 타지는 않았다. 겨우 안도한 그는 삼베를 힘껏 쥐어짜 탕약을 내렸다.

그는 탕약을 마시기 좋을 만큼 식힌 후 수저로 떠서 소녀의 입에 흘려 넣어주었다. 처음에는 입이 벌어지지 않아 고생했지만 계속 수저를 조금씩 밀어 넣어서 한 사발의 약을 모두 먹였다.

"이제 된 건가?"

태사린은 약사발을 내려놓고는 한숨을 내쉬었다.

그로서는 최선을 다한 셈이다. 의술을 배운 적도 없기에 맥을 짚을 수 없으니 더 이상 그녀를 도울 방도가 없었다. 그녀 스스로 내린 처방이기에 믿고 기다리는 것이 전부였다.

한데 한 시진이 흘렀지만 소녀는 전혀 차도를 보이지 않았다. 온몸은 여전히 얼음장처럼 차가웠고, 양 볼에도 핏기 한 점 없었다.

혹시 죽었나 싶어 그녀의 코에 귀를 가까이 대보았다.

확실히 죽은 것은 아니었다. 미세하지만 숨을 쉬고 있었다. 한데 사람의 숨결치고는 너무나 차가웠다. 화덕을 피워놓았기에 좁은 움막 안이 충분히 데워졌는데도 그녀의 숨결에서는 허연 한기가 느껴졌다.

태사린은 이마를 짚으며 고민에 빠졌다.

"처방이 잘못된 걸까? 혹시 내가 약재를 잘못 들은 것은 아닐까?"

그는 소녀가 불러준 약재 이름을 되새겨 보았다. 그의 기억력이 비상하지는 않았지만 약재 여덟 가지를 기억하지 못할 정도로 아둔하지는 않았다.

"약재가 잘못된 것은 아니야. 이 소저가 정신이 없어 혹시 약재를 잘못 말했다면 모를까."

그는 소녀를 성내 약방까지 옮기지 않은 것을 후회했지만 이내 자신이 올바른 결단을 내린 것이라 자부했다.

"아니야. 이 소저를 추격해 온 자들이라면 필시 성을 수색했을지도 몰라. 이 외진 곳이 더 안전했을 거야."

혈안의 추격자를 떠올리자 절로 소름이 돋았다.

그는 움막을 두루 살피며 불빛이 최대한 새어 나가지 않도록 주의를 기울였다.

소녀는 여전히 깨어날 줄을 몰랐다.

태사린은 안 되겠다 싶어 그녀의 손을 주물러 주었다. 피부는 얼음처럼 차가웠지만 비단결처럼 부드러웠다. 한참을 주무르자 조금씩 온기가 느껴졌다.

"아, 그렇구나. 피가 순화되지 않아 약 기운이 잘 돌지 않은 거야."

나름대로 해법을 찾아낸 그는 소녀의 신발을 벗기고 발을 정성껏 주물러 주었다. 얼굴이 예뻐서 그런지 발까지 예뻐 보였다. 안마를 받아서인지 차디찬 발도 다소 부드러워졌다.

"됐어. 이제 살아날 거야."

태사린은 스스로 뿌듯함을 느끼며 소녀의 안색을 살펴보았다.

숨결을 통해 뿜어지던 한기는 다소 사라졌지만 사람의 숨결치고는 아직도 차가웠다.

이마를 짚어보니 여전히 싸늘했다.

"아직도 추워서 그런가?"

그는 화덕에 장작을 몇 개 더 집어넣었지만 불길을 마냥 세게 할 수는 없었다. 움막이 통째로 탈 우려가 있기 때문이었다.

잠시 난감한 표정을 짓던 그는 가슴을 진정시켰다.

"절대 다른 의도가 아니야. 그냥 이 아가씨를 치료해 주기 위해서다."

그는 모포를 들추고는 소녀를 꼭 끌어안았다. 그리고는 모포를 머리 끝까지 뒤집어썼다. 자신의 체온으로 소녀의 차디찬 몸을 조금이나마 데워주기 위해서였다.

피부가 맞닿은 것도 아닌데 소녀의 몸에서 뿜어지는 한기에 그는 자신의 심장이 얼어붙는 것만 같았다.

'맙소사! 이렇게 차가우니 약 기운이 돌지 않을 수밖에!'

그는 소녀를 부둥켜안은 채 뺨을 마주 댔다. 처음에는 마치 얼음 인형을 끌어안고 있는 듯싶었지만 조금씩 한기가 가셨다.

가슴을 통해 소녀의 탄력 넘치는 육봉의 감촉이 느껴지면서 기분이 아주 묘했다. 심장이 절로 쿵쿵 뛰었고, 이마에 땀이 맺혔다.

태사린은 입술을 꼭 깨물었다.

'린, 나쁜 마음을 품어서는 안 돼. 그런 생각을 품는 것만으로도 너는 나쁜 놈이 되는 거다.'

그는 소녀를 품에 안은 채 자신이 보았던 가장 충격적인 순간을 떠올렸다. 목이 떨어져 나간 아버지의 시신과 심장으로 피를 흘리며 절명한 어머니의 최후……

이제는 슬픔보다 분노가 느껴졌다.

부모를 살해한 자객들에 대한 증오와 원한.

그렇게 시간이 흐르면서 소녀의 몸에서도 온기가 느껴지자 태사린은 비로소 안도할 수 있었다. 자신의 몸조차 추스르기 힘든 와중에도 누군가를 구했다는 사실에 뿌듯한 자부심에 젖었다.

긴장이 풀리면서 피로가 엄습해 오자 두 눈이 저절로 감겼다.

조금만 더 안고 있으면 되겠어. 그런 생각 속에 그는 깜빡 잠이 들고 말았다.

눈이 개인 아침은 은세계였다.

선연한 햇살이 온 누리를 비추자 산과 들이 모두 눈부신 은빛을 발했다. 산기슭의 소나무는 가지에 쌓인 눈의 무게를 이기지 못해 등이 휘었고, 하천 변의 갈대는 아예 눈 속에 파묻혀 버렸다.

허름한 움막도 지붕을 제외하고는 모두 눈으로 둘러싸여 있었다.

태사린은 부락을 떠난 이후 모처럼 달콤한 잠에 빠져 있었다. 포근한 기운 때문인지 마치 자신의 방에서 편안히 잠든 느낌이었다.

문득 그는 자신의 심장과 맞닿아 있는 또 하나의 심장에서 전해지는 고동 소리에 깜짝 놀라 눈을 떴다. 비로소 현실을 직시할 수 있었다. 그가 잠들어 있는 곳은 그의 방이 아니라 허름한 움막 안이었다.

그는 얼굴 가까이 느껴지는 향긋한 숨결 쪽으로 시선을 돌렸다.

한 쌍의 별빛이 그를 바라보고 있었다. 그것은 보석처럼 초롱초롱한 사람의 눈이었다. 아주 찰나지간 접했지만 영원히 잊지 못할 눈빛이었기에 이내 그 눈의 주인공을 알 수 있었다.

"어엇?"

태사린은 아직도 소녀를 끌어안고 있는 자신을 깨닫고는 급히 일어나 앉았다.

소녀는 포근한 미소를 짓고 있었다. 세상의 모든 추위를 일시에 녹여 버릴 듯한 따뜻한 미소였다. 한기가 가시면서 양 볼에 화기가 감돌고 있어서인지 소녀의 미태가 더욱 돋보였다.

태사린은 허락도 없이 그녀를 끌어안고 있었다는 죄책감에 감히 그녀와 눈을 마주칠 수가 없었다.

그는 얼굴을 붉히며 말을 더듬거렸다.

"소, 소저가 많이 추워하는 것 같았어요. 맹세코 다, 다른 의도는 없었습니다."

소녀는 몸을 일으키며 옷을 단정히 여몄다.

"목숨을 구해주신 은혜에 감사드립니다."

그녀는 그를 향해 공손히 절을 올렸다.

태사린은 황망한 마음에 얼른 무릎을 꿇고 맞절을 했다.

"소저, 이러시면 안 됩니다."

"소공자께 어떻게 보답을 해야 할지 모르겠군요. 소녀를 위해 탕약까지 먹여주시고 언 몸을 녹여주시는 바람에 겨우 목숨을 연명하게 되었습니다."

"과찬이세요. 그리고 저는 소공자로 불릴 위인도 아닙니다. 보다시피 비렁뱅이처럼 떠도는 신세입니다."

소녀는 여전히 공손한 어조로 물었다.

"소녀는 감소채(甘素彩)라 하옵니다. 소공자의 대명은 어찌 되십니까?"

"저는 태사린이에요. 동생뻘이니 그냥 이름을 부르세요."

"세상에서 가장 큰 은혜는 목숨을 구함받는 일이지요. 소녀의 은공이시니 그냥 소공자로 칭하겠어요."

태사린은 머쓱한 표정으로 고개를 끄덕였다.

"그게 편하다면 그렇게 하세요."

"편히 앉으세요. 그래야 소녀도 마주 앉을 수 있습니다."

"그러죠, 뭐."

태사린이 자세를 바로 하자 감소채도 뒤로 물러나 앉았다.

감소채는 움막을 둘러보고는 물었다.

"여기가 소공자의 집인가요?"

"아닙니다. 버려진 움막을 찾아 감 소저를 모신 거예요. 그리고…
제가 가진 게 없어서 소저의 은자를 무단으로 썼어요. 정말 부끄럽습
니다."

"소녀를 구하기 위해서가 아니었습니까? 개의치 마세요."

"하지만 너무 춥고 배가 고파서 옷도 사 입고, 만두도 사 먹었어요.
나중에 꼭 갚겠습니다."

감소채는 소매로 입을 가리며 소리없는 웃음을 지었다.

"험난한 세상에 소공자 같은 분이 다 있군요. 사실 여느 사람이었다
면 소녀가 지닌 패물만 취한 채 가버렸을 겁니다. 그 한 가지만으로도
소공자가 정직함과 맑은 인품의 소유자임을 알 수 있습니다."

"그냥 사람으로서 할 일을 했을 뿐이에요."

태사린은 조심스럽게 그녀의 안색을 살폈다.

"이제 완전히 회복된 겁니까? 정말 괜찮으세요?"

"저들의 혈음마공(血陰魔功)은 아주 무섭습니다. 응급처방으로 겨우
한독을 잠재웠을 뿐이죠. 달리 약을 먹고 운공조식을 취해야만 완전히
독기를 몰아낼 수 있어요."

“혈음마공? 대체 그게 뭐죠?”

감소채는 잠시 그를 응시하다가 포근한 미소를 지었다.

“아주 사악한 마공의 하나예요. 소공자가 무림세가 출신이 아닌 것 같아 설명드리기가 곤란하군요.”

태사린은 문득 그녀가 부상당한 몸으로도 칠 장 넓이의 하천을 단숨에 건너뛴 상황을 떠올렸다.

“소저는 굉장한 무림 고수죠? 그것을 신법이라고 하는 건가요? 마치 한 마리 새처럼 하천을 건너뛰더군요.”

감소채는 쓴웃음을 지으며 고개를 저었다.

“소녀는 아직 고수의 반열에는 오르지 못했어요. 그 바람에 저들에게 발각돼 기습을 당하게 된 거죠.”

“한데 그 무시무시한 사람들은 대체 누구예요? 이마에 희한한 문장을 새겼고, 특히 눈이 섬뜩했어요. 사람의 눈이 어떻게 그토록 붉을 수 있죠?”

“그들은 마국(魔國)의 마병(魔兵)들이에요. 그들의 눈이 붉은 것은 무서운 마공을 수련했기 때문이죠.”

태사린은 선뜻 이해가 되지 않아 고개를 갸웃거렸다.

“마국이요? 그런 나라가 있나요? 제가 산촌 출신이라 그런지 들어본 적이 없군요.”

“소공자, 저들의 마국은 군왕이 다스리는 나라가 아닙니다. 아주 거대한 마도 집단이지요. 정확히는 은천마국(隱天魔國)이라 합니다. 저들의 존재를 파악한 사람은 아직 많지 않아요. 하지만… 머지않아 저들에 의해 무림 천하는 어둠에 묻히고 말 것입니다.”

감소채는 고개를 숙이며 그늘진 표정을 지었다.

태사린은 자신이 강호무림에 대해 너무 아는 것이 없어 그녀가 왜 근심에 젖는지 이해할 수가 없었다. 그렇다고 꼬치꼬치 묻자니 그녀를 괴롭히는 것 같아 마음이 내키지가 않았다.

'은천마국? 하늘 속에 숨겨진 마국이란 의미인가? 마도 집단치고는 꽤나 신비로운 이름이로군.'

감소채는 자신이 지나친 상심을 드러냈다 싶어 얼른 표정을 고쳤다.

"참, 마병들이 혹시 소공자에게 어떤 해를 끼치지는 않았나요?"

"붉은 피풍의에 남색 장삼을 걸친 사람이 저를 심문했는데 험하게 다루지는 않았어요."

"마령(魔領)이군요. 마국에서는 하급 장교이지만 대문파의 원로들보다 강한 마인이에요. 소녀도 그자의 혈음마공에 당하고 말았어요."

태사린은 자신의 왼쪽 어깨 부위를 매만졌다.

"생각해 보니 그자가 제 어깨를 힘껏 쥐었어요. 얼마나 아픈지 아직도 욱신거리기는 해요."

"예에?"

감소채는 눈을 커다랗게 뜨며 바싹 다가섰다.

"어깨를 좀 볼 수 있을까요?"

"몸을 씻은 지 오래돼서 지저분할 텐데……."

태사린은 부끄러운 표정을 지으며 왼쪽 어깨를 드러냈다.

감소채는 그의 어깨 부위를 살피고는 이내 탄식을 터뜨렸다.

"아, 사악한 놈들! 나와 아무 연관도 없는 소공자께 이런 독공을 펼치다니……."

"……?"

태사린은 움찔 놀라 자신의 어깨로 시선을 돌렸다.

붉은 손자국이 선명하게 새겨져 있었다. 아무리 세게 쥐었다 해도 하룻밤이 지났으니 지워졌어야 정상이다.

감소채는 죄책감에 젖어 눈물을 글썽였다.

태사린은 어깨의 옷을 끌어당기며 해맑은 웃음을 지어 보였다.

"괜찮을 거예요. 제가 한동안 제대로 못 먹어서 그렇지 건강한 편이에요. 손자국은 곧 사라질 겁니다."

"소공자, 그것은 단순한 손자국이 아닙니다. 저들은 사람을 버러지처럼 죽이는 극악한 마인들이에요. 사실 소녀가 갈대 숲으로 숨으면서 소공자에게 도움을 요청할 수 없었던 것도 저들이 소공자를 해칠 것을 우려했기 때문입니다."

"아, 그랬었군요."

"마령은 소공자에게 혈음마공을 펼친 겁니다. 소공자도 소녀처럼 한독에 중독된 거죠."

태사린은 몸을 좌우로 움직여 보였다.

"아니에요. 전혀 이상이 없는데요?"

"마령은 소공자가 무공을 전혀 모르는 몸이기에 2, 3성 정도로만 마공을 펼쳤을 겁니다. 그렇다 해도 한독은 혈관을 타고 심장으로 파고들기에 하루를 버틸 수 없습니다."

태사린은 비로소 자신이 위기에 처했음을 인식했지만 이상하게도 두려운 마음은 들지 않았다.

물론 죽는다는 사실은 두렵다. 하지만 자신이 겁먹은 모습을 보이면 그녀가 자신에 대한 죄책감에 더 괴로워할 것 같아 애써 의연한 태도를 취했다.

"소저도 탕재를 먹고 해독이 됐잖아요? 제가 아직 약재를 기억하고 있으니 같은 처방으로 나을 수 있을 겁니다.”

감소채는 그의 손을 쥐며 안타까운 표정을 지었다.

“소공자, 소녀는 내공을 수련한 데다 어렸을 적 귀한 영약을 복용했기에 혈음마공에 적중되고도 견딜 수 있었어요. 하지만 소공자는 내공조차 없는 몸이라…….”

그러다 무엇을 생각한 듯 그녀의 입가에 환한 웃음이 번졌다.

“아, 그래요. 그런 방법이 있었군요?”

그녀는 움막 안을 두리번거리다가 빈 약사발을 찾아 들었다. 옷소매로 약사발을 깨끗이 닦고는 자신의 무릎 위에 올려놓았다.

“너무 놀라지 마세요.”

소매를 걷은 그녀는 손톱으로 자신의 팔뚝을 그었다. 상처를 통해 붉은 피가 흘러나와 약사발 안으로 떨어져 내렸다.

태사린은 그녀를 만류하기 위해 벌떡 일어섰다.

“감 소저?”

감소채는 잔잔한 눈웃음을 지었다.

“소녀는 괜찮으니 앉으세요.”

태사린은 두 어깨를 억누르는 부드러운 힘에 눌려 주저앉고 말았다. 그로서는 어찌 된 영문인지 이해할 수가 없었다.

‘이 무형의 힘은 뭐지? 감 소저는 분명 손끝 하나 대지 않고 날 눌러 앉혔어.’

약사발이 어느 정도 채워지자 감소채는 혈도를 찍어 지혈을 하고는 팔뚝에 천을 동여맸다.

“드세요.”

감소채가 자신의 피를 담은 약사발을 내밀자 태사린은 당황스럽기만 했다.

"소저, 왜 귀한 피를……?"

"소녀는 세상에 드문 영약을 복용했기에 약 기운이 아직 남아 있어요. 이 피는 보혈(寶血)이라 소공자의 한독을 해독시킬 수 있을 겁니다."

태사린은 그녀의 따뜻한 배려에 가슴이 뭉클해졌다.

"사람의 피는 생명인데……. 더군다나 소저는 아직 완쾌되지 않은 몸이 아닙니까?"

"소공자가 구해주신 생명입니다. 소공자를 위해서라면 제 목숨을 바친다 해도 아깝지 않아요. 어서 드세요."

"고마워요."

태사린은 마음속으로 감격의 눈물을 흘리며 보혈을 들이켰다.

어릴 적 아버지가 어디에서 구했는지 녹혈(鹿血)을 가져온 적이 있었다. 아버지는 녹혈을 술에 타서 그에게 먹여주었다. 다소 비렸지만 겨우 참고 넘겼다. 하지만 아버지의 시신에서 느꼈던 사람의 피는 몹시 비렸기에 다시는 사람의 피 냄새를 맡고 싶지 않았다.

한데 감소채의 피에서는 비린 냄새가 전혀 느껴지지 않았다. 그녀 말대로 보혈이어서 그럴까? 마치 감초를 많이 넣고 달인 탕약을 마시는 것 같았다.

보혈이 목구멍을 타고 넘어가자 뱃속이 후끈 달아올랐다.

감소채는 그의 등 뒤에 가부좌를 틀고 앉아 장심을 갖다 댔다.

"소공자, 마음을 편안히 가지세요. 다소 뜨거운 기운이 느껴져도 절대 정신을 흐트리면 안 됩니다."

태사린은 입을 다문 채 힘있게 고개를 끄덕였다.

이내 감소채의 손바닥이 불덩이처럼 뜨거워졌다. 그녀의 장심에서 흘러나온 기운이 혈관을 타고 전신을 타고 돌았다. 너무도 강렬한 기운에 비명을 지를 뻔했지만 태사린은 그녀의 당부를 상기하며 이를 악물었다.

점차 뜨거운 열기가 가시며 몸이 둥실 뜨는 기분이었다.

상쾌했다. 마치 나뭇잎에 몸을 싣고 수면 위를 미끄러지는 듯한 짜릿한 쾌감마저 느껴졌다.

그것은 태사린이 처음으로 접한 내공의 기운이었다.

第2章

네 이름은 제44호

눈 위를 스쳐 지나갔지만 가벼운 흔적만 남을 정도였다.

태사린은 믿을 수 없는 듯 연신 주변을 두리번거렸다. 감소채는 그의 손을 쥔 채 경공을 펼치고 있었다. 그녀는 무공을 전혀 모르는 태사린을 이끌면서도 한 번에 칠팔 장은 거뜬히 건너뛰었다.

움막 주변은 외진 곳이기에 허리까지 눈이 쌓여 있었다. 태사린이 눈을 헤치고 나가기가 어렵다 싶어 감소채는 그나마 눈이 덜 쌓여 있는 관도 쪽으로 데려다 주는 중이었다.

관도 주변은 새벽부터 마차와 수레가 다녀서인지 단단하게 다져져 있어 다소 미끄럽지만 걷는 데에는 지장이 없어 보였다.

바닥으로 내려선 감소채는 그의 손을 놓아주었다.

태사린은 그녀의 보드라운 손이 손아귀에서 빠져나가자 몹시 아쉬웠다. 그는 자신의 손등을 어루만지며 목례를 취했다.

“이제 가보셔야죠?”

감소채는 아쉬운 눈빛으로 그를 바라보았다.

“달리 행선지가 있으세요?”

“그냥… 다니는 중입니다.”

“소녀가 도울 수 있을까요?”

태사린은 잠시 주저하다가 물었다.

“제가 자객이 되려 하는데, 혹시 자객 단체 중에 아는 곳이 있으세요?”

그녀가 무림의 여인이기에 알 수도 있다는 생각에서였다.

감소채는 깜짝 놀라며 눈을 동그랗게 떴다.

“자객이요? 자객이 되려 한단 말인가요?”

“그럴 만한 사정이 있습니다.”

감소채는 정색을 하며 고개를 저었다.

“소공자, 어떤 사정인지 몰라도 자객이 되겠다는 생각은 절대 하지 마세요. 소공자는 깨끗한 정신을 지니신 분입니다. 냉혹한 자객이 될 분이 아닙니다.”

“전 꼭 자객이 되어야 합니다. 제 부모님이 자객에 의해 돌아가셨어요. 검시관 어른의 말로는 자객의 존재가 유령과 같아 자객이 되지 않고서는 절대 그들을 찾아낼 수 없다고 했어요.”

“소공자의 부모님이 자객에게 피살되셨다고요?”

“예. 한 달이 조금 넘었습니다.”

감소채는 숙연한 표정을 지었다.

“아, 세상에서 가장 큰 비극을 겪으셨군요. 어린 나이에 그런 충격을 겪고도 좌절하지 않은 소공자의 정신력이 존경스러워요. 하지만 자객이 되어 복수를 하겠다는 것은 그릇된 생각입니다."

태사린은 결연한 어조로 말했다.

"그래도 그것이 가장 빠른 길입니다."

감소채는 길게 한숨을 내쉬었다.

"소공자, 만일 강호가 평화로운 시기였다면 소녀가 소공자를 위해 사문을 소개해 드렸을 겁니다. 하지만 지금은 너무도 혼란스럽고 위험한 상황입니다."

"은천마국, 그 마도 집단 때문인가요?"

"그 이름은 잊으세요. 저들은 아직 마각을 드러내지 않았지만, 세상 곳곳에 악의 뿌리를 내리고 있어요. 소공자가 함부로 그 이름을 발설하면 큰 위험이 따르게 됩니다."

감소채는 단단히 주지시키고는 다시 말을 이었다.

"소공자, 부모님의 원한을 갚는 것이 자식 된 도리인 줄은 알지만 신중히 생각하십시오. 솔직히 자객에 의해 피살된 경우라면 복수를 한다는 것이 어렵습니다. 단서를 거의 남기지 않기에 흉수를 찾아내기가 너무 힘들어요."

"저도 알아요. 그래서 자객이 되려는 겁니다. 자객에게도 그들만의 세계가 있겠지요. 호랑이를 잡으려면 호랑이 굴로 들어가야 합니다."

"미안하지만 소녀는 도울 수 없습니다."

"제가 부탁해도 안 되겠어요?"

감소채는 한쪽 무릎을 꿇으며 그의 손을 쥐었다.

"소공자, 절대 자객은 되지 마세요. 소공자가 자객이 되면 소녀를 죽일 수도 있습니다."

태사린은 정색을 하며 그녀를 이끌어 일으켰다.

“그런 말씀 마세요. 제가 어떻게 감 소저를 해칠 수 있겠어요?”

“그게 현실입니다. 자객은 집단에 소속된 흉기입니다. 그들에게는 인성이 없어요. 아이와 노인, 심지어는 임산부까지 죽이는 자들입니다. 그런 자객이 되고 싶으세요?”

“……”

“미안해요. 소공자의 심정은 생각지 않고 너무 주제넘게 참견을 했군요.”

태사린은 애써 의연한 미소를 지어 보였다.

“아닙니다. 고마운 충고였어요.”

감소채는 하늘색을 살피고는 품속에서 비단 주머니를 꺼내 들었다.

“은혜에 달리 보답할 길이 없군요. 패물 따위로 답례를 할 수밖에 없어 부끄럽지만 받아주세요.”

태사린은 손을 저으며 물러섰다.

“안 돼요. 받을 수 없습니다.”

“제 성의라고 생각해 주세요.”

“제가 부담스러워서 그런 겁니다. 어머니는 자신의 힘에 부친 재물은 절대 지녀서는 안 된다 하셨어요. 제가 귀한 패물을 지닌 것을 알면 도적들이 패물을 탐내 저를 죽일지 몰라요. 저는 아직 도적들을 감당할 힘이 없어요.”

감소채는 나직이 탄성을 발했다.

“이, 정말 속이 깊으세요. 소녀가 미처 생각지 못했어요.”

그녀는 비단 주머니에서 은 조각 몇 개만 꺼내 들었다.

“이 정도는 괜찮을 겁니다.”

태사린은 머쓱한 표정으로 은자 부스러기를 받았다.

"그럼 빌린 것으로 할게요. 나중에 꼭 갚겠어요. 언제가 될지는 모르지만."

"비록 넓은 세상이지만 인연이 닿으면 다시 만나게 될 겁니다. 그때는 늠름한 대장부가 되셨을 테지요."

감소채는 공손히 예를 올렸다.

"소공자의 은혜, 평생 잊지 못할 겁니다."

태사린도 손을 모아 마주 예를 올렸다.

"저도 감 소저와의 만남을 기억하겠어요. 비록 하룻밤의 만남이지만 평생의 추억으로 남을 겁니다."

"소공자, 강호는 험난합니다. 매사에 조심하십시오."

감소채는 아쉬운 미소를 지어 보이고는 훌쩍 날아올랐다.

한 마리 제비였다. 그녀는 몇 번의 도약으로 수림 속으로 사라져 버렸다.

태사린은 그녀가 사라진 곳에서 한동안 눈을 떼지 못했다.

시종 공손함을 잃지 않은 그녀의 현숙함이 더욱 아름다워 보였다. 공연히 가슴 한 자락이 허전해졌다. 아마 다시 만나기는 힘들 것이다. 그래도 그녀와의 만남은 평생 잊지 못할 아름다운 추억으로 그의 뇌리에 남게 될 것이다.

2

따사한 겨울 햇살이 저물면서 서서히 찬바람이 불어왔다.

태사린은 감소채 덕분에 두툼한 솜옷을 걸치게 되어 그나마 추위에 떨지 않을 수 있었다.

점심 무렵에는 반점에 들러 따끈한 소면을 두 그릇이나 먹었기에 배도 든든했다. 많지 않은 은자지만 당분간은 일거리를 찾아 애쓰지 않아도 밥을 굶는 일은 없을 것이다.

갈랫길에 선 그는 잠시 생각을 굴리다가 사천으로 향하는 소로로 방향을 잡았다. 비교적 잘 닦인 넓은 관도는 무당산을 거쳐 섬서성 장안으로 이어진다.

사천으로 향하는 소로는 인마의 통행이 적어서인지 눈이 제법 쌓여 있었다. 한 걸음 한 걸음 내디딜 때마다 뽀드득뽀드득 눈 밟는 소리가 났다.

정해진 행로가 없다는 것이 난감하기도 하지만 서두르지 않아도 되기에 조금은 편안하다.

태사린이 굳이 사천성 방향을 고집하는 이유는 수십 개의 자객 집단이 험준한 산세 속에 숨겨져 있을 거라는 얘기를 들어서였다. 어느 산 어느 계곡인지도 모르기에 너무나 막연했지만, 그래도 한가닥 기대는 할 수 있었다.

사실 감소채의 간곡한 만류에 그의 결심이 다소 흔들리기도 했다.

비록 복수를 위한 의도이지만 막상 자객이 되면 그 역시 여느 자객처럼 인성이 말살된 흉기로 변할지도 모를 일이다. 복수는 잊은 채 잔혹한 살인만 일삼다가 허무한 최후를 마치게 될 것이다.

그러나 두려움 때문에 복수를 포기한다는 것은 더욱 고통스런 삶이 되리라.

이미 운명은 그에게 평범한 삶을 빼앗아가 버렸다. 여느 아이들처럼 학당에서 마음 편하게 책을 읽을 수 없고, 부모와 함께 흥겨운 축제를 구경 갈 수도 없다.

그에게는 미래가 없었다. 암담한 현실만 있을 뿐이었다.

그가 높은 고갯마루를 오르다가 문득 감소채의 사문조차 물어보지 않았음을 후회했다.

'맞아, 왜 내가 묻지 않았을까? 감 소저는 자신이 고수가 아니라 했지만 몸을 날리는 수법을 보면 정말 굉장했어. 아마 뛰어난 고수일 거야. 사문도 훌륭할 테지. 어느 문파의 제자인지만 알고 있어도 훗날 한 번쯤은 만날 수 있을 텐데…….'

조금은 후회스러웠다.

물론 그녀는 머지않아 자신처럼 하찮은 존재는 이내 잊을 것이다. 수 년 후 기적같이 그녀를 만난다 해도 자신을 기억해 줄지도 의문이다. 그녀를 생각하는 마음은 아마 일방적인 그리움으로 끝날 것이다.

하지만 누군가를 생각한다는 것은 즐거운 일이었다. 세상 속에 홀로 떨어져 나온 그의 공허함을 조금은 달래줄 수 있기에.

한데 그가 막 고갯마루를 올랐을 때였다.

세 사람이 다급하게 고개를 올라오고 있었다. 상당한 무공의 소유자인지 몸놀림이 아주 빨랐다. 그들은 누군가에게 쫓기는지 연신 뒤를 돌아보고 있었다.

"……?"

태사린은 감소채를 추격해 온 자들을 떠올리며 얼른 길가로 비켜섰다. 공연히 다른 사람들의 다툼에 휘말릴 것이 우려되었다.

고갯마루로 올라온 사람들은 특이하게 깃털로 짠 피풍의를 걸친 청년들이었다. 저마다 손에 병기를 쥐었는데, 칼끝이 새의 부리처럼 휘어진 기형도(奇形刀)였다.

태사린은 갑자기 등줄기가 서늘해졌다. 한줄기 싸늘한 바람이 그의 머리 위를 스쳐 간 것이다.

순간적으로 청년 하나가 목이 댕강 잘리며 바닥으로 쓰러졌다.

태사린은 머리카락이 쭈뼛 솟았다. 눈앞에서 살인을 목격하기는 이번이 처음이다. 부모의 경우에는 시신을 보았을 뿐 죽는 과정은 보지 못했던 것이다.

청년의 목을 벤 사람은 몸에 착 달라붙은 회색 경장 차림의 중년인이었다.

태사린은 가까운 곳에 있었지만 중년인이 어떻게 청년을 살해했는지는 제대로 보지 못했다.

동료가 살해되자 두 청년이 악에 바친 고함을 지르며 중년인을 향해 공격을 펼쳤다.

"잔악한 놈!"

"받아랏!"

두 자루 칼이 중년인의 목과 가슴으로 날아들었다. 순간 중년인의 검이 번득였다.

쐐애액—!

대기를 가르는 파공성이 귀신의 호곡성처럼 날카로웠다.

그의 검은 나중에 출수됐지만 두 청년의 칼보다 빨랐다. 한줄기 호선이 그어지며 두 청년이 맥없이 쓰러졌다. 한 명은 목이 베어졌고, 다른 한 명은 심장을 찔렸다.

어느새 검을 거둔 중년인은 천천히 걸음을 옮겼다. 순식간에 세 사람을 죽였지만 아무런 일도 없었던 듯 태연한 걸음걸이였다.

태사린은 숨이 턱 막혔다.

"자, 자객……?"

순간 중년인의 걸음이 우뚝 멈춰졌다. 그는 아주 천천히 고개를 돌렸다.

평범한 용모였다. 너무 평범해서 다시 만난다 해도 기억하기 힘들 정도였다. 표정은 담담했다. 단 이 검에 세 사람을 살해한 사람치고는 너무 담담해 과연 이 사람이 사람을 죽였을까 의심이 들 정도였다.

중년인의 눈빛은 유현하면서도 무심했다. 무슨 생각을 하고 있는지 도저히 읽을 수가 없었고, 어디를 보고 있는지도 파악할 수가 없었다.

태사린은 눈앞이 캄캄해졌다.

본의 아니게 살인 현장을 지켜본 목격자가 되었다. 결국은 목격자마저 죽여 입을 막는 살인멸구(殺人滅口)에 의해 자신도 죽을 수밖에 없는 상황이 된 것이다.

한데 중년인은 그의 존재를 전혀 개의치 않았다. 한 번 훑어보고는 몸을 돌려 그대로 걸음을 옮겼다.

태사린은 살았다는 안도감에 길게 한숨을 내쉬었다. 일순 그의 눈이 번쩍 뗘졌다.

'맙소사! 내가 지금 자객을 만난 거잖아?'

그는 급히 중년인을 향해 달려갔다.

"아저씨! 저를 데려가세요! 저도 자객이 되고 싶습니다!"

한데 귀신이 곡할 노릇이었다.

중년인은 형체가 흐릿해지면서 그대로 사라져 버렸다.

태사린은 다급한 심정에 빈 허공을 움켜쥐고는 그대로 주저앉아 버렸다. 허탈한 심정에 맥이 쭉 빠졌다.

"바보같이……. 겨우 자객이 될 수 있는 운명이 찾아왔는데… 놓쳐 버리다니!"

그는 공포에 질려 꼼짝도 못한 자신을 모질게 꾸짖었다.

"이렇게 겁이 많아서 어떻게 자객이 될 수 있겠어? 유령과 같다는 자객을 겨우 만났는데……."

길게 한숨을 쉰 그는 못내 아쉬워하면서 몸을 일으켰다.

그는 중년인의 모습을 떠올리려 했지만 이상하게도 기억이 나지 않았다. 사람의 형상만 보일 뿐 이목구비를 구분할 수 없었다. 아주 잠시 전의 기억인데도 그 인상착의가 모호했다.

"이상하네? 분명 보았는데……. 내가 유령을 본 것일까?"

그는 한참을 고민하다가 살인 현장으로 다가섰다.

피비린내가 물씬 풍겨왔다. 부모의 피살 현장에서 느꼈던 역한 비린내였다. 하얀 눈 위로 번진 피가 더욱 붉어 보였기에 비린내가 더 심하게 느껴졌는지도 모른다.

그는 손으로 입을 막으며 몇 번 욕지기를 했다.

겨우 가슴을 진정시킨 그는 난감한 표정으로 세 구의 시체를 내려다보았다. 그와 전혀 무관한 사람들이지만 그냥 내버려 둔다는 것이 마음에 걸렸다. 이들이 악인인지 선인인지는 알 수 없어도 무참하게 죽었다는 것은 측은한 일이었다.

그는 잠시 망설이다가 시체를 묻어줘야겠다고 생각했다.

목이 베어진 시체에 손을 댄다는 것이 두려웠지만 애써 마음을 다졌다. 두려운 것은 산 사람이지 죽은 사람이 아니었다. 죽은 사람조차 두려워한다면 자객이 되겠다는 결심은 진작에 포기해야 할 것이다.

그는 시체를 끌어다 길옆으로 옮겼다. 얼어붙은 땅을 맨손으로 팔 수도 없기에 눈으로 묻어줄 수밖에 없었다. 그는 산기슭의 잔설을 끌어다 시체를 덮어주었다.

한데 이때였다.

퍼억!

강력한 일격에 등판을 찍힌 그는 비명 소리와 함께 앞으로 고꾸라졌다. 다시 발길질이 날아들며 옆구리를 걷어찼다.

"악!"

태사린은 외마디 비명과 함께 바닥을 데굴데굴 굴렀다. 매서운 칼바람 소리와 함께 차가운 칼날이 그의 목에 닿았다. 칼끝이 새의 부리처럼 휘어진 기형도였다.

태사린은 가쁜 숨을 몰아쉬며 자신의 목에 칼을 겨누고 있는 사람을 올려다보았다.

목이 옆으로 심하게 기울어진 노인이었다. 그는 화려한 금의에 깃털로 짠 특이한 피풍의를 걸치고 있었다. 세모꼴 눈은 날카로웠고, 매부리코가 다소 음침해 보였다.

노인은 잠시 태사린을 쏘아보다가 기형도를 거두었다.

"웬놈이냐?"

"저, 저는 태사린이라고 합니다."

"네놈의 이름을 물은 게 아니다. 행색을 보니 죽은 내 제자들 몸에서 패물이라도 훔치려 한 것 같구나?"

"아닙니다."

태사린은 얼른 몸을 일으켰다. 걷어 채인 등과 옆구리가 몹시 아팠지만 도둑놈이란 오해를 받을 수는 없었다.

그는 강하게 자신을 변론했다.

"저는 그저 세 분의 시신을 묻어주려 했을 뿐입니다. 정말입니다."

"누가 내 제자들을 죽였느냐?"

“그게…….”

“현장을 보았느냐?”

“한 사람이었습니다. 한데 얼굴을 기억하지 못하겠어요.”

노인은 예리한 눈빛으로 주변을 쓸어보았다. 고개가 삐딱하게 기울어져 있어 몹시 불편해 보였다.

“얼마나 됐느냐?”

“잠시 전이었습니다.”

“어디로 갔느냐?”

“저쪽입니다.”

태사린이 고개 아래쪽을 가리키자 노인은 차갑게 내뱉었다.

“비열한 놈! 노부의 목숨을 노렸을 터인데 왜 죄없는 제자들을 죽였단 말인가?”

노인이 시체 쪽으로 걸어가자 태사린이 조심스럽게 물었다.

“할아버지는 누구세요?”

노인은 다소 불쾌한 표정을 지었다.

“네놈은 무림인이 아니로구나?”

“…….”

“노부는 철익장(鐵翼莊)의 장주다. 웬만한 사람이라면 노부의 독특한 피풍의를 보고 대번에 노부를 알아보았을 것이다.”

“송구합니다. 전 강호에 대해 아는 게 없어요.”

“그럴 것 같았다.”

노인은 공연히 헛기침을 했다.

철익장은 호북과 사천 경계에 위치한 무림 세가였다.

장원이 세워진 지는 이십 년 정도였지만 수 년 전부터 갑자기 제자

들이 불어나면서 제법 명성을 얻게 되었다. 깃털로 엮은 독특한 피풍
의는 철익장의 상징이기도 했다.

철익장주가 가볍게 소매를 휘두르자 시체를 덮은 눈이 대번에 쓸려
나갔다. 그는 몸을 굽혀 제자들의 상흔을 살펴보았다.

"추혼검법(追魂劍法)이로군."

태사린은 단지 베어진 상흔만 보고 검법을 알아보는 그의 안목에 놀
라움을 금치 못했다.

"그, 그것을 어떻게 아세요?"

"초식마다 찌르고 베는 수법이 다르다. 물론 그것을 알아볼 만한 안
목과 식견이 있어야겠지만."

"추혼검법이… 자객들이 펼치는 수법인가요?"

철익장주는 고개를 돌려 물끄러미 그를 바라보았다.

"강호 녀석도 아니라면서 관심이 많구나?"

"그냥 궁금해서요."

"추혼검법은 널리 알려진 쾌검식이다. 웬만큼 검을 수련한 사람이라
면 누구나 펼칠 수 있지. 하지만 쾌검은 상당한 수련이 필요하기에 제
대로 구사하기가 쉽지 않다."

태사린은 새롭게 알게 된 사실에 흥분을 금치 못했다.

'아, 죽은 사람의 상흔을 보고 그 수법을 알아내는 방법이 있는 줄은
몰랐다. 아버지와 어머니는 죽는 순간까지도 위급한 상황을 느끼지 못
하셨어. 검시관 말로는 각각 쾌도와 쾌검에 당하셨다고 했지. 그렇게
빠른 수법이 어떤 초식인지 알아낸다면 원수를 찾아내는 것도 불가능
하지만은 않아!'

철익장주는 뒷짐을 진 채 걸음을 옮겼다.

“넌 가도 좋다. 죽은 아이들은 다른 제자들이 와서 거둘 것이다.”

그는 자신의 제자들을 묻어주려 한 태사린에 대해 전혀 고마워하지 않았다.

일순 그의 세모꼴 눈이 번득이더니 신속하게 옆으로 미끄러졌다.

쐐애액―!

매서운 검풍이 허공에서 내리 꽂히며 그가 서 있던 자리를 길게 베었다. 상대를 베지 못한 검기가 스러지면서 회색 경장의 중년인이 바닥으로 내려섰다.

철익장의 세 제자를 단숨에 살해한 자객이었다.

태사린은 그를 보자 가슴이 설레었다.

‘아, 떠나지 않았어!’

자객을 보고 반가워할 사람은 세상에서 그가 유일할 것이다.

철익장주는 여전히 삐딱하게 고개를 기울인 채 자객을 직시했다.

“네놈이 노부의 제자들을 살해한 자객이냐?”

자객은 아무런 대꾸도 하지 않았다. 순간적인 기습에 실패했지만 표정은 여전히 담담했고 눈빛은 무심했다.

철익장주는 기형도를 뽑아 들었다.

“하찮은 은자에 목숨을 거는 자들이니 왜 노부를 죽이려 하는지에 대해서는 묻지 않겠다. 하지만 어느 자객 집단 소속인지는 알아야겠다.”

“……..”

“큭, 끝내 입을 열지 않겠다면 네놈의 사지를 벤 후 독형을 가할 수밖에!”

철익장주는 훌쩍 솟구치며 날아들었다.

"비환낙섬(飛桓落閃)!"

일곱 줄기의 도기가 연속적으로 발출되며 자객의 요혈로 날아들었다. 허공을 밟고 뛰면서 도기를 연속적으로 발출하기는 쉽지 않다. 그의 깃털 피풍의는 새의 날개와 같은 역할을 해주기에 허공에서의 몸놀림이 비교적 자유로웠다.

자객은 제자리를 지킨 채 검을 휘둘러 막았다.

차차창!

철익장주의 위력적인 도기가 간단히 차단되었다.

'일류급 자객이다!'

단 일 합의 교환이었지만 철익장주는 바싹 긴장하며 공격 속도를 다소 늦추었다.

한낱 자객이라고 경시했다가는 언제 펼쳐질지 모르는 기습에 당할 우려가 있었다. 그로서는 급할 것이 없는 대결이었다. 철익장 당주급들이 곧 당도하면 자객을 생포할 수 있기에 굳이 위험을 감수할 필요가 없었다.

자객은 천천히 다가섰다. 하지만 세 걸음을 내딛기도 전에 그의 신형이 연기처럼 사라져 버렸다. 자객 특유의 은신술이었다.

철익장주는 급히 철판교 수법으로 몸을 뒤로 눕히며 허공을 향해 기형도를 올려쳤다.

"어디서 사술을!"

과연 일문의 종주답게 임기응변이 빨랐다. 자객이 은신술을 펼치는 순간 상방에서 기습을 펼쳐 올 것을 간파한 것이다. 과연 그의 예측대로 자객은 그의 머리 위에서 몸을 거꾸로 한 채 내리 꽂히고 있었다.

차앙!

두 자루 도검이 교차되었다.

자객의 기습을 막아낸 철익장주는 왼손을 들어 일권을 내질렀다.

"철풍패권!"

방어와 동시에 반격을 펼치는 그의 수법은 확실히 뛰어났다.

한데 전혀 예기치 못한 상황이 발생되었다.

그가 몸을 눕히고 있는 바닥에서 한 자루 붉은 칼이 불쑥 솟아오른 것이다. 워낙 조용하게 솟아났기에 철익장주는 자신의 머리가 뒤통수에서부터 쪼개진 후에야 또 한 명의 자객이 은신해 있었음을 깨달았다.

회색 경장의 자객은 그의 입에서 비명이 채 튀어오기도 전에 목을 댕강 잘라 버렸다.

허무한 최후.

호북에서 쟁쟁한 명성을 떨친 철익장주는 이렇게 두 자객에 의해 목숨을 잃고 말았다.

붉은 칼이 솟아오르며 은신해 있던 자객이 모습을 드러냈다.

붉은 경장 차림의 여인이었다. 틀어 올린 머리에는 장식용 꽃이 잔뜩 꽂혀 있었다. 추운 날씨에도 불구하고 젖가슴을 절반이나 드러낸 간편한 나삼 차림이었다.

"압!"

태사린은 또 다른 자객이 은신해 있었다는 사실에 경악하고 말았다. 더군다나 여자객은 전혀 생각지 못했기에 충격이 상당했다.

여자객은 삼십대 초반으로 상당한 미모의 소유자였다. 눈매가 다소 날카로웠지만 도톰한 입술이 관능적이었다. 행색과 얼굴만 본다면 누구라도 그녀가 잔혹한 여자객이라고는 생각하지 못할 것이다. 그저 도발적인 탕녀로만 생각될 것이다.

여자객은 힐끗 태사린을 보고는 눈웃음을 쳤다.

"봤어?"

태사린은 뛰는 가슴을 억누르며 고개를 끄덕였다.

"네……."

"호호, 그러면 곤란한데? 네가 현명한 아이라면 못 보았다고 대답했어야 돼."

태사린은 털썩 무릎을 꿇으며 손을 모았다.

"전 자객이 되고 싶습니다. 제발 절 데려가 주세요."

여자객은 어처구니가 없다는 듯 피식 실소를 지었다.

회색 경장의 자객은 천천히 걸음을 옮겼다. 여자객은 그의 뒤를 따르며 냉소를 흘렸다.

"훗, 생긴 것은 멀쩡한 녀석이 미쳤군."

태사린은 급히 몸을 일으키며 그들을 쫓아갔다.

"전 미치지 않았어요! 꼭 자객이 되어야 합니다!"

그러나 두 자객은 마치 땅으로 꺼지듯 모습을 감춰 버렸다.

태사린은 미칠 것만 같았다. 그가 자객이 될 수 있는 천재일우의 기회였기에 주먹을 불끈 쥐며 외쳤다.

"제발 절 데려가 주세요! 뛰어난 자객이 되겠습니다!"

공허한 외침이었다. 그의 입을 떠난 절규는 메아리가 되어 아련하게 되돌아왔다.

태사린은 눈물이 핑 돌았다.

"젠장, 왜 그냥 가는 거야? 당신들도 자객인데… 왜 난 안 된다는 거야?"

그는 허탈한 심정이 되어 발길을 돌렸다.

기대했던 상황이 무산되자 어깨가 축 처졌다. 물론 쉽게 받아주지는 않아도 기회는 줄 것이라 생각했는데 그것은 그 자신만의 희망 사항이었다.

엎어져 있는 철익장주의 참혹한 시체가 눈에 들어왔다.

수급은 멀리서 나뒹굴었고 등은 척추뼈가 드러날 만큼 갈라져 있었다.

태사린은 길게 한숨을 내쉬었다.

"자객은 역시 무섭군. 이 할아버지도 무공이 높은 것 같은데 제대로 싸워보지도 못했어. 하기는 배후의 기습을 어떻게 짐작이나 했겠어?"

그는 잠시 입술을 곱씹다가 그대로 걸음을 옮겼다.

좋은 마음에 시신을 치워주려다 철익장 사람들이 들이닥치면 자신의 입장이 무척 곤란해지기 때문이다. 당연히 자신을 심문할 것이고, 그러면 자신은 두 자객에 대해 말할 수밖에 없는 일이다.

하지만 그는 이번 살인에 대해서는 누구에게도 말하고 싶지 않았다. 그것이 살인 현장을 목격했는데도 불구하고 자신을 죽이지 않은 두 자객에 대한 보답이라 생각되었기 때문이다.

그는 서둘러 고갯마루를 내려갔다.

한데 갑자기 등줄기가 뜨끔해졌다. 두 다리가 맥없이 쓰러지면서 정신이 몽롱해졌다.

혼혈(昏穴)을 짚인 것이다.

3

완벽한 어둠.

아무것도 보이지 않았다. 이렇듯 철저하게 빛이 차단된 세계가 있다는 것이 놀라울 정도였다.

의식이 깨어난 태사린은 벌떡 일어나 앉았다.

"여기가… 어디지?"

그는 머리를 흔들어 아직까지 멍한 정신을 일깨웠다.

예상치 못하게 두 자객에 의한 살인 현장을 목격하였다. 자객이 되겠다는 그의 요청이 거부돼 허탈하게 돌아섰다. 그리고 갑자기 정신을 잃었다.

"아, 자객 아저씨와 아주머니가 날 데려온 게 분명해."

그는 자신의 직감을 확신했다. 그 외에는 자신이 왜 이런 암흑 공간 속에 놓이게 됐는지 달리 설명할 길이 없었던 것이다.

그는 요동치는 가슴을 억누르며 정신을 바싹 차렸다.

'이건 기적이야. 마침내 난 호랑이 굴에 들어왔어.'

일단 당황하지 않는 것이 중요했다.

'두렵다고 울어서는 안 돼. 이건 날 시험하는 과정일 거야. 이렇게 어두운 곳에 가둬놓고 날 살피려는 게 분명해.'

그는 바닥을 더듬어보았다.

매끄러운 돌이 대리석으로 느껴졌다. 기온은 적당해 춥지도 덥지도 않았다. 배가 몹시 고픈 것으로 미루어 하루 이상은 지난 듯싶었다.

그는 자신이 어떻게 처신해야 할지를 곰곰이 생각해 보았다.

만일 자신의 인내력을 시험하기 위해서라면 어떤 반응을 보여서도 안 되었다. 목이 말라도 참아야 하고, 배가 고파도 참아야 한다. 또한 한 치 앞도 분간할 수 없는 어둠이 가져다 주는 본능적인 공포도 떨쳐 내야 한다.

그는 단정히 앉은 상태로 외부의 반응을 기다렸다.

시간의 흐름을 알 수 없다는 것이 답답했다. 아무런 행동도 하지 않고 무작정 기다린다는 것은 고역이었다.

절대적 어둠과 정적……..

그것은 사람의 심리를 공황 상태로 빠뜨리는 가장 큰 위험 요소였다. 사람에게는 자극이 필요했다. 희로애락이 제거된 삶은 더 이상 삶이라 할 수 없다. 그저 메마른 통나무에 불과할 뿐이다.

그렇게 시간이 흘러갔다.

태사린은 심한 갈증과 허기에 점점 정신이 몽롱해졌다. 물이라도 한 모금 달라 소리치고 싶었지만 그의 의지가 입을 틀어막았다.

'나약한 모습을 보여서는 안 돼. 자객 소굴에 들어온 이상 시험을 통과하지 못하면 저들은 날 죽일 것이다. 이제 고통과 죽음 따위는 잊자. 기다리는 거야. 저들에게 내가 끈질긴 생명과 인내력이 있음을 보여줘야 돼.'

그는 더 이상 열세 살 어린 소년이 아니었다.

어린 나이로는 견디기 힘든 충격과 시련을 극복하면서 강한 정신력과 의지를 지니게 되었다. 더불어 생각하는 사고력도 깊어졌다. 학당에서 삼 년 동안 소학을 비롯해 약간의 경서를 접했지만, 그의 삶에 도움을 준 것은 성현들의 틀에 박힌 지식이 아니었다.

그 스스로 터득한 자성(自醒)이었다.

이때였다. 쇠가 긁히는 음향과 함께 어둠 속에서 창노한 음성이 들려왔다.

"이름이 뭐냐?"

실로 오랜만에 느껴보는 외부의 자극이었다.

태사린은 혼몽 속에서 애써 정신을 차리며 입술을 뗐다.

"태, 태사린입니다."

목소리는 더 이상 들려오지 않았다. 쇠가 긁히는 음향을 끝으로 암흑 공간은 다시 질식한 듯한 정적에 휩싸였다.

태사린은 순간적으로 자신이 실수했음을 깨달았다.

'아, 뭐가 잘못됐을까? 어떤 답변을 했어야 하는 거지?

그는 곰곰이 생각에 잠겼다.

이름을 물었기에 대답했다. 한데 침묵에 이어 밀폐 공간과 통하는 창구가 닫혔다. 그것은 적절한 답변이 아니었음을 의미했다.

'무엇을 원하는 것일까? 내게 원하는 것이 뭐지?

어둠과 정적은 계속되었다.

그 후 얼마나 많은 시간이 흘렀는지 판단할 수가 없었다. 서서히 마비 증상이 찾아들었다. 배고픔도 느낄 수 없었고, 갈증도 느낄 수 없었다. 정신마저 혼미해져 자신이 앉아 있는지 누워 있는지조차 분간할 수가 없었다.

"이름이 뭐냐?"

어둠 속에서 들려오는 창노한 음성이 마치 환청처럼 여겨졌다.

건조한 음성은 처음 들려왔을 때와 똑같았다. 마치 음성을 저장해 두었다가 다시 들려주는 것만 같았다.

"……."

태사린은 아무런 답변도 하지 않았다. 입을 뗄 힘이 없어서가 아니었다. 자신의 이름을 말하지 않는 것이 옳다고 여긴 것이다.

한데 쇠가 긁히는 음향과 함께 다시 정적이 찾아왔다.

그는 좌절하고 말았다.

'아, 이것도 아니었어. 대답을 해도 안 되고 침묵을 지켜도 안 되는 거였던 거야. 그렇다면 대체 어찌해야 한단 말인가?'

감각이 마비되면서 정신마저 점차 혼란스러워졌다.

이제는 아무런 판단도 내릴 수가 없었다. 이곳이 어디인지도 분간할 수 없었고, 자신이 왜 자객이 되어야 하는지도 잊었다. 또한 자신의 존재와 이름마저 잊고 말았다.

그저 힘겹게 숨만 쉬는 유령이 된 것이다.

"이름이 뭐냐?"

세 번째 물음이었다. 역시 억양을 전혀 느낄 수 없는 건조한 음성이었다.

이제는 외부의 자극에도 정신을 차릴 수가 없었다. 아무런 판단도 할 수 없었고, 시험을 통과하기 위한 답변도 찾아낼 수 없었다.

그의 메마른 입술이 가볍게 달싹거렸다.

"모릅니다……. 모르겠어요."

이번에는 창구가 닫히는 쇠 긁는 소리가 들려오지 않았다. 대신 건조한 음성이 그의 귓속으로 깊이 파고들었다.

"넌 44호다. 수련생 제44호. 그것이 네 이름이다."

태사린은 마치 최면에 걸린 사람처럼 중얼거렸다.

"44호… 44호……."

第3章
자객은 흉기가 아니다

일곱 명을 제외하고는 모두 사내아이였다. 네 명을 제외하고는 모두 한족이었으며, 세 명의 불구자를 제외하고는 모두 정상이었다. 가장 어린아이도 열한 살은 넘어 보였고, 가장 많은 아이도 열네 살을 넘지 않았다.

그들의 공통점은 무관심이었다. 외부의 어떤 자극과 충격에도 동요하지 않는 철저한 무관심이 그들의 전부였다.

지하 광장은 넓었다. 잘 다듬어진 동굴은 장방형 석실을 방불케 했다. 벽에 드문드문 횃불이 밝혀져 있어 사물을 분간하기에는 어렵지 않았다.

수련생들은 모두 무릎을 꿇고 있었다.

그들 앞에는 세 개의 계단이 놓인 낮은 단상이 자리해 있었다. 잠시 후 검은 복면을 한 사람들이 단상 좌우로 늘어섰다. 모두 열두 명이었다. 가슴에 붉은 실로 한 글자씩 수가 놓아져 있었다.

자(子), 축(丑), 인(寅), 묘(卯)……

십이지지(十二支地)를 상징하는 글자들이었다.

이어 한 노인이 단상으로 올라섰다. 백발이 성성한 노인이었다. 노인은 소매와 옷깃에 검은 띠를 두른 학창의(鶴氅衣) 차림이었다. 노인답지 않게 피부는 깨끗했고 눈이 맑았다. 오관이 단정한 수려한 풍모는 선도를 수행하는 도인처럼 보였다.

"노부가 천예사원(千藝死院)의 원주다. 너희들은 향후 십 년간 자객 수련을 받게 될 것이다. 전부 36관이다. 첫 번째 혼정관(昏精關)을 통과했으니 이제 35관이 남은 셈이다. 너희 중 몇 명이 모든 관문을 통과할지는 알 수 없다. 모두가 통과할 수도 있고, 모두가 죽을 수도 있다."

수련생들은 묵묵히 원주의 얘기를 듣기만 했다.

원주는 뒷짐을 진 채 천천히 단상 위를 걸었다.

"너희가 원했던 길이기에 죽음 또한 너희들의 몫이다. 자객이 되는 길은 험난하다. 자객은 남의 생명을 빼앗아야 하는 자이기에 너희들은 완벽한 자객이 되어야 한다. 그러나 노부는 너희를 흉기로 키우지 않을 것이다. 이것이 노부가 정한 천예사원의 방침이다."

원주의 음성은 건조했지만 차갑지 않았다. 어떤 감정도 개입되지 않은 극히 사무적인 어조였다.

그는 세 개의 계단을 내려섰다. 수련생들 사이를 걷는 그의 걸음은 일정했다. 만 보를 걷는다 해도 보폭이 변하지 않을 일정한 걸음걸이였다.

"자객은 사람들이 생각하는 것만큼 부정적인 존재가 아니다. 일찍이 태사공(太史公)은 사기에 자객열전을 두어 그 존재를 높이 인정했다."

원주는 잠시 말을 끊고는 시를 한 수 읊었다.

바람 소리 소슬함이여, 역수가 차갑구나.

장사(壯士) 한번 떠나감이여, 돌아오지 못하리라.

"자객 형가(荊軻)가 진시황을 죽이기 위해 진나라로 떠나가면서 남긴 시구다. 그는 자신이 남긴 시처럼 돌아오지 못했다. 물론 진시황 암살은 실패하고 말았다. 그렇다 해도 그는 위대한 자객으로 청사(靑史)에 그 이름을 전하고 있다."

원주는 수련생들 사이를 지나 다시 단상으로 향했다.

"오늘날 자객이 단지 잔악한 살인 흉기로 비하된 것은 슬픈 일이다. 살인을 청부한 사람의 입장에서 본다면 살인 명부에 오른 자는 죽어야 할 이유가 있는 자다. 자객은 선악을 판단하지 않으며, 또한 정사(正邪)를 구분하지 않는다. 어떠한 사적인 감정을 가져서도 안 되며, 감정 때문에 책무를 그르쳐서도 안 된다."

수련생들을 향해 돌아선 원주는 짤막하게 한마디 던졌다.

"그것이 자객이다."

원주는 그 말을 끝으로 단상을 내려가 사라졌다. 수련생들은 묵묵히 앞만 응시할 뿐 배례도 올리지 않았다.

곧 이어 가슴에 '자(子)' 자가 수놓아진 복면인이 단상으로 올라섰다.

"난 너희들의 수련을 담당할 수석 교두인 자현(子玄)이다. 나를 비롯한 12교두가 너희들을 지도한다. 원주께서 지적하셨듯이 죽음은 너희들의 몫이다. 너희는 모든 수련을 통과할 때까지 번호로 불리어질 것이다. 그것이 너희들의 이름이다. 과거에 너희가 누구였으며 이름이 무엇인지는 잊어라. 그것이 첫 번째 수칙이다. 사사로이 이름을 거론하는 자는 엄벌에 처해질 것이며, 감점의 대상이 된다.”

그는 교두들에게 지시를 내렸다.

“숙소를 배정하게.”

5호실에 배정된 수련생은 모두 여덟 명이었다.

수련생들의 가슴에는 자신의 이름인 숫자가 새겨져 있어 그것으로 구분될 수 있었다.

‘44호…….’

태사린은 벽에 기대앉은 채 스르르 눈을 감았다.

규칙에 의하면 이름을 잊어야 했지만 그는 자신의 이름을 잊지 않도록 노력했다. 이름을 잊는 순간 자아마저 상실될 것 같았다.

‘태사린, 넌 태사린이다! 넌 부모님의 복수를 위해 자객이 되었어!’

그는 자신을 잊지 않기 위해 스스로에게 강한 주문을 걸었다.

숙소 안은 조용했다.

아무도 서로에게 말을 걸지 않았다. 어떠한 수련 과정을 거치게 될지 모르지만 서로는 경쟁자일 수밖에 없다. 아마도 어느 순간 서로의 심장에 칼을 들이댈지도 모를 일이었다.

바닥에는 간격을 두고 두 줄로 여덟 개의 모포가 깔려 있었다. 베개는 딱딱한 목침이었다. 개인별로 배정된 수납장에는 한 벌의 자리옷과 두 벌의 수련복만 덩그러니 들어 있었다.

태사린은 천천히 시선을 돌려 동료 수련생들을 하나씩 살펴보았다.

대부분 벽에 기댄 채 멍한 표정으로 앉아 있었다. 그들 역시 자신처럼 혼정관의 지독한 어둠과 처절한 정적을 겪은 듯싶었다.

왼쪽의 아이가 가장 어려 보였다. 어떤 사연으로 자객의 길을 선택했는지 몰라도 바싹 긴장한 모습이 측은하게만 느껴졌다. 그의 이름은 35호였다.

조용한 와중에 한 명이 일어섰다.

5호실 내에서 유일한 계집아이였다. 갈색 모발과 푸른 빛이 감도는 눈으로 미루어 유오이족(維吾爾族)인 듯싶었다. 하얀 피부가 유난히 눈부셨다.

다소 경직된 표정이었지만 빼어난 용모는 인형처럼 예뻤다. 그녀는 17호였다.

태사린는 문득 한 소녀를 떠올렸다.

그에게 평생 잊지 못할 추억을 남겨준 소녀, 그녀는 바로 감소채였다. 그보다 두세 살 연상이기에 누이처럼 생각되었다.

그가 만난 세상에서 가장 아름다운 여인이었지만 벽안의 소녀도 그녀 못지않았다. 아직 나이가 어려 성숙한 아름다움은 뒤졌지만 오목조목한 이목구비가 앙증맞았다.

그녀는 모두가 지켜보는 와중에도 수련복을 훌훌 벗었다. 아직 발육이 되지 않아 젖가슴은 밋밋했다. 그녀는 짧은 속바지 위에 자리옷을 걸쳐 입었다. 남녀의 유별 따위는 개의치 않는 대담한 태도였다.

그녀는 먼저 모포 안으로 누우며 짤막하게 말했다.

"불 꺼."

그러자 가장 연하인 35호가 몸을 일으키며 벽에 걸린 등불을 훅 하고 불었다. 문 입구에는 갑작스런 소집에 대비해 작은 등불만 밝혀져 있었다.

모두 자리옷으로 갈아입고 자신의 잠자리에 누웠다.

태사린은 비로소 긴장이 풀리며 몸이 나른해졌다.

혼정관을 나와 간단히 요기를 한 후 몸을 씻었지만 잠시 눈을 붙이기도 전에 소집되었다. 혼정관 내에서 얼마 동안 있었는지 몰라도 잠을 자지 못했기에 절로 눈까풀이 쏟아져 내렸다.

한데도 쉽게 잠을 이룰 수가 없었다.

새로운 세계에 대한 흥분, 자객 수련에 대한 막연한 두려움이 교차되면서 몸을 뒤척거렸다.

나이 어린 35호도 마찬가지로 잠을 못 자고 있었다. 모로 누워 있던 그는 태사린과 눈길이 마주치자 어색한 미소를 지었다.

천예사원에 들어와 처음으로 받아보는 미소였기에 마치 아침 햇살처럼 신선하게 느껴졌다. 태사린이 마주 미소를 지어 보이자 35호는 나직이 입을 열었다.

"44호, 형이라고 불러도 돼?"

"난 괜찮지만 규칙상 숫자를 불러야 할 거야, 35호."

"그럼 형으로만 생각할게."

"좋을 대로 해."

"생각보다는 살벌하지 않아서 좋아. 원주님도 무시무시하지 않고 말이야. 난 자객 단체의 수장이면 삼두육비의 괴물인 줄 알았어."

한데 벽안의 소녀 17호가 벌떡 일어나 앉으며 쏘아붙였다.

"야, 35호! 주둥이 닫지 못해?"

그녀의 등등한 기세에 35호는 찔끔하며 얼른 입을 다물었다.

17호는 다시 누우며 모포를 머리까지 뒤집어썼다.

"새끼, 다시 주절대면 입을 뭉개 버릴 거야."

태사린은 17호의 표독스런 성격에 혀를 내둘렀다.

'생긴 것답지 않게 고약한 계집이로군.'

땡땡땡—!

요란한 기상 종소리는 마치 우렛소리처럼 숙소 안을 강타했다.

문 대신 걸어놓은 천이 젖혀지며 진현 교두의 냉담한 외침이 들려왔다.

"즉시 광장으로 집합해라!"

수련생들은 서둘러 옷을 갈아입고는 광장으로 달려갔다. 워낙 긴장해서인지 갓 잠에서 깨어났지만 졸음에 겨워하는 수련생은 없었다.

모두가 집결하자 자현 교두가 단상으로 올라섰다.

"이제부터 입문관(入門關) 수련이 시작된다. 그전에 반드시 지켜야 할 수칙부터 외워둬야 한다."

자현 교두가 턱짓을 보내자 교두들이 수칙이 적힌 종이를 한 장씩 나눠 주었다.

"즉시 외워라. 글을 모르는 녀석들은 축현 교두를 따라가라. 오직 한 번만 수칙을 불러줄 것이다. 듣는 즉시 기억해야 한다."

수련생들 절반이 비교적 우람한 체구의 복면인을 따라 광장을 나갔다.

태사린은 학당에서 웬만한 경전을 읽을 만큼 글을 배웠기에 깨알같이 기록된 수칙을 모두 읽을 수 있었다. 수련생들은 정신을 집중하며 수칙을 외우는 데 주력했다.

자현 교두는 뒷짐을 진 채 수련생들 사이를 왔다 갔다 걸었다.

“너희들은 모든 수련을 마칠 때까지 오직 두 번의 실수만 용납된다. 첫 번째 실수는 감점으로 끝나지만 두 번째 실수는 채찍형이나 독방형에 처해질 것이다. 그리고 세 번째 실수는… 탈락이다. 탈락은 곧 죽음을 의미한다.”

가파른 벼랑은 족히 삼십 장 높이는 되어 보였다. 매서운 겨울 바람에 허연 얼음까지 서려 있어 보기에도 위태로웠다.

아직 여명 전이라 하늘은 어둑어둑했다.

수련생들은 벼랑 아래에 길게 도열해 섰다. 가파른 벼랑을 올려다보는 그들의 표정에는 벌써부터 긴장감이 감돌았다.

자현 교두가 번쩍 손을 쳐들었다.

“실시!”

행동 명령이 떨어지자 수련생들은 일제히 벼랑을 기어올랐다. 좁은 틈새로 손가락을 집어넣고 발 디딜 곳을 정확히 찾아야 했다. 한번 미끄러지면 다시 기어올라야 하기에 당연히 뒤처질 수밖에 없다.

태사린은 조심스럽게 기어오르면서 아래쪽에 약간 뒤처져 있는 35호를 내려다보았다. 아직 어린 나이라서 그런지 몹시 힘겨워 보였다. 벌써부터 손톱이 깨져 피를 흘리고 있었다.

동료를 도와서는 안 된다는 규정은 없었다. 하지만 이제 시작인 상황에서 35호를 도와준다는 것은 오히려 그에게 독(毒)이 될 뿐이기에 그는 도움의 손길을 뻗지 않았다.

‘힘들어도 이겨내야 한다, 35호. 스스로 극복하지 않으면 아무것도 이룰 수 없어.’

한데 이때였다. 다소 서둘러 올라가던 17호가 발을 헛디디며 주르륵 미끄러졌다.

"아아악!"

그녀는 급속히 미끄러지면서 허우적거렸다. 그 바람에 아래쪽에서 오르고 있던 수련생 몇이 함께 벼랑 아래로 굴러 떨어졌다.

태사린은 17호가 자신이 머리 위로 떨어져 내리자 벼랑 벽에 바싹 몸을 붙였다. 지난밤 보여준 표독스런 성격에 심기가 상해 도움을 주고 싶지 않았다.

그러다 문득 자신을 따라 기어올라 오는 35호를 떠올리며 생각을 바꾸었다.

'35호가 위험해!'

그는 벼랑 틈새에 단단히 손톱을 박은 채 급히 17호를 낚아챘다. 그녀의 허리띠를 움켜쥔 그는 그녀가 발을 디딜 만한 곳으로 옮겨주었다.

"……?"

17호는 복잡한 감정이 얽힌 눈빛으로 그를 바라보았다. 그러다 도움을 받았다는 수치심에 안색이 싸늘해졌다.

"네 도움 따위는 필요없어!"

태사린은 아무런 대꾸도 하지 않고 벼랑을 기어올랐다.

이때 자현 교두가 17호를 호명했다.

"내려와라, 17호."

17호는 침울한 표정이 되어 벼랑을 미끄러져 내려갔다.

바닥에는 그녀 때문에 벼랑에서 떨어지게 된 다섯 명이 부동 자세로 서 있었다. 그녀가 그들 옆으로 서자 자현 교두가 물었다.

"수칙 12조를 말해봐라."

"저어……."

"잊었느냐?"

"아닙니다. 수칙 12조, 어떠한 경우에도 비명을 질러서는 안 된다."

자현 교두는 낙오가 된 여섯 명을 쓸어보았다.

"벼랑에서 미끄러진 것은 전혀 문제 되지 않는다. 너희 다섯은 17호를 원망할 것 없다. 너희들도 미끄러져 남을 떨어뜨릴 수 있으니까. 문제는 너희들 모두가 수칙 12조를 어긴 데 있다."

그는 서첩을 꺼내 여섯 명의 번호를 기록했다.

"이제 너희에게는 한 번의 실수만 용납될 뿐이다. 어서 올라가!"

낙오된 수련생들은 급히 벼랑을 타고 기어올라 갔다.

그들 중 한 명은 절름발이였다. 이름은 23호, 그는 17호를 쏘아보며 냉랭하게 외쳤다!

"형편없는 오랑캐 계집! 네년 때문에 시작부터 감점을 받았어! 죽여 버리겠다!"

17호는 그의 신체적 불구를 빗대 매섭게 쏘아붙였다.

"병신 새끼, 죽을 놈은 너야!"

벼랑 위에 가장 먼저 당도한 수련생은 9호였다. 다소 마른 체구였지만 여느 아이보다 머리 하나 정도는 더 컸다. 사내치고는 희고 갸름한 얼굴이 부유한 귀공자의 면모였다.

그는 아침 식사로 배급된 만두를 하나 받아 들고는 조금씩 베어 먹었다. 물은 없었다. 바위 그늘 아래 쌓여 있는 잔설을 입에 물어 갈증을 해소해야 했다.

태사린은 열아홉 번째로 벼랑 위에 올랐다. 준비된 만두는 스무 개밖에 없었기에 그 다음에 올라온 수련생까지만 배급되었다. 나머지 수련생들은 굶을 수밖에 없었다.

서른 번째로 올라온 35호는 허겁지겁 배급대로 달려왔다. 하지만 이미 배급이 끝난 것을 알고는 시무룩한 모습으로 주저앉았다.

태사린은 만두를 반으로 쪼개 그에게 건넸다.

"받아."

35호는 감격한 눈빛으로 얼른 반쪽의 만두를 받아 들었다.

"고마워……."

태사린은 가볍게 미소 지으며 고개를 끄덕여 보였다.

잠시 후 여섯 명의 낙오자가 벼랑 위로 올라섰다. 몇몇 수련생이 냉담한 눈빛으로 첫 번째 사고를 친 17호를 직시했다. 한데도 17호는 전혀 주눅 든 모습을 보이지 않았다.

태사린은 그녀가 조금은 위험스럽게 느껴졌다.

'정말 맹랑한 계집애로군.'

낙오자들이 숨을 돌리기도 전에 축현 교두가 이동을 지시했다.

"따라와."

그는 유연한 신법을 펼쳐 바위 위를 밟으며 달려갔다.

수련생들은 굴곡이 심한 길을 따라 거의 기다시피 하며 그를 따라가야 했다. 그렇게 한 시진 정도를 달려가자 벼랑이 뚝 끊겨 있었다.

이십 길 아래로 넓은 물 웅덩이가 보였다. 수면 위로 허옇게 피어오르는 물안개가 무척이나 차갑게 느껴졌다. 사철 얼음 같은 냉기를 담고 있는 한빙담(寒氷潭)이었다.

수련생들은 본능적인 두려움에 이를 딱딱 마주쳤다.

겨울 바람은 살이 에일 듯 차가워 식은땀이 그대로 고드름으로 변할 정도였다. 이런 날씨에 차디찬 물속으로 들어간다는 것은 정말 죽을 맛이었다.

축현 교두는 권태로운 손짓으로 한빙담을 가리켰다.

"모두 뛰어내려. 잠이 확 깰 거다."

수련생 모두가 주저하는 와중에 한 명이 먼저 훌쩍 뛰어내렸다.

가장 먼저 벼랑을 올랐던 수련생 제9호였다. 그가 선두에 서자 수련생들은 눈을 질끈 감으며 차례로 한빙담을 향해 몸을 던졌다.

첨벙!

물속 깊이 처박힌 태사린은 얼음처럼 차가운 냉기에 심장이 마비될 것만 같았다. 그는 급히 팔다리를 놀려 수면으로 올라왔다.

"푸하……!"

입에서 허연 김이 뿜어져 나왔다. 차디찬 수면 위로 희뿌연 빙무가 모락모락 피어오르고 있었다.

그는 급히 팔을 놀려 헤엄을 쳤다.

어렸을 적 개울에서 동무들과 놀면서 자연스럽게 배운 자맥질이었다. 한데 한 아이가 연신 물에 잠기며 허우적거리고 있었다. 아마도 헤엄을 전혀 못 치는 것 같았다.

언뜻 보니 낯이 익었다. 그와 같은 숙소를 쓰는 제6호였다.

그는 엄한 수칙 때문에 살려달라는 애원도 못하고 있었다. 벌써 몇 모금의 물을 들이켰는지 흰자위가 절반은 돌아갔다.

태사린은 그의 허리춤을 끌고는 힘겹게 헤엄을 쳐서 한빙담 밖으로 끌어냈다.

"웩웩!"

거푸 물을 토해낸 6호는 바위 위에 털썩 드러누우며 가쁜 숨을 몰아쉬었다.

그는 태사린을 올려다보며 머쓱한 표정을 지었다. 자존심 때문에 고맙다는 말은 하지 않았지만 눈빛이 부드러워졌다.

태사린은 애써 그의 눈길을 무시하고는 35호 옆으로 앉았다.

"괜찮아?"

35호는 두 손으로 가슴을 감싸안은 채 이를 딱딱 마주쳤다.

"추, 추워. 심장이 어, 얼어붙는 줄 알았어."

"어서 옷을 벗어. 물기를 짜내야 돼."

"형, 아니, 44호는 정말 대단해. 한데 눈알 시퍼런 17호는 왜 도와줬어? 성깔이 아주 지랄 같던데."

태사린은 별다른 대꾸를 하지 않았다. 그는 옷을 최대한 쥐어짜고는 머리에 묻은 물기도 털어냈다.

문득 9호가 눈에 들어왔다.

그는 일착으로 뛰어내렸기에 벌써 옷을 말리고 머리까지 단정하게 다듬어 끈으로 묶고 있었다. 사내인 자신이 보아도 잘생긴 용모였다. 표정은 시종 담담했으며, 눈빛은 가을 호수처럼 애수에 젖어 있었다.

'그는 무슨 사연으로 자객이 되려는 것일까? 시문(詩文)이나 읊조릴 귀공자로 보이는데…….'

9호가 천천히 고개를 돌렸다. 둘의 눈빛이 처음으로 마주쳤다.

태사린은 그의 눈빛을 접하는 순간 한 사람을 떠올렸다. 철익장주의 목을 벤 회색 경장의 자객. 여전히 용모를 기억할 수는 없었지만 어떤 감정도 깃들어 있지 않은 무심한 눈빛이 인상에 남았다.

'그 자객 아저씨와 같은 눈빛이야. 타고난 자객이로군.'

일순 요염한 색기가 어린 여자객의 모습이 기억 속에서 피어올랐다.

'아마 그들이 나를 이곳으로 데리고 왔을 거야. 만나게 되면 고맙다

는 말이라도 해야겠어.'

이때 축현 교두의 권태로운 음성이 들려왔다.

"모두 일어서. 다음 장소로 이동한다."

입문관 첫날은 실로 고달픈 수련의 연속이었다.

몇 개의 능선을 쉬지 않고 넘었는지 모른다. 협곡 사이에 걸쳐진 외줄을 타고 건너기도 했고, 삼십 장 높이의 벼랑을 내려오기도 했다.

고된 수련을 마치고 귀환했지만 저녁 식사는 보리떡과 한 그릇의 죽이 전부였다. 귀환 길에 뒤처진 수련생들에게는 그런 식사도 주어지지 않았다.

수련생들은 숙소로 들어오기가 무섭게 곯아떨어졌다. 모두가 지쳤기에 말 한마디 나눌 여가도 없었다.

그러나 그들에게 주어진 수면 시간은 고작 두 시진.

여명이 밝아오기도 전에 그들의 일과는 다시 시작되었다. 극한의 인내와 정신력이 요구되는 체련 단련. 하지만 그것은 그들이 향후 겪어야 할 수련 중 가장 기초적인 것에 불과했다.

그렇게 입문관 수련 백 일이 흘러갔다.

2

입문관 수련 기간 동안 다섯 명이 죽었다.

두 명은 외줄을 타고 협곡을 건너던 중 손이 미끄러져 추락했고, 두 명은 벼랑을 내려오다가 실족해 머리가 으스러졌다. 그리고 한 명은 괴로운 수련을 견디지 못하고 목을 매 자살했다.

최초의 자살자가 발생했다는 것은 다소 충격적이었지만 그것 때문에 비관하는 수련생은 없었다. 오히려 죽은 자를 조소할 뿐이었다.

세 번째 수련 과정은 청문관(聽文關)이었다.

혹독한 체력 훈련은 절반 정도 줄었지만 반나절 동안 꼼짝 못하고 앉아서 강의를 들어야 하는 것은 오히려 더 고역이었다.

자객사십팔계(刺客四十八計)!

자객으로서 반드시 숙지해야 할 마흔여덟 가지 계책이었다. 몇 가지를 제외하고는 대부분 삼십육계나 손자병법, 오자병법과 위공자병법 등 고대의 병법 책에서 발췌한 내용이었다.

뜻밖에도 강사는 천예사원의 원주였다.

그는 글을 모르는 수련생들에게는 천자문부터 배우도록 지시했다. 무지한 자객은 진정한 자객일 수 없다는 것이 그의 견해였다. 그는 자객사십팔계와 더불어 풍류에 대한 강의도 곁들였다.

"자객은 세상에서 가장 고독한 직업이다. 평생 자신을 드러낼 수 없고, 친구를 둘 수도 없다. 사람의 의식이 아무리 강해도 세월이 흐르면 허무와 고독에 억눌려 결국은 폐인이 된다. 하기에 때로는 자신이 자객임을 잊어야 할 필요가 있다. 한 구절의 시가 너희들의 고독을 달래 줄 것이며, 한 곡조의 음률이 너희들의 허무를 어루만져 줄 것이다."

강의를 들으면서 태사린은 심한 갈등에 휩싸였다.

원주가 요구하는 자객의 요건은 십전(十全)의 인간형이었다. 세상 사람들이 알고, 느끼고 있는 냉혹한 살인 병기가 아니었다. 그는 자객으로서 가장 경계해야 하는 풍류도(風流道)까지 자객의 수련 과정임을 주지시키고 있었다.

'세상의 모든 자객이 이런 수련을 거치는 것일까, 아니면 천예사원

의 자객만 이런 과정을 통해 탄생되는 것일까? 원주님은 자객이 아니
라 엄한 글선생님인 것 같아.'

원주는 강의 말미에 한 편의 시를 읊조렸다.

월락오제상만천(月落烏啼霜滿天).
강풍어화대수면(江楓漁火對愁眠).
고소성외한산사(姑蘇城外寒山寺).
야반종성도객선(夜半鐘聲到客船).
달 지고 까마귀 우니 세상에 찬서리만 가득하다.
강교와 풍교의 고기잡이배 불빛에 잠을 뒤척이는데,
고소성 밖 한산사의 종소리,
은은히 나그네의 배에 들려오는도다.

"흔히들 자객을 유성과 같다고 한다. 그만큼 화려하지만 짧은 생을
살다가는 경우가 많기 때문이다. 이 시를 남긴 시인도 유성과 같다. 이
한 편의 시로 그는 역대 최고 가는 시인 중 한 사람으로 꼽힐 수 있었
다. 그가 누구인지 아느냐?"

원주는 수련생들을 찬찬히 둘러보았다.

태사린은 가볍게 미간을 찌푸렸다. 학당에서 한 번 접한 적이 있었
지만 정확히 기억해 낼 수가 없었다. 불과 백여 일의 수련이었지만 지
난 세월이 아득히 멀게만 느껴졌다.

이때 누군가가 대답했다.

"장계(張繼)입니다. 시의 제목은 풍교야박(楓橋夜泊)으로 알고 있습
니다."

모두들 돌아보았다. 관옥 같은 귀공자 모습을 한 9호였다.

원주는 가볍게 고개를 끄덕였다.

"정확히 알고 있구나. 장계는 대단치 않은 시인이지만 이 한 편의 시에는 신운(神韻)이 감도는 힘이 실려 있다. 유성이 소멸되기 직전 밤하늘에서 가장 빛나는 별이 되듯 그는 풍교야박 한 편의 시로 자신의 존재를 남겼다."

그는 천천히 걸음을 옮겨 단상을 내려갔다.

"너희가 훗날 한 건의 살인 청부를 수행한 후 공허함에 젖어 있을 때 이 한 편의 시는 너희를 달래주기에 충분할 것이다. 달은 지고 까마귀 우는데 찬서리가 가득한 세상. 그것이 바로 비감하고도 삭막한 자객의 삶이다."

수련생들이 감상에서 깨어났을 때는 이미 원주가 사라진 후였다.

강의가 끝나 모두들 일어서자 17호는 슬며시 9호의 곁으로 다가섰다. 평소답지 않은 눈웃음이 교태로웠다.

"정말 훌륭해. 넌 뭐든지 뛰어나구나? 9호 넌 반드시 훌륭한 자객이 될 거야."

9호는 잠시 그녀를 응시하다가 건조한 음성으로 말을 받았다.

"훌륭한 자객은 없어. 자객은 그저 자객일 뿐이지."

17호는 그의 냉담한 반응에 공연히 머쓱해졌다. 의도적으로 친분을 가지려 했지만 차갑게 무시당한 것이다.

이때 자현 교두가 단상 위로 올라섰다.

"내일부터 본격적인 수련에 들어간다. 향후 수련은 조 별로 수행되기에 각 숙소 별로 조장을 선임하겠다."

조장의 번호가 호명되었다. 제3조장은 9호였다. 그는 모든 수련생을 대표하는 수석 조장을 겸하게 되었다.

제5조장은 44호, 바로 태사린이었다.

5호실에 속한 수련생들은 축하의 뜻으로 태사린을 향해 가볍게 목례를 보냈다. 그들은 수련 도중 한두 번씩은 그에게 도움을 받은 적이 있기에 당연한 결과로 생각했다.

35호가 가장 좋아하였다. 하지만 지나친 감정 표현은 금기였기에 슬며시 태사린의 손을 잡는 것으로 대신했다.

17호는 자신이 조장이 되지 못했다는 사실에 몹시 분개해했다. 태사린을 쏘아보는 눈빛이 칼날처럼 날카로웠다. 만일 눈빛만으로 사람을 죽일 수 있다면 태사린은 이미 전신이 토막났을 것이다.

그러나 교두의 결정은 절대적이라 반발과 항변은 용납되지 않았다. 그녀는 태사린의 곁을 스치면서 음산하게 뇌까렸다.

"널 죽이고 싶어."

3

세월의 흐름은 유수와 같았다.

삼 년의 세월 동안 수련생들은 자객 36관 중 15관을 넘어섰다.

제10관을 거치면서부터 본격적인 병기술과 신법을 배웠기에 이제는 조금씩 자객의 면모를 갖추게 되었다.

수련생의 숫자도 절반 가까이 줄어들었다.

처음 일곱 개 조로 시작한 수련생들은 네 개 조 서른두 명만 남은 상태였다. 아직도 통과해야 할 스물한 개의 관문을 감안한다면, 과연 몇 명이나 살아남을지 의문이었다.

수련생들이 줄어들면서 조 편성이 개편되었다.

수석 조장은 여전히 9호가 담당했다.

그는 모든 수련생 중에서 단연 독보적이었다. 그의 뛰어난 오성과 자질은 교두들도 감탄할 정도였다. 통솔력 또한 탁월해 모든 수련생의 수련 과정을 며칠씩 앞당기게 만든 적도 있었다.

태사린은 제3조의 조장으로 바뀌었다.

그는 매사에 차분했지만 성적이 우수한 편은 아니었다. 그런 그가 계속 조장에 선임된 것은 아직 감점을 한 번도 받지 않아서였다.

조 편성이 바뀌면서 두 명의 수련생이 새로운 조원으로 합류했다. 한 명은 사내였고, 다른 한 명은 계집아이였다.

제16관은 투감관(透感關)이었다.

수련 기간은 칠십 일. 오늘이 통과를 결정하는 마지막 날이었다.

쿵!

묵직한 음향과 함께 등 뒤로 육중한 철문이 내려앉았다.

태사린은 검은 보자기를 뒤집어쓴 채 통로 안으로 들어섰다. 손에는 한 자루 철검이 쥐어져 있었다. 병기 선택은 자유였지만 그는 주로 검을 사용했다.

검(劍)은 도(刀)와 더불어 강호 무사들이 가장 보편적으로 다루는 병기다. 하기에 예로부터 전해져 내려오는 검법이 수천 가지에 달한다.

그중에서 그는 주로 쾌검을 찾아 수련했다.

모든 자객이 쾌검을 수련하는 것은 아니다. 쾌검보다 중요한 것은 정확한 안목이었다. 아무리 뛰어난 고수라도 허점은 있기 마련이다.

그것을 찾아 필살의 초식을 펼쳐야 하는 것이 자객의 살식이었다.

그가 쾌검에 주력하는 이유는 부모를 살해한 자객이 쾌검과 쾌도의 소유자였기 때문이다.

흉수를 찾아낼 수 있는 유일한 단서가 바로 살인 수법이었다.

철익장주가 한눈에 추혼검법을 알아낸 것이 그에게는 중요한 계기가 되었다.

최대한 모든 쾌검식을 찾아 연구하고 수련한다면 흉수의 쾌검 수법을 밝혀낼 수 있을 것 같았다. 또한 자신이 쾌검을 연마해야 흉수와 대적할 경우 상대의 쾌검을 격파할 수 있기 때문이기도 했다.

투감관은 청력과 감각을 극한까지 수련하는 관문이었다.

검은 보자기를 뒤집어쓰고 있기에 눈으로는 전혀 볼 수가 없다. 통로를 지나면서 쏟아지는 암기와 공격을 청력과 직감으로만 격파해야 하는 것이 시험 과정이었다.

"……."

태사린은 최대한 숨을 멈춘 채 조심스럽게 걸음을 내디뎠다.

딸깍!

발 밑의 석판이 조금 내려앉았다. 그는 순간적으로 긴장했지만 어떤 공격도 전개되지 않았다. 아무런 반응도 없다는 것이 더 불안했다. 모든 신경을 귀로 집중했지만 파공성 하나 들려오지 않았다.

"……?"

정상적인 사람이 시력과 청력을 동시에 상실한다면 그것은 공포다. 더 이상 세상을 볼 수 없고, 세상의 소리를 들을 수 없다는 것은 죽음보다 더한 형벌이다. 그러나 조금 더 냉정히 생각한다면, 아직 세 가지 감각이 더 남아 있기에 좌절할 필요는 없다.

맛을 느끼는 미각, 냄새를 맡을 수 있는 후각, 피부로 느낄 수 있는 촉각.

태사린은 머리 위로 날아드는 싸늘한 한기를 감지하며 철검을 휘둘렀다.

땅! 땅! 땅!

요란한 금속성과 함께 철검을 통해 강한 반탄력이 전해졌다. 그는 만병신기보(萬兵神器譜)를 통해 읽은 적이 있는 특이한 병기를 뇌리에 떠올렸다.

'그렇군. 무음강륜(無音鋼輪)이었어.'

그는 볼 수 없었지만 튕겨진 십여 개의 강륜이 다시 회전하며 날아들고 있었다. 강륜은 빠르게 회전하면서도 허공을 가르는 파공성을 전혀 일으키지 않았다.

그가 청력으로 무음강륜의 접근을 미리 발견하지 못한 것도 그 이유 때문이었다. 쇠가 아니라 곤산(棍山) 한연석(寒鉛石)으로 제작된 무음강륜은 바람 소리를 전혀 일으키지 않는다.

무음강륜은 워낙 귀한 병기이지만 암습에는 더할 수 없이 적합한 병기이기에 큰 규모의 자객 집단이라면 대개 보유하고 있다.

태사린은 청력을 무시한 채 감각에 주력했다.

'좌우로 각각 다섯 개, 정면으로 세 개!'

무음강륜의 접근을 정확히 감지한 그는 쾌검을 휘둘러 정면으로 날아드는 세 개의 무음강륜을 쳐내고는 훌쩍 몸을 뒤집었다. 마치 박쥐처럼 거꾸로 매달린 그는 천장을 밟으며 신속하게 이동했다.

내공이 미흡해 장시간 거꾸로 매달릴 수는 없지만 달리는 속도를 이용하면 십 장 정도는 이동할 수 있었다. 한데 기관을 설치한 사람은 수련생들의 그런 의도까지 파악하고 있었다.

딸깍!

천장의 석판 하나가 밟히면서 갑자기 수십 개의 창날이 쏟아져 내렸다.

‘엇?’

태사린은 튀어나오려는 비명을 입 안으로 삼키며 천근추 신법을 이용해 급히 떨어져 내렸다.

“비산탄격(飛傘彈擊)!”

그는 한 발을 축으로 팽이처럼 회전하면서 연속적으로 쾌검을 발출했다. 무수한 검형이 발출되며 우산과 같은 검막을 형성했다.

차차창―!

쏟아져 내리던 창날은 검막에 튕겨 사위로 흩어졌다. 하지만 폭우처럼 쏟아지는 창날이기에 몇 개가 검막의 틈새로 파고들면서 태사린의 몸을 스쳐 지나갔다.

‘젠장, 이러다 감점을 받겠군.’

태사린은 급히 앞으로 내달렸다.

투감관 시험은 시간까지 제한돼 있었다. 부상 정도와 통과 시간이 합산되어 평점이 매겨진다. 평점 이하를 받게 되면 감점 대상자에 오르게 된다.

긴 통로에는 무수한 위험이 도사리고 있었다.

후각을 통해 독 기운을 감지하면 급히 숨을 멈추어야 한다. 호흡을 하지 못하면 진기를 운기할 수 없어 급격히 체력이 떨어진다. 그런 상태에서도 쏟아지는 불길과 암기를 피해내야 한다.

태사린은 몸 몇 곳에 암기를 맞았고, 약간의 화상까지 입었다. 다행히 주요 혈도를 피할 수 있어 큰 부상은 아니었다.

마침내 투감관을 벗어난 그는 작은 광장으로 들어설 수 있었다.

"복면을 벗어도 좋다."

자현 교두의 지시에 태사린은 머리를 감싼 보자기를 벗었다.

긴 탁자를 앞에 두고 자, 축, 인 세 명의 교두가 앉아 있었다. 그들이 심사위원이었다. 탁자 위에는 모래시계가 놓여져 있어 통과 시간까지 측정했다.

태사린은 다소 긴장된 표정으로 심사 결과를 기다렸다.

교현 교두가 다가서며 철검을 건네 받았다. 수련생들은 관문을 통과하거나 무술을 수련할 때 외에는 병기를 휴대할 수 없는 게 규칙이었다.

자현 교두는 두 교두와 간단히 숙의를 하고는 심사 결과를 밝혔다.

"수련생 44호, 투감관 통과."

태사린은 내심 안도하며 포권을 쥐어 보였다.

하나의 관문을 통과하면 짧은 휴식과 자유가 주어진다.

수련생들은 마음대로 잠을 잘 수도 있고, 서고(書庫)에 비치된 책을 가져다 볼 수도 있다. 악기를 배우고 싶은 수련생은 별도의 방을 찾아가 악보를 보고 스스로 익혀야 한다.

태사린은 빨랫감을 뭉쳐 옆구리에 끼고는 동부 밖으로 나섰다.

빨래와 바느질은 수련생 개인이 해결해야 했다. 성장에 맞춰 매년 수련복이 지급되지만 혹독한 수련을 거치다 보면 이내 누더기가 된다. 그것을 깁고 세탁을 하는 일은 사내와 계집 구별이 없었다.

바느질도 수련의 한 과정이었다.

15관까지 살아남은 자들은 어둠 속에서 바늘귀에 실을 꿸 수 있을 만큼 뛰어난 안력을 키울 수 있었다. 바느질의 또 다른 장점은 스스로 부상을 치료하는 데 있었다.

교두들은 수련생이 부상을 당해도 치료를 해주는 일이 없었다. 수련 도중 살이 찢어지면 수련생 스스로 꿰매야 했고, 뼈가 부러지면 부목을 만들어 뼈를 고정시켜야 했다. 이렇듯 간단한 응급처지는 자객들의 필수 요건이었다.

천예사원은 벼랑으로 둘러진 분지 내에 자리해 있었다.

가는 물줄기가 벼랑을 타고 한곳으로 모이면서 작은 우물을 형성했다. 우물의 이름은 감천정(甘泉井)이었다.

감천정의 물이 천예사원에 거주하는 자객들과 수련생들의 수욕장이며 빨래터이기도 했다.

분지 위로 보이는 하늘은 청명했고, 솜털구름이 둥실 떠가고 있었다. 정확한 절기는 알 수 없지만 따뜻한 기운으로 미루어 춘분이 지난 만춘인 듯싶었다.

문득 푸른 하늘을 가로지르는 선학의 무리가 보였다. 유유히 날갯짓을 하며 날아가는 선학의 무리가 너무도 여유롭게 느껴졌다.

'멋지군. 다시 태어난다면 새가 되고 싶어.'

태사린은 잠시 상념에 젖은 채 걸음을 옮겼다.

자객이 되어 입문한 지도 벌써 삼 년여 세월이 흘렀다. 16세의 나이이니 소년으로는 꽉 찬 나이다. 예전에 비해 키도 훌쩍 컸고, 소년 티도 서서히 가시고 있었다.

오로지 복수를 위해 자객 수련에 입문했지만 세월이 흐르면서 부모에 대한 복수심이 조금씩 퇴화되는 기분이었다.

앞으로 더 많은 세월이 흐르게 되면 자신이 자객이 되려 했던 의도
조차 망각돼 세상에 존재하는 수많은 자객 중 한 명으로 남게 될 것만
같았다.

'태사린… 태사린!'

그는 마음속으로 자신의 이름을 되뇌었다.

천예사원에 입문한 이래 그의 이름은 사라졌다. 아무도 그의 이름을
불러주지 않았기에 문득문득 자신의 이름마저 잊은 적이 있었다.

이름은 누군가에 의해 불러져야만 한다. 불러지지 않은 이름은 이름
일 수 없었다. 하지만 수련생들에게는 이름이 없다. 그저 숫자로만 호
명될 뿐이었다.

44호!

태사린은 가볍게 입술을 깨물며 고개를 흔들었다.

'너 태사린이다. 44호가 아니라 태사린이야. 평생 자객으로 살아도
상관없다. 하지만 복수를 잊어서는 안 돼!'

문득 그는 물 끼얹는 소리에 흠칫 상념에서 깨어났다.

감천정에서 누군가 수욕을 하고 있었다. 계집아이였다. 한쪽에는 빨
랫감이 놓여져 있었다.

수련생들은 사내와 계집을 구별하지 않기에 서로 알몸을 드러내도
수치를 느끼지 못했다. 입문 초기에는 다 같이 어려 함께 수욕을 하기
도 했다. 하지만 아무리 혹독한 훈련과 무심을 강조하는 정신 수련을
받았어도 인간의 본성까지 말살될 수는 없었다.

계집의 몸에 관심을 갖는 것은 자연스런 본능이었다.

알몸으로 수욕하는 소녀는 새로 3조에 배속된 계집아이였다. 이름
은 3호였다. 17호에 비해 평범한 용모였기에 별다른 관심을 받지 못했

다. 또한 그녀는 성적이 부진한 편이어서 숙소 내에서도 무시를 당하는 입장이었다.

들어갈 데와 나올 데가 분명해진 17호와 달리 그녀의 가슴은 아직 밋밋했다. 나이에 비해 체구도 작았고 발육도 더딘 편이었다.

태사린이 잠시 주저하는 모습을 보이자 3호가 입을 열었다.

"괜찮아. 처음 보는 것도 아닐 텐데, 뭐."

태사린은 우물가에 자리를 잡고 대나무 두레박으로 물을 길었다.

3호는 마른 수건을 어깨에 두르고는 알몸으로 앉아 같이 빨래를 했다.

"조장은 무난히 통과했지?"

"겨우 통과했어."

"난 감점을 받았어."

"……."

"난 감각이 무디거든."

태사린은 빨래를 하면서 가볍게 응수했다.

"그래도 기억력은 비상하잖아? 그것도 재주야."

3호를 위로해 주기 위한 빈말이 아니었다. 그녀는 수련생들 중에서 가장 뛰어난 기억력의 소유자였다.

제11관은 험문관(險門關)으로 미로와 같은 지형을 통과하는 관문이었다. 침투를 위한 수련이기에 아주 중요했다. 사전에 미리 지형을 숙지할 수 있는 지도가 주어지지만 워낙 복잡해서 모두 암기한다는 것은 불가능했다.

태사린은 벌집같이 뚫려 있는 미로 동굴을 헤매다가 가까스로 시간 내에 빠져나올 수 있었다. 그로서는 행운이었다.

나중에 알게 된 사실이지만 가장 빠른 통과자는 3호였다.

모든 방면에서 특출한 능력을 보인 9호도 그 관문에서는 3호에게 뒤졌다. 그리고 그녀는 제13관인 명안관(明眼關)에서도 뛰어난 능력을 보여주었다.

수백 개의 비슷한 구슬 중에서 흠집이 난 구슬을 가장 빨리 찾아냈고, 교두들의 펼쳐 내는 다양한 초식을 보고 그 초식을 알아맞히는 시험에서도 일등으로 답을 써냈다.

그녀는 서책을 좋아했기에 누구보다 많은 시간을 서고에서 보냈다. 처음에는 천자문도 떼지 못한 까막눈이었지만 지금은 누구보다 풍부한 지식을 섭렵한 지자(智者)가 된 것이다.

3호는 태사린을 빤히 들여다보다가 희미한 웃음을 지었다. 수수한 용모였지만 따뜻한 미소였다.

빨래를 마친 그녀는 옷을 걸쳐 입었다. 그녀는 덜 마른 머리카락을 매만지면서 나직이 속삭였다.

"난 약문(若文)이야."

워낙 낮은 속삭임이었기에 겨우 알아들을 수 있을 정도였다. 빨랫감을 안아 든 그녀는 서둘러 걸음을 옮겼다.

태사린은 잠시 충격에 젖었다.

'약문… 3호의 이름이 약문이었어. 그녀도 자신의 이름을 기억하고 있었던 거야.'

그는 그녀의 이름을 되뇌다가 빠르게 주변을 둘러보았다.

다행히 주변에는 다른 사람이 없었다. 은밀하게 그들을 감시하는 교두들의 존재도 느껴지지 않았다.

자신의 이름을 말한다는 것, 그리고 그 이름을 듣는다는 것은 수칙

제1조를 위반하는 중대한 규칙 위반이었다. 수련생들에게는 주어진 번호가 이름이며 자신의 본명은 철저히 잊어야 했다.

태사린은 잠시 고민에 빠졌다.

그는 조장의 신분이었기에 규칙을 위반한 수련생들을 교두에게 보고해야 하는 것이 의무였다. 만일 사적인 감정으로 그것을 숨겼다가 탄로가 나면 그에게도 감점이 주어진다.

한 번의 감점만으로 위기다. 두 번의 감점을 받게 되면 많은 수련생들이 자포자기에 빠져든다. 세 번째 감점을 받는 순간 탈락이 결정되며, 그것은 곧 죽음을 의미하기 때문이다.

수련 기간 중 실수가 용납되는 기회는 단 두 번.

어찌 보면 가혹한 수칙이지만 수련생들을 완벽한 자객으로 키우기 위한 배려이기도 했다.

살인 청부를 나선 자객에게 있어 실수는 죽음으로 이어진다. 아무리 뛰어난 능력을 갖춘 자객이라도 사소한 실수에 의해 임무를 실패할 수 있기 때문이다. 실수가 용납되지 않는 직업, 그것이 곧 자객이기에 수련생을 위한 수칙은 엄격할 수밖에 없었다.

태사린은 빨래를 짜서 줄에 널었다.

'3호는 나를 믿었기 때문에 자신의 이름을 말해주었어. 성은 모르겠지만 약문이라는 이름을. 그 아이가 날 믿고 있다면 나 역시 믿음을 보여줘야 돼. 나만 알고 있으면 되니까.'

빨래를 마친 그는 잠시 나무 그루터기에 앉아 하늘을 올려다보았다.

푸른 하늘과 흰 구름, 산들산들 불어오는 바람…….

그는 천예사원에 입문한 이래 처음으로 가슴이 따뜻해지는 기분에 젖었다.

그의 입에서 절로 시송이 흘러나왔다.

"월락오제상만천, 강풍어화대수면……."

오래전 원주가 강의 말미에 들려주었던 풍교야박이라는 시였다. 누군가 그를 지켜본다면 느긋하게 오수를 즐기는 풍류공자로 생각할 것이다

자객은 단지 살인만을 위한 흉기가 아니었던 것이다.

第4章

여자객 을화(乙花)의 유혹

여자객 을화(乙花)의 유혹 1

자객 수련 57개월째.

요란한 기상 종소리와 함께 수련생들이 지하 계단을 밟고 오르며 동부 밖으로 나섰다.

아직 여명 전인데다 궂은 날씨 때문에 하늘은 암회색이었다. 수련생들이 가파른 벼랑을 타고 오르는 와중에 빗방울이 후두두 떨어지기 시작했다. 가을비였다.

수련생의 숫자는 다시 줄어들어 3개 조 스물한 명만 남게 되었다.

매 관문을 통과할 때마다 함께 수련했던 동료들이 생사를 달리했지만 죽은 자를 애도하는 사람은 없었다. 누군가 죽었다는 얘기를 들어도 덤덤할 뿐이었다.

그들은 어렸을 적부터 너무도 많은 죽음을 눈으로 보아왔기에 죽음에 대해 무감각해졌다.

오히려 죽음보다는 탈락이 더 두려웠다.

수련생들은 가파른 벼랑을 평지처럼 밟고 뛰어올랐다. 매일같이 반복되는 새벽 일과였다. 처음 입문 시절에는 벼랑 위에서 식은 만두로 아침 식사를 했지만 지금은 아침을 먹기에 너무 일렀다.

3개 조 수련생들은 조장을 쫓아 분지 주변을 달리고 있었다. 그렇게 분지를 둘러싸고 있는 벼랑을 따라서 한 바퀴를 돌고 난 후에야 동부로 귀환해 아침을 먹는다.

쏴아아아……!

가을비치고는 굵은 빗줄기가 쏟아지고 있었다.

제1조의 조장은 수석 조장을 겸한 9호였다. 어엿한 청년으로 성장한 그는 기품 어린 귀공자의 면모를 지니고 있었다. 눈썹은 가늘고 짙었으며 콧날은 곧았다. 다소 갸름한 턱 선은 여인처럼 아름다웠다.

그의 표정은 변함이 없었다.

그가 감정을 외부로 드러낸 적은 한 번도 없었다. 인간의 오욕칠정이 거세된 듯 눈빛조차 무심했다.

제2조의 조장은 17호였다.

그녀는 새롭게 이루어진 조 편성에서 당당히 조장으로 선임되었다. 어렸을 적부터 조장에 대한 욕심이 많았던 그녀였기에 조원들을 이끄는 그녀의 표정은 달빛처럼 밝았다.

비에 흠뻑 젖은 그녀의 몸매는 실로 관능적이었다. 짧은 속곳만 걸쳐 입었기에 육감적인 몸매가 고스란히 내비쳐 보였다. 부풀어 오른 육봉은 팽팽했고 허리는 잘록했으며 허벅지는 대리석처럼 깎아놓은 듯 매끈했다.

본래 예뻤던 얼굴은 성숙해지면서 더욱 화려해졌다. 다소 눈매가 날카로웠지만 시원스런 이목구비는 한족과 확실히 구별되었다.

제3조의 조장은 태사린이었다.

그는 입문관 이후 조장을 맡아 한 번도 조장에서 탈락된 적이 없었다. 월등한 성적을 유지한 것도 아니었지만 계속 조장에 선임되었다. 그에게 가장 심한 반감을 갖고 있던 17호가 제2조 조장이 되어 숙소가 갈린 후부터는 조원들 중 누구도 그에게 반발하지 않았다.

그가 지닌 재능은 타고난 친화력이었다.

그는 여느 수련생과 달리 모두가 함께 수련 과정을 통과하기를 바랐고, 그런 그의 심성이 수련생들에게 잔잔한 감동을 불러일으켰다. 엄격한 수칙 때문에 많은 도움을 줄 수는 없었지만 간단한 말 한마디, 어깨를 다독여 주는 위로가 수련생들에게는 큰 힘이 되었던 것이다.

이제 새벽마다 행하는 체련 단련에는 교두들이 나서지 않는다. 조장이 통솔하는 것만으로 충분하다고 판단한 것이다.

태사린은 조원들을 이끌고 분지 위를 달리면서 주변을 둘러보았다.

보이는 것은 자욱한 운해 위로 솟은 손가락 형태의 검봉(劍峰)들뿐이었다. 처음 대했을 때는 대자연의 장관에 넋을 잃었지만 이제는 아무런 감흥도 일어나지 않았다.

천예사원이 위치한 넓은 분지는 사방이 천 길 벼랑으로 둘러싸인 천혜의 험지(險地)였다. 유일한 출입로를 제외하고는 나는 새도 쉽게 접근할 수 없는 경이적인 지형이었다.

유일한 출입로는 운해 속에 징검다리처럼 놓인 봉우리들이었다. 가깝게는 오 장 거리, 길게는 십수 장 간격을 두고 봉우리가 건너편 산중턱까지 이어져 있었다.

십 장 거리는 일류 자객들도 선뜻 건너뛸 수 없는 거리였기에 봉우리를 이어주는 굵은 쇠사슬이 연결돼 있었다. 이름하여 생사철교(生死鐵橋)였다.

철그렁! 철그렁!

세찬 빗줄기와 함께 강풍이 몰아치면서 생사철교의 쇠사슬 소리가 아련하게 들려왔다.

'저 다리를 건너야만 세상 밖으로 나갈 수 있다고 들었다. 물론 모든 과정을 수료한 후 정식으로 자객명(刺客名)을 받아야만 가능한 일이겠지만……'

바깥 세상으로 생각이 미치자 문득 하나의 아리따운 영상이 그림처럼 피어올랐다.

감소채.

평생 잊을 수 없는 추억을 안겨준 여인.

이제는 여인이라 불러야 할 것이다. 당시는 15, 6세의 소녀였지만 지금은 어엿한 숙녀로 성장했을 테니까. 하지만 마음속의 그녀는 여전히 소녀였다. 아마 그가 늙어 죽을 때까지 그녀의 존재는 세상에서 가장 아름다운 소녀로 남게 될 것이다.

"조장……."

등 뒤에서 들려오는 부드러운 음성에 태사린은 비로소 상념에서 깨어났다. 3호였다. 그녀는 잔잔한 어조로 말했다.

"너무 뒤처진 것 같아."

앞선 2조의 수련생들은 이미 저만치 달려가고 있었다.

태사린은 자신의 실책을 꾸짖으며 급히 몸을 날렸다.

"어서 가자!"

35호가 훌쩍 몸을 날려 그의 머리 위를 넘어갔다.

"헤헤, 조장을 앞서도 되는 거지?"

35호는 수련생 중 가장 나이가 어리기에 아직도 소년 티를 벗지 못했다.

그의 특기는 신법이었다. 체력적인 취약점을 극복하기 위한 나름대로의 고민 끝에 그는 대부분의 시간을 신법에 치중했다. 하기에 그의 신법은 수련생 중에서도 우수한 편에 속했다.

그가 앞서 가자 다른 조원들도 다투듯이 그의 뒤를 따랐다.

태사린은 뒤처진 조원이 없는지 살피고는 3호와 나란히 달려갔다. 여자 수련생이라도 화장은 용납되지 않지만 그녀에게는 왠지 여인의 향기가 느껴지는 것 같았다. 마치 난초와 같은 싱그러운 향기였다.

3호는 그를 쳐다보지 않고 속삭이듯 말했다.

"고마워."

"……."

"내가 수칙을 무시하고 이름을 발설했잖아. 조장의 입장이라면 당연히 교두한테 고했어야 옳아."

"내 이름은 린이야. 태사린."

3호는 눈동자만 돌려 힐끗 그를 보고는 가는 미소를 머금었다.

"이름이 멋져."

"네 덕분에 나도 이름을 잊지 않았어. 고마워해야 할 사람은 나야."

"그럼 우리는 서로 수칙을 어긴 거네?"

"원주님은 우리가 단순한 살인 병기이기를 원치 않으셨어. 이름 때문에 굳이 과거에 집착해서는 안 되지만 내 자신을 잊어버리고 싶지는 않아."

3호는 다른 조원들의 눈길을 의식해 얼른 앞서 달렸다.

“맞아. 이름은 나 자신이니까.”

새벽 훈련을 마치고 돌아온 수련생들은 아침 식사를 준비하기 위해 주방으로 향하다가 의외로운 표정으로 멈춰 섰다.

교두들이 이미 식사 준비를 마치고 배식을 위해 서 있었던 것이다.

“……?”

태사린은 뭔가 심상치 않은 분위기를 예감했다.

식사 준비와 배식은 수련 이 년차부터는 수련생들 스스로 하도록 지시를 받았다.

수련생들은 각 조 별로 번갈아가면서 청소와 요리, 설거지를 담당해 왔다. 그런 생활은 사 년 동안 바뀐 적이 없었다. 하기에 교두들이 별안간 수련생들을 위해 식사를 준비했다는 것으로 천예사원 내에 커다란 변화가 생겼음을 직감할 수 있었다.

이런 의구심은 태사린뿐만 아니라 수련생 모두가 갖는 의혹이기도 했다.

배식을 하는 교두들의 눈빛이 평소와 다르게 심각했다.

수련생 중 누구도 교두들의 모습을 한 번도 본 적이 없기에 그들의 표정조차 상상할 수 없었다. 하지만 수련생들을 대하는 태도나 배식을 하는 손놀림으로 그들의 격앙된 감정을 느낄 수 있었다.

수련생들은 조 별로 긴 탁자에 둘러앉아 식사를 했다.

평소에도 식사 도중 얘기를 나누는 경우가 거의 없었지만 훈련 일정에 대해 한두 마디를 주고받기는 했다. 한데 수련생 중 누구도 입을 열지 않았다. 스물한 명이 식사를 하고 있었지만 음식 씹는 소리조차 들리지 않았다.

태사린은 나무껍질처럼 질긴 말고기를 씹으며 잠시 생각에 잠겼다.

'그러고 보니 교두 네 명이 벌써 두 달 넘게 보이지 않는군.'

교두들 역시 천예사원에 소속된 자객이기에 간혹 살인 청부를 하명받아 출타를 했다. 어떨 때는 한두 명, 많게는 여섯 명이 동시에 자리를 비운 적도 있었다. 하지만 아무리 늦어도 한 달 이내에 귀환해 다시 교두의 직분을 맡아왔다.

'자현, 묘현, 미현, 술현 네 교두가 출타한 이래 돌아오지 않고 있어. 그들에게 무슨 일이 생긴 것일까?'

무거운 분위기 속에서 식사를 마친 수련생들은 설거지를 하기 위해 주방으로 들어섰다.

이때 축현 교두가 퉁명스럽게 그들을 내쫓았다.

"우리가 할 것이다. 너희들은 속히 중앙 광장에 집결해라."

교두들이 앞서 답변을 해주지 않는 한 어떤 경우에도 먼저 질문을 할 수 없는 것이 수칙이었다.

수석 조장 9호가 수련생들을 이끌었다.

"이동한다."

스물한 명의 수련생이 각 조 별로 중앙 광장 단상 앞에 집결했다.

잠시 후 단상으로 올라선 사람은 천예사원의 원주였다.

그는 변함없이 학창의 차림의 정갈한 옷차림이었다. 그래도 오 년 전의 모습에 비하면 많이 늙어 보였다. 얼굴의 주름은 깊어졌고, 노인 특유의 검버섯까지 드문드문 보여 세월을 무상하게 했다.

원주는 뒷짐을 진 채 단상 위를 천천히 걸었다.

"수련 일정을 앞당기게 되었다. 본래 십 년에 걸친 수련을 계획했는데 사정상 앞으로 삼 년 이내에 마치도록 조정되었다. 취침 시간은 두 시진, 개별 수련 시간은 한 시진, 그리고 하루에 두 번의 식사만 주어진다. 나머지 시간은 모두 수련 일정으로 채워지게 된다. 또한 기존 교두들 중에서는 네 명만 남게 될 것이고, 새로운 두 교두가 너희를 지도할 것이다.”

원주 역시 교두들처럼 이유를 설명하지 않는다. 오히려 원주가 직접 나서서 이런 통보를 하는 것이 이례적이었다.

간단히 통보를 마친 원주는 언제나처럼 수련생들의 인사도 받지 않고 단상을 내려갔다.

이어 두 사람이 단상으로 올라섰다.

회색 경장 차림의 중년인과 붉은 경장 차림의 삼십대 여인이었다. 중년인의 표정은 무감각했고, 여인은 지극히 육감적인 용모와 몸매의 소유자였다.

태사린은 새로운 두 교두를 보는 순간 가슴에 세차게 요동쳤다.

‘아, 그들이다!’

기존 교두들과 달리 복면을 쓰지 않은 두 교두는 바로 그를 천예사원으로 데려온 두 자객이었던 것이다.

예상치 못한 합공으로 철익장주를 살해한 두 자객.

태사린과는 오 년 만의 재회였다.

전혀 자객처럼 보이지 않는 요염한 용모의 여자객은 수련생들을 둘러보고는 도도한 미소를 머금었다.

“난 을화(乙花)다. 십대천살(十大天煞) 중 두 번째이지. 나와 함께 너희들을 조련시킬 이 사람은 갑영(甲影)이다. 명색이 수석 교두이지만 그저 지켜볼 뿐이기에 향후 훈련은 거의 내가 담당한다. 기존 교두들은 너희들에게 최대한 생존을 배려했지만 난 방식이 달라. 너희들을 최대한 탈락시키는 것이 내 방침이다."

단상을 내려온 그녀는 수석 조장인 9호 앞에 섰다. 그의 헌칠한 키는 그녀보다 머리 하나는 더 컸다.

그녀는 9호의 볼을 가볍게 다독였다.

"훗, 이 새끼는 정말 잘생겼군. 넌 왜 자객이 된 거냐? 잘난 얼굴이면 기둥서방으로 잘 지낼 수 있을 텐데 말이야."

옆으로 걸음을 옮긴 그녀는 2조 조장인 17호를 매섭게 쏘아보았다.

"이것 봐라? 기분 나쁘게 예쁜 계집애로군? 네년은 더 이상 수련할 필요 없겠어. 네 얼굴과 몸뚱이가 바로 병기이니까."

수련생들은 그녀의 파격적인 언변에 놀라움을 금치 못했다.

여태껏 교두들은 수련생들과 한 번도 사적인 대화를 나눈 적이 없었다. 한데 신임 교두는 첫 대면부터 스스럼없는 희롱을 일삼았다. 지켜보는 수련생들로서는 신선한 충격이 아닐 수 없었다.

을화는 태사린의 앞을 지나면서 피식 실소를 보였을 뿐 그에게는 별다른 시비를 걸지 않았다. 다시 단상으로 올라선 그녀는 풍만한 육봉을 한껏 내밀었다.

"당장 한빙담 옆으로 집결해. 첫 대면이니 땀 좀 흘려야겠어."

시커먼 철옥(鐵屋).

언제 만들어졌는지 한빙담 옆에는 철로 만든 반구형의 집이 세워져 있었다. 철옥 네 귀퉁이는 바위로 받쳐져 있었고, 주변으로 마른 장작이 잔뜩 쌓여 있었다.

을화는 팔짱을 낀 채 네 교두에게 지시를 내렸다.

"불을 지펴라."

"예, 부수석."

네 교두는 장작 더미를 향해 손에 든 횃불을 던졌다. 이미 기름을 듬뿍 먹인 장작 더미는 이내 타올랐다.

을화는 한쪽에 서 있는 수련생들을 돌아보았다.

"제25관은 한열관(寒熱關)이다. 수련 기간은 육십 일. 너희들 몸뚱이가 무쇠처럼 단단해질 것이다. 물론 그때까지 살아 있을 경우에 한해서 말이지."

그녀는 세찬 물길에 벌겋게 달아오른 철옥의 문을 열었다.

"모두들 들어가서 땀 좀 빼. 잠시 후 한빙담 쪽으로 문이 열릴 것이다. 그때는 지체없이 한빙담 안으로 뛰어내려야 한다. 물론 화열옥(火熱屋)이 따뜻하다고 생각되는 녀석들은 그냥 남아 있어도 좋아."

수련생들은 차례로 화열옥 안으로 들어섰다.

화열옥 내부는 황토가 발라져 있었다. 여러 가지 약재를 섞어놓았는지 냄새가 아주 독했다. 바닥에는 스물한 개의 석판이 3열로 배치돼 있었다.

을화는 석판에 단정히 앉은 수련생들을 재미있다는 표정으로 둘러보았다.

"내가 가장 좋아하는 음식이 인육이거든. 잘 익은 놈부터 잡아먹을 테니 익지 않도록 노력해라."

요사한 웃음소리와 함께 화열옥의 철문이 닫혔다.

열탕지옥(熱湯地獄)이었다.

화염이 몸에 직접적으로 닿지는 않았지만 엄청난 열기와 매큼한 연기로 인해 화열옥 안은 지독히도 뜨거웠다. 숨을 들이키면 뜨거운 열기가 폐부로 스며들어 몸을 태워 버릴 것만 같았다.

절대 비명을 질러서는 안 된다는 수칙 때문에 수련생들은 소리를 지를 수도 없었다. 이를 악물었지만 고통스런 신음 소리가 절로 새어 나왔다.

방석 같은 석판까지 달아올라 엉덩이가 익을 정도였다.

그런 외중에도 수석 조장 9호는 단정히 가부좌를 튼 채 운기조식을 취했다. 수련생들은 비로소 이것이 내, 외공을 수련하는 과정임을 깨닫고 제각기 운공에 들어갔다.

태사린도 운기조식을 통해 열기를 몰아내고 고통을 잊으려 했지만 워낙 고통스런 열기에 정신 집중이 어려웠다.

땀이 비 오듯 쏟아지고 피부는 벌겋게 달아올랐다. 갈수록 심화되는 열기에 숨조차 쉬기 힘들었다.

인간이 견뎌내기 힘든 고통 중 하나가 질식이다. 서서히 숨통을 조여오는 고통은 정신마저 혼미하게 만들기에 정신력으로도 억제하기가 쉽지 않다.

오 년 동안 고된 훈련을 겪어온 수련생들이었지만 화열옥은 감내하기 힘든 지옥이었다. 너무도 고통스러워 대부분 눈물을 흘렸다. 엄격한 수칙 중에서 눈물을 흘려서도 안 된다는 수칙이 없다는 것이 그나마 다행이었다.

그들 모두가 한계에 이르렀을 즈음 화열옥의 뒷문이 열렸다.

가까스로 숨통이 트인 수련생들은 부리나케 뒷문을 통해 빠져나갔다. 문밖은 바로 한빙담이었다.

첨벙! 첨벙!

한빙담은 화열옥과 정반대였다. 뼛속까지 파고드는 한기는 심장마저 얼어붙게 할 정도였다. 더군다나 화열옥에서 불덩이처럼 달궈진 몸이었기에 피부가 느끼는 한기는 상상을 초월할 정도였다.

"아아악!"

"흐으윽!"

몇몇의 수련생이 고통을 참지 못하고 비명을 질러댔다.

바위 위에서 한빙담을 내려다보던 을화는 요사스러운 웃음을 흘렸다.

"호홋, 형편없는 새끼들! 다섯 놈은 바로 감점이다!"

수련생들은 이를 딱딱 마주치며 한빙담 안에서 와들와들 떨었다.

새벽 훈련 도중에 한 번씩 한빙담에 몸을 담그기도 했지만 스쳐 가는 정도였지 이렇듯 오래 머물러 있기는 처음이었다. 화열옥의 열기는 순식간에 사라졌고, 코와 입을 통해 허연 한기가 뿜어져 나왔다.

을화는 수련생들이 느끼는 고통을 즐기는 듯 연신 히히거렸다.

"뭐야? 이런 새끼들이 어떻게 24관까지 통과한 거지?"

신임 수석 교두인 갑영은 한쪽에 선 채 물끄러미 하늘만 바라보고 있었다. 수련생의 훈련에는 전혀 개의치 않겠다는 태도였다.

잠시 후 을화가 소매를 휘저었다.

"나와라! 즉시 화열옥으로 들어가!"

한빙담을 나선 수련생들은 비틀거리며 화열옥으로 향했다. 이제 겨우 한 번 정도 담금질을 했을 뿐이지만 벌써부터 기력이 탈진되었다.

을화는 가장 늦게 한빙담에서 기어 나온 38호를 냅다 걷어찼다.

"이런 굼벵이 새끼! 넌 좀 더 목욕이나 하고 있어!"

일곱 시진에 걸친 수련을 마친 수련생들은 모두 초주검이 되었다.

어떻게 저녁 식사를 마쳤는지도 몰랐다. 그들은 자유롭게 주어진 개별 수련도 마다한 채 모두 숙소로 들어가 고꾸라졌다.

그동안 저녁 식사 후 주어지는 개별 수련은 수련생들에게 있어 가장 즐거운 휴식 시간이었다.

그 시간 동안은 자신이 좋아하는 부류의 책을 읽고 악기를 배우거나 취미를 익힐 수 있기 때문이다. 수련생들은 대부분 바둑과 도박에 심취했다. 또한 의술에 관심있는 수련생들은 약고를 찾아가 약재의 구별과 침술에 대한 공부를 하기도 했다.

그 모든 것이 생존을 위한 수련이었다.

그런 시간이 한 시진으로 줄어들었다는 것이 아쉬웠지만 지금은 취미를 즐길 여력도 없었다. 두 시진으로 줄어든 취침 시간을 보충하기 위해 잠을 자야 했다.

태사린은 끙끙 몸살을 앓고 있는 35호에게 물을 먹여주고는 3호를 살펴보았다.

3호는 벌써 깊은 잠에 빠져 있었다. 평소 개별 수련 시간에는 서고와 약고에서 살다시피 하며 의술과 지식을 습득한 그녀였지만 한열관의 수련이 너무 혹독했던 듯싶다.

태사린은 그녀의 목까지 모포를 덮어주고는 자리에 누웠다.

마치 입문관 첫날의 수련을 마치고 잠자리에 누웠을 때처럼 온몸이 노곤했다. 고통을 참기 위해 너무 이를 악무는 바람에 잇몸이 시큰거릴 정도였다.

한데 그는 여느 수련생들처럼 곯아떨어지지 않는 것이 신기했다. 그가 월등히 강한 체력을 지닌 것도 아닌데 혹독한 수련을 잘 견뎌낸 것이다.

그는 자신의 단전 위에 손을 대보았다.

이제는 스스로 열기를 감지할 수 있을 만큼 진기가 응집돼 있었다. 수련생 모두가 운기조식을 통해 어느 정도의 내공을 보유하게 되었지만 그의 공력은 보다 높았다.

그런 현상은 오늘 있었던 한열관 수련 중에서 보다 분명하게 확신할 수 있었다.

그가 겪은 고통은 다른 수련생보다 훨씬 적었다. 모두가 질식할 듯한 열기에 숨을 헐떡일 때도 그는 조금씩 안정을 찾아갔다. 이유는 알 수 없지만 혈관을 타고 도는 강렬한 기운이 진기와 융합돼 그의 정신을 일깨워 준 것이다.

같은 환경에 같은 식사, 그리고 같은 수련 과정.

한데도 그의 공력이 다른 수련생에 비해 빠른 속도로 높아지고 있다는 사실은 커다란 의혹이 아닐 수 없었다.

'35호는 내 자질이 뛰어나기 때문이라고 부러워하지만 난 내 자신을 잘 알고 있다. 9호와 17호가 훨씬 뛰어난 재능을 지녔어.'

그러다 문득 그는 갑작스럽게 단편적인 기억 속으로 빠져들게 되었다.

폭설 속에서 구하게 된 여인 감소채, 그녀의 하얀 팔뚝에서 흐르는 붉은 핏방울, 약사발에 가득 고인 향기로운 보혈…….

'아, 그래!'

태사린은 마음속으로 탄성을 외치며 벌떡 일어나 앉았다.

'감 소저는 자신의 피가 보혈이라고 했어. 아마 대단한 영약을 복용한 것이 틀림없어. 그렇지 않고서야 사람의 피가 그토록 향기로울 수 없을 테니까.'

밤하늘의 샛별처럼 빛나는 보석 같은 눈망울.

그녀에 대한 그리움이 새록새록 피어올랐다. 그녀와의 우연한 만남은 그에게 아름다운 추억뿐 아니라 심후한 공력까지 선사한 것이다.

'내가 자객 수련을 무사히 마칠 수 있다면 모두 감 소저 덕분이야. 내가 그녀를 구한 것이 아니라 그녀가 날 구해준 것이지.'

그의 입가에 절로 미소가 감돌았다.

한데 이때였다. 문 쪽에서 조롱하는 듯한 음성이 들려왔다.

"44호! 자다가 내 알몸이라도 꿈꾼 거냐? 왜 미친놈처럼 실실거려?"

태사린은 가슴이 덜컥 내려앉았다. 고개를 돌려 보니 을화가 문틀에 기대 서 있었다. 언제부터 와 있었는지 모르지만 그녀의 기척을 전혀 느끼지 못했다.

을화는 묘한 미소를 머금었다.

"보기보다 강골일세? 다른 놈들은 죄다 곯아떨어졌는데 너만 멀쩡해. 너한테는 특별 수련을 시켜야겠어."

태사린은 무슨 말이라도 하고 싶었지만 입이 떨어지지 않았다. 오년 이래 교두들과 사적인 대화를 나눈 적이 없기에 함부로 입을 떼기가 두려웠다.

을화는 교태스럽게 눈을 찡긋해 보였다.

"따라와."

태사린은 기계적으로 몸을 일으켰다. 교두의 지시는 절대적이기에 거부한다는 것은 있을 수 없었다.

을화의 거처는 예전에 자현 교두가 사용하던 방이었다. 자현 교두는 가끔 조장들만 불러 수련 일정을 지시한 적이 있기에 들어와 본 적이 있었다.

 방 주인이 바뀌어서인지 집기는 모두 교체되었다. 비록 자객이라 해도 여인의 숙소답게 분홍빛 휘장이 둘러져 있어 전보다 훨씬 아늑해 보였다.

 "앉아."

 을화는 의자에 앉으며 탁자 위의 술병을 집어 들었다.

 발갛게 달아오른 양 볼이 이미 상당히 취한 듯한 모습이었다. 그동안 교두들이 단 한 번도 수련생들 앞에서 술을 마신 적이 없기에 그녀의 자유분방한 모습이 조금은 이질적으로 생각되었다.

 태사린은 그대로 서 있었다. 교두와 마주 앉은 적이 없었기 때문이다. 그녀가 기존 교두들과 달리 파격적인 언행을 일삼았지만 그래도 예의는 갖추어야 했다.

 을화는 실소를 짓고는 다시 자리를 권했다.

 "앉아, 임마. 널 올려다보고 얘기하려면 고개 아파."

 태사린은 잠시 주저하다가 의자에 앉았다.

 을화는 술잔 가득 술을 따라 그에게 건넸다.

 "마셔."

 "수련생들은 술을 마실 수 없습니다. 수칙 제23조입니다."

 "훗, 수칙 좋아하네?"

 "원주님께서 정한 방침으로 알고 있습니다."

 "괜찮아. 내 방에서는 노인네 방침 따위는 잊어버려."

 순간 태사린은 자신의 귀를 의심했다.

 노인네.

 감히 원주를 노인네라고 칭했다.

자객 단체는 위계질서가 철저하기에 하극상은 절대 용납되지 않는
다. 지시가 내려지면 이유를 물을 수도 없고, 거부할 수도 없다. 특히
원주의 존재는 천예사원 내에서 하늘이었다. 한데 천예사원에 소속된
자객이 감히 원주를 노인네로 칭한 것이다.

을화는 태사린의 앞에 술잔을 내려놓고는 한 손으로 턱을 괴었다.
그를 주시하는 그녀의 눈빛은 자객의 냉혹한 눈빛이 아니었다.

"자식, 정말 많이 컸구나? 그때는 제발 데려가 달라고 눈물, 콧물 흘
리던 어린애였는데 말이야. 너 말이야, 내가 이곳으로 데려온 줄 알고
있어?"

"짐작은 했습니다."

"수련생으로 직접 입문한 경우는 네가 처음이야."

"……?"

"그렇군. 넌 아는 게 전혀 없어 무슨 말인지 모르겠구나."

을화는 손끝으로 술잔을 가리켰다.

"마셔. 오늘 내가 네 궁금증을 모두 풀어줄게."

"……."

"이상하게 생각할 것 없어. 내가 직접 거둔 녀석이라 동생처럼 생각
돼서 그러는 거니까, 너도 날 누나처럼 생각하면 돼."

"항상 고맙게 생각하고 있습니다."

"호호, 당연하지. 네가 자객이 되려 했다면 정말 최고의 자객 단체
에 입문한 거야. 넌 자부심을 가져도 좋아. 넌 수련을 마치면 정말 뛰
어난 자객이 될 수 있어. 우리 천예사원의 자객은 자객 중의 자객이니
까."

을화는 태사린 앞에 놓인 술잔을 가져다 마셨다. 그녀는 안주 삼아

집어 든 건육을 우물거렸다.

"한데 넌 왜 자객이 되려 한 거냐?"

태사린은 심장이 멎는 것만 같았다.

그가 자객이 되려 한 이유는 물론 부모를 살해한 원수인 자객들을 찾아내 죽이기 위함이었다.

하지만 그것은 절대 발설해서는 안 될 그만의 비밀이었다. 자객을 죽이기 위해서 자객이 되려 했다는 사실이 발각된다면, 그는 자객들의 적이기에 즉시 죽임을 당하게 될 것이다.

을화는 다시 술잔에 술을 따랐다.

"자객이 되려 하는 녀석들에게는 공통점이 있어. 바로 한(限)이지. 세상에 대한 증오, 또는 개인적인 복수를 위해서야. 가끔씩 돈을 벌기 위해서 자객이 되려는 놈도 있지만, 그것은 쓰레기 같은 하급 자객 단체에서나 가능한 일이지. 내가 보기에 넌 개인적인 복수를 위해서야. 맞지?"

태사린도 그것까지는 숨길 수 없었다.

"그렇습니다."

"후훗, 역시 그랬군. 원수가 대체 누구야?"

"모릅니다."

"괜찮아. 나한테는 숨길 것 없어. 내가 대신 죽여줄 수도 있으니까."

"정말 모릅니다."

을화는 술잔을 홀짝거리며 고개를 갸웃거렸다.

"진짜 몰라? 그럼 어떻게 복수를 하겠다는 거야?"

"찾아내야 합니다."

"단서는 있어?"

"……?"

"44호, 참, 네 이름이 뭐야?"

"44호입니다."

"그것 말고 네 진짜 이름 말이야."

"44호입니다."

을화는 답답한 듯 자신의 가슴을 문질렀다.

"아유, 고지식한 새끼. 내 방에서는 수칙 따위는 잊으라고 했잖아!"

입 안에 술을 털어 넣은 그녀는 앞자락을 풀어헤쳤다. 젖가리개도 하지 않아 풍만한 육봉이 그대로 내비쳐 보였다.

"단서만 있으면 네 원수 따위는 어렵지 않게 찾아낼 수 있어. 우리 천예사원은 세상에서 가장 방대한 정보를 보유하고 있으니까. 게다가 천하 곳곳에 널려 있는 245개 자객 단체의 자객들을 동원할 수 있거든. 어떤 놈이 네 원수인지 몰라도 네가 무사히 수련을 마치면 죽은 목숨 이라고 할 수 있지."

태사린이 조심스럽게 물었다.

"자객 단체가 245개나 된단 말입니까?"

"훨씬 더 되지. 245개는 우리와 한 번이라도 거래가 있는 자객 단체 를 말하는 거야."

"……?"

"좋아. 네가 관심을 보이니까 말해주지. 천예사원은 직접적으로 살 인 청부를 받지 않아. 우리는 시시껄렁한 살인 따위는 하지 않지. 청부 를 받은 자객 단체가 자신들로서는 해결할 자신이 없을 경우 우리 천 예사원에 도움을 청해. 그러면 우리가 나서서 깨끗하게 해결하는 거 지."

을화는 머리 장식을 뽑고는 긴 머리채를 쓸어내렸다.

"맞아, 철익장주를 죽일 때 너를 만났지? 당시 청부를 받은 자객 단체는 호북에서 중간 규모인 흑살회(黑殺會)였어. 그 녀석들은 철익장주를 척살할 자신이 없었지. 공연히 철익장주를 잘못 건드렸다는 흑살회가 괴멸될 수도 있으니까. 그래서 우리 천예사원에 청부를 넘겼고, 나와 갑영이 나서게 된 거야."

몸을 일으킨 그녀는 태사린에게 다가섰다.

"그때 네가 사건 현장에 있는 바람에 기적같이 나를 만날 수 있었던 거지."

"그랬었군요."

"물론 내가 널 데려온 것은 마침 4기 수련생이 모집되는 기간이었기에 가능했지. 넌 정말 행운아야."

그녀는 펑퍼짐한 엉덩이를 그의 무릎 위에 걸쳤다.

"수련생은 각 자객 단체에서 심사를 거친 후 우리 천예사원으로 보내지게 돼. 물론 모두 혼정관을 거쳐 자질과 심성을 관찰한 후에야 정식으로 수련생이 될 수 있는 거지."

태사린은 비로소 수많은 의혹 중 일부를 해소할 수 있었다.

가장 크게 안도할 수 있는 것은 자신의 부모를 살해한 자객이 천예사원의 자객일 가능성이 전무하다는 점이었다. 그의 부모는 평범한 양민이었다. 천예사원의 자객이 나서서 살해할 대상은 절대 아니었던 것이다.

그는 가슴이 편안해졌다.

'천예사원은 내게 있어 사문(師門)이야. 사문과 적이 된다는 것은 명백한 배반이지. 최소한 그럴 우려는 덜게 되었어.'

또한 천예사원의 실체를 분명히 알게 되면서 뿌듯한 자부심까지 느끼게 되었다.

'자객 중의 자객! 그래, 기존 자객 단체의 청부를 대신 맡아 해결해 준다면 진정 최고의 자객이다. 세상 사람들의 지탄을 받는 살인 병기가 아니라 최고의 전문가가 되는 거다.'

이때 독한 술 냄새가 코를 찔렀다.

을화는 그의 목을 바싹 끌어안으며 얼굴을 가까이 들이댔다. 서로의 코가 맞닿을 정도였다.

"녀석, 정말 어엿한 대장부가 되었어. 너라면 십이지살(十二地煞)의 빈자리를 채우기에 충분해. 아니, 나한테 특별 교습만 받으면 자객명 앞에 일(一)을 부여받아 천살의 직위까지 오를 수 있지."

그녀는 그의 사타구니 사이를 더듬다가 덥석 쥐었다.

"호호, 이것 봐라? 사내 구실을 하기에 충분할 것 같은데?"

태사린은 그녀의 희롱에 심한 모욕을 느꼈지만 처신이 난감했다.

그녀의 손을 뿌리치면 자신에 대한 호의를 저버리는 배신이 된다. 물론 감히 교두를 무시하는 하극상이기도 했다.

그녀는 그의 이마에 입을 맞추고는 콧날을 따라 입술로 내려왔다. 이어 뜨거운 입술을 그의 입술 위에 포갰다.

그는 움찔하며 눈을 감은 채 입을 꾹 다물었다.

그의 입술 사이로 혀를 밀어 넣으려던 그녀는 제대로 이루어지지 않자 입술을 떼었다.

"네가 감히 날 거부해?"

그녀는 다소 풀린 눈으로 그를 직시하며 뺨을 다독였다.

"날 안아서 침상으로 데려가."

“……..”

“어서! 이건 명령이다!”

교두의 명령. 그것은 거역할 수 없는 절대적 지시였다.

태사린은 그녀를 안아 들고는 침상으로 향했다. 그녀는 나른한 표정을 지으며 노골적으로 색기를 드러냈다.

“아, 오늘은 내 방에서 자고 가. 내일 새벽 훈련은 신경 쓰지 마. 내가 제외시켜 줄 테니까.”

그러나 태사린은 그녀를 침상에 눕히고는 뒤로 물러섰다. 그는 공손히 포권을 취했다.

“편히 주무십시오, 교두님.”

그가 돌아서자 을화의 표정이 싸늘하게 돌변했다. 그녀는 침상에서 벌떡 일어나 앉았다.

“거기 서!”

태사린은 등을 진 채로 걸음을 멈추었다.

“이리 와! 당장!”

“그 지시는 따를 수 없습니다.”

“흥, 이 새끼 봐라? 수련생 주제에 감히 교두의 지시를 거역해? 죽고 싶냐?”

“죄송합니다.”

태사린은 그대로 문을 향해 걸음을 옮겼다. 순간 등 뒤로 싸늘한 한기가 날아들었다.

쐐애액!

한 자루 유엽비도가 그의 귓불을 스치며 문에 박혔다.

을화는 침상에서 내려서며 또 한 자루의 유엽비도를 손에 쥐었다.

"다음은 네 뒤통수에 박아주겠다! 어서 이리 와!"

태사린은 깊이 숨을 들이키고는 몸을 돌렸다.

"교두님 덕분에 천예사원의 수련생이 된 것을 감사하게 생각하고 있습니다. 하지만 그 지시는 따를 수 없습니다."

을화의 두 눈에 매서운 살기가 번득였다.

"이 새끼! 정말 죽고 싶냐?"

그녀가 손가락을 팅기자 유엽비도가 날아들었다. 전광석화와 같은 살식이었다.

태사린은 한순간 무수한 갈등에 휩싸였다.

본능은 그에게 피하라고 외쳤지만 현실은 그럴 수가 없었다. 그로서는 그녀의 매서운 살식을 피해낼 능력이 없었다. 설사 방어할 능력이 있다 해도 막거나 피해서는 안 되는 상황이었다. 그것은 교두에 대한 반항이기 때문이다.

태사린은 유엽비도가 눈앞으로 날아들었지만 눈을 감지 않았다.

자객은 죽음을 직시할 수 있어야 한다!

그것이 그가 오 년 세월 동안 수련을 받아온 자객의 자세였다. 한데 이때였다.

차앙……!

맑은 금속성과 함께 유엽비도가 팅겨지며 천장에 꽂혔다.

언제 들어섰는지 갑영이 지풍을 날려 유엽비도의 방향을 바꾼 것이다. 그는 태사린을 향해 턱짓을 해 보였다. 나가라는 지시였다.

태사린은 공손히 예를 올리고는 방을 나갔다.

복도를 통해 을화의 발작적인 외침이 들려왔지만 그는 애써 무시했다. 그녀가 무시당했다는 수치심에 자신을 죽이려 했지만 그는 그녀를 전혀 미워하지 않았다.

그녀는 여전히 그에게 고마운 존재였던 것이다.

한열관 수련은 다음날에도 계속되었다.

태사린은 을화의 보복을 단단히 각오했지만 그녀는 특별한 제재를 가하지 않았다. 마치 지난밤 아무 일도 없었다는 듯 여전히 수련생들을 조롱하며 수련을 독려했다. 그를 쳐다보는 눈빛도 여느 수련생과 다를 바 없었다.

그로서는 다행이 아닐 수 없었다.

'태워 죽을 일은 없겠어.'

화열옥과 한빙담을 오가는 담금질은 더욱 강해졌다. 지옥 같은 두 곳에 머무는 시간이 조금씩 길어지면서 수련생들에게 인간 한계의 고통과 인내력이 요구되었다.

마침내 수련 기간 60일 종료.

한빙담에서 한 시진 넘게 수욕을 마친 그들은 비로소 또 하나의 관문을 통과했음을 통보받게 되었다.

하나의 명검을 만들기 위해 장인은 수백 번이나 쇠를 달구고 식히며 두들긴다. 그런 담금질을 통해서만 금옥을 두부처럼 자를 수 있는 명검이 탄생될 수 있는 법이다.

수련생들 역시 육십 일간의 수련을 통해 수백 번은 더 담금질이 되었다. 그들의 신체는 예전보다 두 배는 강해졌고 공력도 높아졌다.

그리고 낙오자는 한 명도 없었다.

第5章

누가 흑숙인가?

다시 십오 개월이 흘렀다.

자객 36관문 중 이제 남은 관문은 여섯 개에 불과했다. 그동안 다섯 명이 탈락하면서 수련생은 열여섯 명만 남게 되었고, 조 편성이 다시 이루어지면서 두 개 조로 개편되었다.

제1조의 조장은 여전히 수석 조장을 겸한 9호, 부조장은 17호가 맡게 되었다.

제2조의 조장은 44호 태사린, 부조장은 23호였다.

23호는 절름발이였다. 불구자 수련생 중에서 유일한 생존자였다. 워낙 독한 성격을 지녀 정상인도 살아남기 힘든 서른 개 관문 속에서 용케 목숨을 부지한 것이다.

새롭게 조 편성이 이루어졌지만 3호와 35호가 같은 조에 배정된 것은 태사린으로서도 반가운 일이었다.

여자 수련생은 세 명만 남은 상태였다.

처음 일곱 명으로 시작한 것을 감안한다면 생존율은 아주 높은 편이 었다. 1조에 배정된 부조장 17호, 사내처럼 건장한 체구의 42호, 그리고 2조에서 유일한 여자 수련생 3호가 그들이었다.

휘이이잉……!

세찬 눈보라가 휘몰아치고 있었다. 대한(大寒)이 찾아와서 얼어 죽었다는 매서운 소한(小寒)이기에 바람 한줄기 한줄기가 칼날이었다.

2조의 수련생 여덟 명이 벼랑 벽에 대롱대롱 매달려 있었다.

그들의 목숨을 지탱해 주고 있는 생명줄은 한 가닥 쇠사슬이었다. 그들 모두는 얇은 모포로 몸을 감싼 채 와들와들 떨고 있었다.

제31관 생존관(生存關).

수련생들은 한 장의 모포와 한 줌의 건량만 주어진 채 천 길 벼랑 중간으로 보내졌다. 엄동설한 속에서 물도 없이 일정 기간 동안 살아남아야 하는 처절한 생존 수련이었다.

만일 그들의 몸이 한열관에서 무쇠처럼 단단해지지 않았다면 하룻밤 사이에 모두 얼어붙었을 것이다.

태양이 내리쬐는 한낮은 겨우 견딜 만했지만 해가 지면 기운이 급격히 떨어진다. 내쉬는 숨결조차 얼어버릴 것만 같은 혹독한 환경은 인간의 한계를 넘어서고 있었다.

세찬 눈보라에 의해 모포를 두르고 있는 수련생들은 마치 누에고치처럼 변해 버렸다.

벌써 십팔 일째였다.

태사린은 일각에 한 번씩 간신히 숨만 쉬면서 목숨을 부지하고 있었다. 사지는 모두 얼어붙어 꼼짝도 할 수 없었다.

생존관 수련은 자객으로 나가서 최악의 상태에 빠졌을 때를 대비한 훈련이었다. 침투가 사전에 발각되면 철통같은 경계 때문에 퇴각도 할 수 없다. 몸을 은신한 그대로 경계가 풀릴 때까지 대기해야 한다.

수련생에게 한 줌의 건량만 주고 수련 기간을 통보하지 않은 것도 그런 이유 때문이었다.

경계가 언제 풀리지 모르기에 그들의 수련 기간도 기한이 정해지지 않았다. 따라서 한 끼 분량도 안 되는 건량을 최대한 아껴 먹으면서 생명을 유지해야 했다.

생존관 수련을 통해 귀식대법(龜息大法)을 연마하는 것도 그들의 중대한 과제였다.

귀식대법은 등껍질 속에 머리와 사지를 밀어 넣은 채 가사 상태로 생존하는 거북의 생존력에서 비롯되었다. 본래는 선인들이 내단을 만들기 위해 수련하던 토납술이었는데, 강호로 전파되면서 귀식대법으로 변화되었다.

귀식대법을 펼쳐 한 번 호흡을 하면 짧게는 일각, 길게는 한 시진 이상 숨을 멈출 수 있다. 최고 경지에 이른 자는 하루에 한 번만 숨을 쉬기도 한다.

심장의 박동 역시 급격히 줄어들어 체력의 소모를 최소로 한다.

하지만 강추위에 체온이 급격히 떨어지면 동사할 우려가 있기에 마냥 귀식대법에 빠져 있을 수는 없었다. 간간이 정신을 차려 진저리를 쳐서라도 몸이 얼어붙는 참사를 막아야 했다.

밤새 내리던 눈이 걷히며 여명이 밝아오기 시작했다.

천 길 벼랑은 매끄러운 빙벽으로 화했고, 벼랑에 매어져 있던 수련생들은 누에고치처럼 하얀 눈덩이에 싸였다.

이때 눈덩이가 부서지면서 한 명의 수련생이 모습을 드러냈다.

태사린이었다. 허연 빙기로 덮인 그의 얼굴은 시체처럼 창백해 보였다. 희미하게 눈두덩이가 움찔움찔 움직였다.

천천히 눈을 뜬 그는 길게 한숨을 내쉬었다.

'아직은 죽지 않았군.'

여전히 안도할 상황은 아니었다. 이미 체력은 모두 소진되었고, 수련은 언제 끝날지 모른다. 아직 죽지 않았을 뿐 앞으로의 생존은 장담할 수 없었다.

그는 조원들의 상태를 살펴보고 싶었지만 목이 빳빳하게 얼어붙어 고개가 돌아가지 않았다.

감소채의 보혈 덕분에 남보다 심후한 공력을 지닌 자신이 이런 상태라면 조원들은 더 심각한 상황일 것이다. 특히 3호와 35호가 걱정되었다. 둘 모두 체력적으로 약한 몸이기 때문이다.

이때 한줄기 바람 소리와 함께 벼랑 위에서 누군가가 떨어져 내렸다.

허리에 밧줄을 맨 천살자객 을화였다. 그녀는 붉은 경장 위에 따뜻한 여우 털 갖옷을 걸쳐 입고 있었다.

"후훗, 죄다 뒈진 거 아닐까?"

그녀는 매끄러운 빙벽 위를 날렵하게 이동해 눈덩이 옆에 멈춰 섰다. 그녀가 일수를 내긋자 눈덩이가 쪼개지며 수련생 하나가 모습을 드러냈다.

23호였다. 허옇게 빙기로 덮인 그는 잔뜩 웅크린 채로 얼어붙어 있었다.

을화는 23호의 맥을 짚고는 심장에 손바닥을 댔다. 잠시 몸 상태를 살핀 그녀는 건성으로 고개를 끄덕였다.

"새끼, 독종답게 아직 살아 있군."

그녀는 훌쩍 몸을 날려 옆으로 이동했다.

눈덩이가 쪼개지며 고개를 푹 숙인 수련생이 모습을 보였다. 32호였다. 부조장으로 거론될 만큼 성적이 우수한 수련생이었다.

을화는 32호를 진맥하고는 턱을 치켜들었다. 얼어붙은 몸이라 우두둑 부서지는 소리가 났다.

"이런, 죽었잖아?"

32호의 죽음을 확인한 그녀는 가차없이 쇠사슬을 끊어버렸다.

이미 얼음덩이가 된 32호의 시체는 빙벽을 타고 미끄러지며 천 길 벼랑 아래로 떨어져 내렸다.

태사린은 가슴 한쪽이 허전해졌다.

수련 초기에는 얼굴도 제대로 기억하지 못했기에 누군가의 죽음이 크게 와닿지 않았다. 하지만 여태껏 생존한 수련생들은 이천 일이 넘게 함께 고된 수련을 거쳐 온 동료들이다. 엄격한 수칙 때문에 돈독한 교분을 나눌 수는 없었지만 서로를 분명하게 기억하고 있었다.

이제 누군가의 죽음은 남의 일이 아니었다.

죽은 자나 산 자의 능력 차이는 백지장 하나 차이이다. 누군가가 죽었다면 자신 또한 언제 죽을지 모르는 처지임을 부인할 수 없다.

다행히 을화는 궁금하게 생각되었던 35호의 생존을 확인해 주었다.

"호호, 요 새끼, 아주 영악하네? 아예 귀식대법에 푹 빠져 있군. 얼어 죽든 말든 최대한 오래 버티겠다는 의도야."

그 말에 태사린은 32호의 죽음으로 허전했던 가슴을 달랠 수 있었다.

‘잘 버티었구나, 35호. 이제 다섯 개 관문만 남았다. 제발 끝까지 살아다오.’

그가 35호에 대해 갖는 동료애는 각별했다. 첫 대면서부터 그를 형처럼 생각하며 따랐기에 그 또한 친동생처럼 대해주었다. 만일 35호가 죽었다면 그는 크게 상심했을 것이다.

을화는 다시 옆으로 이동해 태사린에게 다가섰다. 그녀는 스스로 눈덩이를 깨뜨린 그를 보고는 요염한 미소를 지었다.

“호홋, 역시 조장답네? 한 열흘쯤 더 매달려 있어도 되겠어.”

“…….”

“왜, 싫어?”

“…….”

“농담이야. 나도 네 녀석이 죽는 건 싫으니까.”

그녀는 환약 하나를 꺼내 들어 그의 입에 넣어주고는 나직이 속삭였다.

“예전에 말이야, 네가 날 품었다면 다음날 넌 죽었을지도 몰라. 네 녀석의 고지식함이 널 구한 거지.”

그녀는 그의 뺨을 다독여 주고는 훌쩍 옆으로 이동했다.

눈덩이가 쪼개지자 허연 빙기에 싸여진 3호의 모습이 보였다. 이미 얼어붙었는지 미동도 하지 않았다.

을화는 3호의 심장과 맥을 짚어보고는 고개를 기울였다.

“쳇, 곧 죽겠군.”

태사린은 가슴이 미어지는 것 같았다.

‘3호… 아니, 문약, 이제 다섯 개 관문만 남았는데…….’

을화는 다른 수련생의 생존 상태를 살피고는 태사린을 향해 외쳤다.

"44호! 생존자들을 이끌고 올라와라! 스스로 올라오지 못하는 놈은 벼랑 아래로 떨어뜨려도 좋다!"

그녀는 밧줄을 잡아끌며 벼랑 위로 올라갔다.

"이제 서쪽 벼랑으로 가서 1조 놈들을 살펴봐야겠군. 몇 명이나 살아 있을지 궁금해."

태사린은 을화가 입에 넣어준 환약 덕분에 급속도로 몸이 회복될 수 있었다. 목구멍을 타고 넘어가는 약 기운이 순식간에 몸을 데워주고 피의 순환을 도와주었다. 아마도 열양단(熱陽丹)인 듯싶었다.

'안 돼! 문약이 죽게 내버려 둘 수는 없어!'

손발의 동상이 다소 해소되자 그는 몸을 좌우로 움직였다. 쇠사슬이 따라 흔들리면서 그의 몸이 좌우로 이동했다.

힘껏 빙벽을 걷어찬 그는 오 장 거리에 있는 3호를 향해 몸을 날렸다. 가까스로 3호를 부둥켜안은 그는 그녀의 몸 상태를 살펴보았다.

이미 호흡은 멎어 있었고, 맥박도 뛰지 않았다.

"3호!"

그는 그녀의 볼을 감싸쥐고는 입을 맞추었다.

아직 채 녹지 않은 열양단이 입 안에 남아 있었다. 그는 혀로 그녀의 얼어붙은 입술 사이를 비집고 열양단을 밀어 넣어주었다. 이어 진기를 운기해 뜨거운 진기를 주입시켜 주었다.

'깨어나! 제발 깨어나, 문약! 넌 자신의 이름을 기억할 만큼 강한 정신력의 소유자잖아? 제발 깨어나!'

그는 간절히 기원하면서 그녀의 얼어붙은 몸을 주물러 주었다.

열양단의 열기 때문인지 그녀의 몸에 서린 허연 빙기가 녹아들기 시작했다. 하지만 여전히 숨을 쉬지 않았다.

태사린은 입술을 질끈 깨물었다.

'깨어나, 문약!'

그는 손끝을 빳빳이 세워 그녀의 왼쪽 젖가슴 아래를 힘껏 찍었다. 심장과 연결된 혈도였다. 치명적인 사혈이기에 가벼운 충격만으로도 죽을 수 있는 상황이었다.

순간 3호의 얼어붙은 몸이 발작을 하듯 진저리를 쳤다. 그리고 심장이 뛰기 시작했다.

겨우 안도한 태사린은 떨리는 손으로 그녀의 볼을 어루만졌다.

"살았어. 이제 산 거야."

3호의 눈까풀이 파르르 떨리며 서서히 열렸다. 아직은 몽롱한 눈동자. 그러나 거울처럼 맑은 눈망울 위에 태사린의 모습이 선명하게 비쳐 보였다.

태사린은 햇살처럼 밝은 미소를 지어 보였다.

"축하한다, 3호. 생존관을 통과했어."

2

생존관은 인간 한계에 이른 인내력과 정신력, 체력을 요구하는 혹독한 훈련의 마지막 관문이었다.

제32관부터는 본격적인 살인 기술을 수련하는 과정이었다.

생존관에서 두 명의 수련생이 죽는 바람에 이제 남은 수련생은 열네 명뿐이었다. 하기에 다섯 개 관문만 남긴 상태였지만 수련생들은 더욱 긴장하지 않을 수 없었다.

수련의 끝이 보인다는 것은 희망적이며, 희망에 집착하게 되면 살고자 하는 욕망이 강하게 부각된다. 삶에 대한 애착은 두려움을 가져다주기에 누구도 죽고 싶지 않게 된다.

천예사원의 서고는 방대했다. 수백 개의 서가에는 만여 권의 서적이 촘촘하게 꽂혀 있었다.

백파서가(百派書架)에는 구파일방은 물론이고 무림 세가와 수천 개에 달하는 소규모 문파에 관한 정보가 상세하게 수록돼 있었다. 한 가지 혼란스러운 것은 삼십 년에 걸쳐 수집된 기록이 여기저기 흩어져 있어 정보를 찾기가 싶지 않다는 점이었다.

소림에 관한 상세한 정보를 알기 위해서는 단편적으로 기재된 수백 권의 책을 모두 찾아내야만 가능했다.

태사린은 절예서가(絶藝書架)를 뒤져 쾌검과 쾌도에 관한 초식과 절기가 수록된 책을 한 아름 꺼내 들었다. 책의 형태도 다양했다. 양피지 책자서부터 석판, 목판, 심지어는 얇은 철판을 엮어 만든 철편(鐵篇)도 있었다.

부친을 목을 벤 수법은 쾌도였고, 모친의 등을 꿰뚫은 살식은 쾌검.

그동안 그는 수백 종의 쾌도식과 쾌검식을 연구하면서 자신의 부모를 살해한 수법을 찾아내느라 노력했다. 하지만 안타깝게도 쾌도식은 그 수법이 비슷해 분석이 쉽지 않았다.

돗자리를 짜는 중 피살된 상황을 유추해 보면 등 뒤에서 목이 베어진 것이 분명했다. 부친이 죽는 순간을 전혀 느끼지 못할 만큼 빠른 쾌도 살식이었지만 그런 수법만도 서른 가지가 넘었다.

따라서 초식보다는 이런 수법을 연마한 고도의 쾌도 고수를 찾아내야 한다는 것이 그가 애써 찾아낸 결과였다.

그래도 쾌검에 대해서는 다소 성과가 있었다.

등을 찔러 심장을 관통할 만큼의 쾌검식은 그다지 많지 않았다. 물론 절예서가에 세상의 모든 쾌검식이 기재된 것은 아니겠지만, 그 수법이 많지 않다는 것은 나름대로 희망적이었다.

그는 여러 권을 책을 펼쳐 놓고는 쾌검에 관한 수법을 하나씩 비교해 보았다.

'전광쾌검, 단월쾌식, 관일천(貫日穿), 환우일섬(寰宇一閃), 귀명참살(鬼影斬殺)…….'

각각의 초식들은 발검식부터 조금씩 달랐다. 또한 진기의 운용, 수련 방식, 검을 찌른 후 회수하는 방식 등등이 저마다 독특함을 지니고 있었다.

태사린은 지그시 눈을 감은 채 기억을 집중했다.

잔잔한 미소를 지은 채 수를 놓고 있던 어머니. 등 뒤에서 찔린 쾌검에 의해 심장이 관통되었지만 죽는 순간을 전혀 인식하지 못하고 있었다. 그래서 수를 놓으려 하였고 미소도 잃지 않았다.

태사린은 당시 모친의 상처 부위를 정확히 살펴보지 않은 것이 후회되었다. 만일 등 뒤에서부터 심장까지 관통된 상처를 정확히 보았다면 그 수법에 대해 보다 쉽게 간파했을 것이다.

그의 미간에 세로로 일 자가 깊이 새겨졌다.

'정말 빠른 수법이다. 세상에 수천 명의 자객이 있다 해도 그렇듯 빠른 쾌검의 소유자는 흔치 않아.'

문득 그는 자객에 대한 정보를 떠올리며 급히 군영서가(群英書架)로 다가섰다. 하지만 서가 어디에도 자객에 관한 항목은 없었다.

그는 쓸쓸한 심정으로 돌아섰다.

'그렇군. 천예사원과 교류를 갖고 있는 자객 단체라 해도 자파의 자객들에 대한 신상을 알려줄 리가 없지. 그것은 자파의 운명이 걸린 최고의 기밀일 테니까.'

역시 부모를 살해한 자객들을 추적하기는 쉽지 않은 일이었다.

다시 자리에 앉은 그는 쾌검에 대해 더 연구해 보기로 마음먹었다. 죽은 자가 전혀 고통을 느끼지 못할 정도의 쾌검식을 연마한다면 흉수의 존재에 대해 보다 접근할 수 있다는 생각에서였다.

이때 누군가가 옆자리에 앉았다. 여인이었다.

태사린은 당연히 3호라고만 생각했다. 한데 그의 예민한 후각을 통해 느껴지는 체향은 그녀의 것이 아니었다. 그녀의 체향은 들꽃처럼 풋풋했다. 지금 느껴지는 것처럼 장미의 강렬한 향기가 아니었던 것이다.

비로소 고개를 돌린 그는 의아한 눈빛을 지었다.

1조의 부조장 17호였다. 치렁치렁한 갈색 모발과 신비로운 벽안, 주사를 바른 붉은 입술은 정말 매력적이었다.

을화가 지적한 대로 그녀의 미모와 관능적인 몸매는 세상 어떤 것보다 강력한 병기였다. 누구라도 그녀의 손에 죽는 것조차 행복해할 만큼 마력과 같은 흡인력을 지니고 있었다.

그녀는 평소답지 않게 호의적인 미소를 지었다. 하얀 치아가 아찔할 만큼 눈부셨다.

"조장, 아직도 날 미워해?"

그녀가 그를 조장이라 호칭하기는 이번이 처음이었다. 그녀는 줄곧 44호라고만 호칭해 왔던 것이다.

태사린은 자연스럽게 책으로 시선을 돌렸다.

"난 한 번도 널 미워한 적 없어."

"사실 나도 그래. 다만… 조장에게 관심을 받고 싶어 투정 부렸을 뿐이야."

"……."

"진심이야. 하지만… 이제는 나도 어린애가 아니잖아? 곧 자객이 되어 함께 임무를 수행해야 할지도 모르는데……."

"우린 아직 수련생이야. 아직도 네 개의 관문이 더 남았어."

17호는 그의 냉담한 태도에 눈빛이 싸늘해졌지만 애써 미소를 유지했다.

"그래, 앞날은 나중에 생각하기로 하지, 뭐. 한데 요즘 교두들의 태도가 이상하지 않아?"

"뭐가?"

"이 년여 전에 네 명의 교두가 실종됐고, 이어서 다시 네 명이 출동한 후 돌아오지 않고 있잖아?"

"……."

태사린 역시 그 문제에 대해 의혹을 느끼고 있었다.

출타한 교두가 돌아오지 않았다는 것은 죽음을 의미한다. 한데 네 명이 출타해 여태껏 귀환하지 않았으니 그들 또한 죽었다고밖에 볼 수 없는 일이었다.

천예사원에 소속된 자객이 얼마나 되는지 정확히는 알 수 없지만 많은 숫자는 아닌 것이 분명했다. 을화의 입을 통해 십이지살과 십대천살이 존재한다는 것은 분명히 들었다.

한데 열두 명의 지살자객 중 여덟 명이 사망했다면 심각한 타격이

아닐 수 없다. 또한 천살자객 중 몇 명이 살아 있는지도 모를 일이었
다.

17호는 슬며시 그의 손을 쥐었다.

"솔직히 불안해. 이러다 우리가 수련을 마치기도 전에 천예사원이
괴멸되는 것은 아닌지 정말 걱정이 돼."

그녀의 손은 따뜻했다. 고된 수련 속에서 여전히 비단결처럼 곱고
부드러운 손을 유지하고 있었다.

태사린은 자리에서 일어서며 그녀의 손을 밀쳐 냈다.

"우리는 수련에만 전념하면 돼."

17호는 함께 일어서며 그와 나란히 걸었다.

"애들 말에 의하면 네가 을화 교두와 아주 친하다면서? 혹시 어떻게
된 상황인지 들은 적 있어?"

"없어."

"그러지 말고 나한테도 얘기해 줘. 우리는 친구잖아?"

"친구?"

"그래, 육 년 넘게 함께 고락을 겪어온 친구. 난 그렇게 생각해."

태사린은 몸을 돌려 그녀와 마주 섰다.

"진정한 친구라면 솔직해야 돼. 남을 떠보는 것은 친구의 도리가 아
니야. 농락이지."

"조장을 떠보는 게 아니야. 알고 싶어서 그래."

"나도 들은 바 없어. 또한 알려고 해서도 안 돼. 우리는 입문 수련생
이지 아직 천혜사원의 정식 자객이 아니니까."

일순 17호의 표정이 표독스럽게 변했다.

"흥, 고고한 척하지 마, 44호! 너 같은 새끼는 친구도 아니야! 가증

스런 위선자! 내가 세상에서 가장 중오하는 족속이지!"

본성을 드러낸 그녀는 사납게 쏘아붙이고는 홱 돌아섰다.

태사린은 물끄러미 그녀를 바라보다가 몸을 돌렸다.

자신에 대해 사사건건 반발하는 그녀였지만 별로 미워하고 싶지는 않았다. 그녀 역시 어떤 연유인지 모르지만 험난한 자객의 길을 선택한 존재이다. 더군다나 계집의 몸으로.

자객이 되려는 사람은 정상적인 사고를 지닌 사람으로 보기는 힘들었다. 을화가 말한 대로 한을 지닌 사람만이 자객이 되기를 원하기 때문이다.

'17호, 내가 복수를 가슴에 묻고 살 듯이 너도 증오를 묻고 살아. 결코 겉으로 드러내서는 안 돼. 우리 중 누구라도 죽게 된다면 난 슬프다. 더 이상 누군가 죽지 않았으면 좋겠어.'

3

수련생 42호의 죽음.

그는 1조 소속이었다. 여태껏 수많은 수련생이 죽었기에 그의 죽음 또한 또 하나의 죽음에 해당된다. 그러나 그 과정이 남달랐기에 42호의 죽음은 실로 충격적이었다.

그는 피살된 것이다.

그의 시체는 감천정 우물 옆에서 발견되었다. 흉기는 뾰족한 작대기였다. 등에서부터 관통된 작대기가 심장까지 꿰뚫은 것이다. 무딘 흉기였기에 42호는 몹시 고통스런 모습으로 죽어 있었다.

그의 죽음을 발견하고 보고를 올린 목격자는 수석 조장 9호였다.

짜악! 짜악!

교룡의 근육을 꼬아 만든 채찍이 날아들면서 살갗이 찢기고 피가 튀었다.

"이 새끼, 대체 조원 관리를 어떻게 했기에 피살을 당했단 말이냐?"

분노에 젖은 을화는 교룡편으로 사정없이 9호를 내려치고 있었다.

중앙 광장에 소집된 수련생들은 숙연한 모습으로 이를 지켜보고 있었다.

수련생의 피살!

그것은 모두에게 충격과 공포를 가져다 주는 대 사건이 아닐 수 없었다. 고된 수련을 견디다 못해 자살한 수련생은 여럿 있었지만 동료에 의해 피살된 수련생은 처음 있는 일이었다.

그것은 절대 벌어져서는 안 될 비극이기도 했다.

네 명의 지살교두는 행여 있을 수련생들의 반란에 대비해 병기를 휴대한 채 좌우로 나뉘어 지켜 서고 있었다.

수련생들은 고도의 훈련을 거쳤고, 이제 살인 수법까지 연마하는 중이기에 그들도 경계하지 않을 수 없었다.

자객에게 있어 병기는 큰 의미가 없다. 머리카락 한 올도 흉기로 사용할 수 있고, 주변의 기물을 모두 살인 병기로 만들 수 있다. 비록 수련생들이 병기를 휴대하지는 않았지만 지살급 교두들은 그들이 언제 작당을 해서 반란을 일으킬지 모르기에 바싹 긴장할 수밖에 없었다.

수석 교두인 갑영은 팔짱을 낀 채 단상 앞에 서 있었다. 그는 여느 때처럼 무심한 표정으로 동부 한 켠을 응시하고 있었다. 수련생들 사이에서 벌어진 살인 사건조차 무관심한 태도였다.

"네가 죽였지? 네가 죽인 거지?"

을화는 9호가 피투성이가 될 때까지 마구 채찍질을 했다.

9호는 혹독한 매질에도 신음 소리 한 번 흘리지 않았고 자신을 위해 변론을 하지도 않았다.

채찍을 내던진 을화는 수련생들을 향해 다가섰다.

"어떤 새끼야? 당장 나오지 못해!"

열두 명의 수련생은 일렬로 도열한 채 눈을 내리깔고 있었다. 눈에 핏발이 돋은 을화와 눈길을 마주치는 것조차 두려운 일이었다. 그녀가 웃으면서도 상대의 심장에 칼을 꽂을 만큼 냉혹한 심성의 소유자임을 모두가 알고 있었다.

"너냐?"

을후는 냅다 35호를 걸어찼다. 이어 수련생들을 하나씩 후려치며 마구 분풀이를 해댔다.

네 명의 교두도 그녀를 두려워하기에 가급적 눈길을 마주치지 않으려 애썼다. 사실 수련생의 관리는 교두들의 책임이기도 했다. 수련생 사이에서 살인 사건이 벌어졌다는 것은 그들의 관리 소홀이기에 문책을 당해야 할 쪽은 그들이었다.

9호는 피를 철철 흘리면서도 단정히 무릎을 꿇고 앉아 있었다.

이때 단상 위로 원주가 올라섰다. 무심한 갑영도 원주를 대하자 단상 옆으로 물러서며 공손히 예를 올렸다. 수련생들을 두들겨 패던 을화는 손을 멈추고 단상 앞으로 다가섰다.

"송구합니다, 원주님."

원주는 소매를 저어 그녀를 비켜서게 했다. 뒷짐을 진 채 잠시 왔다

갔다 걷던 원주가 입을 열었다.

"상황을 다시 말해봐라, 9호."

9호는 차분한 어조로 보고를 올렸다.

"제가 빨래를 하러 감천정으로 갔을 때 42호는 우물가 나무 아래 쓰러져 있었습니다. 사기판명법(四氣判明法)으로 살펴보았지만 이미 절명한 상태였기에 손을 쓸 수가 없었습니다. 일단은 보고를 올려야 했기에 급히 부수석 교두님을 찾아가 말씀드린 것입니다."

"네가 죽였을 수도 있다."

"……."

"목격자라 하여 용의자에서 제외되지는 않는다."

원주는 천천히 단상에서 내려섰다. 그는 도열한 수련생들 앞을 걸으면서 한 명씩 표정을 살폈다.

그의 눈빛을 접한 수련생들은 하나같이 얼어붙고 말았다. 이때만큼은 그들에게 병법을 강의하고 시송을 읊어주던 노문사의 담담한 눈빛이 아니었다. 번갯불처럼 번득이는 눈빛은 그들의 내면 깊숙이 숨겨진 비밀까지 꿰뚫어 볼 정도였다.

열두 명의 수련생을 관찰한 원주는 동부 밖으로 향했다.

"교두들은 아이들을 감시해라. 갑영과 을화는 나를 따르라."

수련생들은 제자리를 지킨 채 부동 자세를 취했다.

죽음에 대한 두려움보다는 행여 범인으로 지목될 것이 두려웠다. 9호는 여전히 부복한 상태였다. 몸에서 흘러내린 피가 바닥까지 축축하게 적셨다.

네 명의 교두는 그들 주변을 지켜선 채 매섭게 쏘아보았다. 조금이라도 수상쩍은 행동을 보였다가는 그들의 손에 조각이 날 것이다.

마치 잔뜩 당겨진 활시위처럼 팽팽한 분위기.

중앙 광장은 고조된 긴장과 질식한 듯한 침묵으로 무겁게 가라앉아 있었다.

태사린은 눈을 반개한 채로 골똘히 생각에 잠겼다.

'타살……. 대체 범인이 누구란 말인가? 외부의 침투가 불가능한 상황이라면 내부의 소행이 틀림없다. 교두들이 수련생을 죽일 이유가 없으니 수련생들 간의 다툼에 의한 살인이 분명해.'

하지만 단순히 수련생들 간의 다툼이라 단정하기에는 다소 무리가 있었다.

'우리 모두는 감정을 억제하는 훈련을 받았다. 순간적인 감정을 못 이겨 살인을 할 만큼 어리석은 자는 없다. 동료를 살해하면 자신에게도 죽음이 있을 뿐이니까. 불과 네 개의 수련 과정이 남았을 뿐인데 왜 이런 사고가 발생한 것일까? 왜……?'

감천정 우물에서 약간 떨어진 곳에 42호의 시체가 모로 쓰러진 채 놓여 있었다.

42호는 여자 수련생들 중에서 살아남은 세 명 중 하나다. 사내처럼 건장한 체격의 소유자이지만 용모는 뛰어난 편이었다. 성격 또한 호탕해 수련생들 사이에서도 친분이 두터웠다.

그녀의 등을 관통한 작대기가 심장까지 뚫고 나와 있었다. 등판의 옷이 길게 찢어진 것으로 미루어 암습당하는 순간 몸을 틀려고 했지만 결국은 암습을 피하지 못하고 죽은 것으로 보였다.

원주는 을화에게 지시를 내렸다.

"네가 살펴보아라."

"예, 원주님."

을화는 예리한 눈빛으로 현장 주변을 관찰하고는 42호를 세심하게
검사했다.

"수법으로 미루어 쾌검식 중 관일천 같습니다. 상처 부위를 감안하
면 칠성 정도의 수준으로 생각됩니다. 42호는 용약비선(龍躍飛旋) 신법
으로 피하려다 당한 것으로 추측됩니다. 만일 허압추곤(虛壓追坤) 신법
을 구사했다면 즉사는 면했을 것입니다."

"흉기를 가져와라."

"예, 원주님."

을화는 42호의 등에 꽂힌 작대기를 뽑아 들었다. 끝이 뽀족하게 깎
인 작대기는 송곳처럼 날카로웠다.

원주는 잠시 작대기를 살피다가 갑영에게 넘겨주었다.

"네가 살펴보아라."

갑영은 공손히 고개를 숙이고는 두 손으로 작대기를 받아 들었다.

작대기를 살피는 그의 눈빛은 여전히 무심했다. 그는 손잡이 부위를
한참 동안 들여다보고는 공손히 고개를 숙였다.

"가자."

원주는 흉기를 건네 받고는 동부로 걸음을 옮겼다.

수련생들은 바싹 긴장된 눈빛으로 작대기를 주시했다. 붉은 피가 묻
어 있는 뽀족한 흉기는 보기에도 섬뜩했다.

원주는 맨 왼쪽에 서 있는 35호에게 작대기를 건넸다.

"잡아봐라."

"예."

35호는 짧게 숨을 들이키고는 작대기를 손에 쥐었다. 원주가 갑영에게 시선을 돌리자 갑영은 고개를 저었다. 35호에 이어 6호가 작대기를 쥐었고, 3호에게로 넘겨졌다. 갑영은 여전히 고개를 저었다.

태사린은 3호가 넘겨준 작대기를 손에 쥐었다.

일순 갑영의 변함없는 눈매가 가늘어졌다. 손을 늘어뜨린 그는 허리춤의 검을 쥐었다. 그러자 교두들이 수련생들을 밀쳐 내며 태사린을 에워쌌다.

을화는 눈을 커다랗게 뜨며 고개를 흔들었다.

"44호, 네가⋯⋯?"

원주는 태사린의 앞으로 다가섰다.

"노부를 찔러봐라."

"원주님?"

"어서!"

원주의 준엄한 명령이었다.

태사린은 가볍게 입술을 깨물며 원주의 가슴을 향해 작대기를 내질렀다. 원주는 전혀 피하지 않았다. 태사린은 차마 공격을 뻗어낼 수 없어 급히 손목을 틀었다. 작대기는 원주의 옷을 스치며 옆으로 비껴 나갔다.

태사린은 감히 원주의 옷을 훼손시킨 불경함에 고개를 떨구었다.

"죄송합니다, 원주님."

원주는 그의 손에서 작대기를 받아 들었다.

"네가 쾌검식 관일천을 터득한 것은 분명하지만 홍수의 수법과는 다르구나."

을화는 가슴에 손을 얹으며 겨우 안도의 숨을 내쉬었다.

원주는 작대기를 부조장 23호에게 넘겼다.

한데 이때였다. 23호는 작대기를 받아 들기가 무섭게 원주의 목을 향해 빠르게 내질렀다. 공격 부위는 치명적인 천돌혈이었다.

예상치 못한 기습.

태사린에게 관심이 집중돼 있던 상황이었기에 교두들은 전혀 대비를 하지 못했다.

23호와 원주와의 거리는 불과 이 척. 그저 손을 뻗는 것만으로도 충분히 천돌혈을 관통할 수 있는 지척이었다. 갑영이 몸을 날렸지만 작대기가 원주를 꿰뚫는 상황이 더 빨랐다.

수련생들 모두가 원주의 절명을 예상했다.

한데 원주의 반응은 놀랍도록 빨랐다. 급박한 상황에서도 침착하게 목을 틀어 작대기를 피해낸 것이다.

기습이 실패로 돌아가자 23호는 냅다 동부 입구를 향해 몸을 날렸다. 그러나 갑영의 움직임은 한줄기 바람이었다.

번―쩍!

검광이 번득이는 순간 두 다리가 베어진 23호는 비명과 함께 바닥으로 나뒹굴었다. 그 와중에도 그는 손에 쥔 작대기로 자신의 심장을 찔렀다. 혹독한 고문이 두려워 자살을 선택한 것이다.

을화가 급히 몸을 날려 23호의 혈도를 찍었다. 하지만 그녀가 23호를 살피기도 전에 원주는 고개를 흔들었다.

"소용없다. 놈은 벌써 죽었다."

23호의 맥을 짚은 을화는 분노를 참지 못하고 씨근거렸다.

"독한 새끼!"

비로소 정신을 차린 수련생들은 모두가 입을 다물지 못했다.

23호가 42호를 살해한 흉수라는 것보다 감히 원주를 죽이려 한 사실에 경악하고 말았다. 그것은 23호가 우발적으로 42호를 살해한 것이 아님을 의미했다.

그렇다면 23호는 대체 무슨 의도로 자객이 되려 했단 말인가?

그들은 또 한 번 충격과 혼란에 휩싸이지 않을 수 없었다.

원주는 뒷짐을 진 채 23호의 시체 옆으로 다가섰다.

자세를 낮춰 앉은 그는 23호의 백회혈에 손바닥을 갖다 대었다. 그의 손이 새하얀 소수(素手)로 바뀌었다. 세상에 숨겨진 절기 중 하나인 소수신공에 의한 현상이었다.

23호의 얼굴이 하얗게 변색되면서 검은 반점이 선명하게 새겨졌다. 이어 코를 통해 붉은 기운이 모락모락 피어올랐다.

소수신공을 거둔 원주는 나직이 탄식했다.

"혈음마공……. 마국의 촉수가 이곳 천예사원에까지 미쳤을 줄이야!"

그는 뒷짐을 지고는 무거운 걸음을 옮겼다.

"애들을 혼정관에 분산 수용해라. 내가 직접 심문할 것이다."

열두 명의 수련생은 세 명씩 갈려서 교두를 따라갔다. 너무도 충격적인 장면을 목격했기에 아직도 혼란에서 깨어나지 못하고 있었다. 그들로서는 어찌 된 상황인지 짐작조차 할 수 없었던 것이다.

태사린은 귓속을 강타한 한마디에 가슴이 세차게 뛰고 있었다.

마국(魔國)!

그의 뇌리 속으로 감소채와 만난 육 년여 전의 기억이 주마등처럼 스쳐 갔다.

음습한 기운을 풍기는 마병들, 섬뜩한 붉은 눈의 마령, 무서운 한독을 내포한 혈음마공……

감소채는 그들의 존재를 은천마국이라 하였다. 세상에는 아직 알려지지 않은 마도의 대집단. 그리고 향후 그들에 의해 천하가 어둠으로 덮일 것을 우려하였다.

'혈음마공! 그렇다면 23호가 은천마국에서 파견된 첩자란 말인가?'

그는 은천마국이라는 이름을 마음속으로 되뇌다가 문득 또 하나의 의혹를 떠올렸다.

사건은 단지 23호의 죽음으로 끝난 것이 아니었다.

살인에 관해 최고의 전문가답게 원주와 천살자객들은 대번에 23호가 흉수임을 간파해 냈다. 수련생의 어설픈 솜씨로는 절대 그들의 예리한 안목을 속일 수 없다.

문제는 23호가 왜 42호를 죽였느냐에 있었다.

23호가 은천마국에서 파견된 첩자로 이미 육 년여의 세월 동안 자신의 정체를 숨겨온 것이다. 만일 그가 모든 수련을 통과한다면 천예사원의 자객으로 당당히 활동할 수 있을 것이다.

수련생으로서는 천예사원에 대해 아는 것이 많지 않다. 이제 일 년 이내에 모든 수련 과정이 종료될 것이다. 23호는 왜 그때까지 기다리지 않고 동료를 살해하는 중대한 실수를 저지른 것일까?

사건의 핵심은 흉수가 누구냐에 있지 않았다.

왜, 왜 23호는 42호를 죽여야만 했던 것일까?

第6章

믿을 수 없는 것은 여인의 입술

완벽한 어둠.

모든 것이 원점으로 되돌아간 심정이었다.

혼정관은 자객 입문을 위해 자청한 수련생들의 심성과 체력, 기질을 검사하기 위한 관문이었다. 빛과 소리로부터 완벽하게 차단된 암흑 공간. 그 속에서 지내다 보면 시간의 흐름과 공간에 대한 지각마저 상실하게 된다.

천예사원 내에 이런 혼정관이 몇 개나 있는지는 알 수 없었다. 태사린은 9호, 17호와 함께 같은 혼정관에 배정되었다.

세 명이 함께 있으니 예전보다는 고독감이 덜했다.

태사린은 단정히 가부좌를 틀고 앉았다.

혼정관에 들어온 이상 물과 음식은 기대할 수 없다. 별도의 부름이 있기 전까지는 무작정 기다려야만 한다. 편하게 생각한다면 누구의 방해도 받지 않고 내공을 연마할 수 있기에 좋은 기회일 수도 있었다.

하지만 정신이 혼란스러워 운기조식에 집중할 수가 없었다.

42호의 충격적인 피살, 원주를 기습한 23호, 혈음마공의 흔적으로 찾아낸 은천마국의 첩자, 돌아오지 않는 지살급 자객들……

무수한 의혹들이 거미줄처럼 뒤엉키며 그는 머리가 터질 것만 같았다.

혼정관은 사방 스무 자 정도의 정방형 석실이었다.

그다지 넓지 않은 공간에 세 명이 함께 있었지만 부스럭거리는 소리 하나 들려오지 않았다. 조용히 내쉬는 숨소리를 서로가 들을 수 있을 뿐이었다.

태사린은 숨소리만 듣고도 9호와 17호의 위치를 파악할 수 있었다.

17호와는 한 숙소에 배정되기도 했기에 접촉이 많았지만 9호와 같은 공간에 있어보기는 이번이 처음이었다.

자객이 되기에 가장 완벽한 조건의 소유자.

그는 타고난 자객으로 불리기에 충분했다. 무심한 성격과 강인한 체력, 걸출한 능력과 남다른 오성은 수련생들 중에서 단연 최고였다. 태사린도 그에 대해서는 가끔 부러움을 느끼기도 했다.

그런 그가 본의 아닌 실수로 인해 모두가 보는 앞에서 매질을 당했다. 소속된 조원이 피살되었으니 조장으로서 책임을 피할 수 없었지만 그로서는 억울한 입장이 아닐 수 없을 것이다.

태사린은 조용히 몸을 일으켜 그에게 다가섰다.

혹독한 매질을 당한 상처에서 흘러나온 피 때문인지 역한 비린내가 풍겼다.

교룡편은 강력한 병기다. 한 번 맞으면 살이 찢기고, 두 번 맞으면

근육이 갈라지며, 세 번 맞으면 뼈가 으스러진다. 그가 혹독한 수련으로 단련된 몸이 아니었다면 벌써 만신창이가 되어 죽었을 것이다.

"출혈이 심한 것 같군."

태사린은 수련복 상의를 벗어 가늘게 찢었다. 상처를 감싸 지혈해 주기 위해서였다. 이 정도 매질에 죽을 그들이 아니었지만 과다한 출혈은 회복을 더디게 하기 때문이다.

한데 9호의 반응은 냉담했다.

"괜찮아."

"호의라고 생각지 마. 사실 내게도 책임이 있어. 42호를 죽인 23호는 내가 데리고 있던 부조장이야. 갑자기 상황이 복잡해지는 바람에 내게 책임을 묻지 않았지만 매질을 받아야 할 사람은 나였어."

"……."

"나 대신 네가 일방적으로 당한 것이 미안하다."

이때 17호가 바닥을 더듬거리다가 태사린을 홱 밀쳤다.

"꺼져!"

어둠 때문에 그녀의 모습을 볼 수는 없었지만 9호를 막아서고 있는 듯싶었다.

"네놈의 더러운 도움 따위는 필요없어. 조장은 내가 치료해 줄 거야."

"……."

"대체 네놈은 을화 교두와 무슨 관계냐? 네 말대로 혹독한 매질을 당할 사람은 너인데 왜 수석 조장이 대신 맞아야 했던 거야?"

9호의 건조한 음성이 들려왔다.

"입 다물어."

"조장, 이건 너무 불공평하잖아? 내가 듣기론 생존관 수련 때에는 을화 교두가 44호 저놈한테 은밀히 열양단까지 주었다고 했어. 이게 말이나 돼?"

태사린은 조용히 걸음을 옮겨 자신의 자리로 돌아갔다.

17호의 말은 사실이었다. 어떻게 그 비밀스런 일이 발각됐는지 몰라도 분명한 사실이기에 태사린은 아무런 대꾸도 할 수 없었다. 그녀가 알고 있다면 이미 모든 수련생이 알고 있음에 틀림없었다.

수련생들 사이에서 특별 대우를 받는다는 것은 불공평하다. 만일 그가 아닌 다른 누가 그런 대우를 받는다면 그 또한 분개했을 것이다.

그는 을화의 과도한 친절이 원망스러웠다.

'을화 교두, 날 생각하는 마음은 고맙지만 더는 관여하지 마시오. 난 내 힘으로 수련을 마치고 싶소.'

17호의 다정한 음성이 들려왔다.

"등 좀 돌려봐. 내가 상처를 처매줄게."

한데 9호의 반응은 지극히 싸늘했다.

"내 몸에 손대지 마!"

17호의 침묵. 한쪽 벽으로 이동하는 발걸음 소리가 들려왔다.

태사린은 벽에 기댄 채 스르르 눈을 감았다.

차라리 혼자 있는 편이 훨씬 편하겠다 싶었다. 비록 아무런 방해도 하지 않았지만 그들과 함께 있는 것 자체가 심리적으로 불편했다.

그는 그들의 존재를 잊기 위해 다른 쪽으로 생각을 돌렸다. 문득 불안감이 엄습해 오면서 등줄기가 서늘해졌다.

'원주님이 직접 심문을 한다면 모든 내력을 밝혀야 한다. 내가 왜 자객이 되려 했는지, 그리고 복수를 하려는 대상이 다른 자객 집단의 자객임을 실토해야 한다. 과연… 과연 나의 이 불순한 의도가 용납될 수 있을까?

불안과 초조함으로 심장이 두근두근 뛰었다.

죽음에 대한 두려움은 없었지만 좌절이 두려웠다. 불과 네 개의 관문만 남긴 상태에서 원혼이 되어야 하는 것이 한스러웠다.

'숨겨야 하는가… 아니면 모든 것을 실토해야 하는가?'

이때 혼정관 한쪽이 열리는 쇳소리가 들려왔다.

어둠은 여전했다. 아마도 혼정관 바깥도 또 하나의 밀폐 공간인 듯싶었다. 이렇듯 철저한 이중 문으로 제작되었기에 한 점의 빛과 소리마저 차단될 수 있으리라.

"9호 나와라."

호명을 받은 9호가 혼정관을 나갔다. 이내 문이 닫혔다.

이제 암흑 공간에는 태사린과 17호, 둘뿐이었다. 태사린은 둘만 있게 되자 답답한 마음이 다소 풀리는 것 같았다.

그는 비로소 혼자 사는 사람의 심정이 이해되었다.

남들이 보기에는 고독해 보일지 몰라도 당사자로서는 더없이 편안한 자신만의 세계일 것이다. 누구에게도 방해를 받지 않는 철저한 자유인으로 지낼 수 있기에 외부와 격리되는 것이 오히려 기쁠 수 있다.

지금 그가 그런 심정이었기에 17호마저 혼정관에서 나가기를 기대했다.

며칠이 지났는지 모른다. 아니, 실제로 몇 시진에 불과했을지도 모른다.

9호가 호명을 받고 나간 이후에도 혼정관의 상황은 변함이 없었다.

태사린을 호출하지도 않았고, 17호를 불러내지도 않았다. 아마도 다른 혼정관에 머물러 있는 수련생들이 심문을 받고 있는 듯싶었다.

태사린은 아직도 갈등을 해소하지 못하고 있었다.

숨길 것인가, 실토할 것인가.

모든 것을 밝혀야겠다고 작심했지만, 잠시 후 생각이 바뀌어 숨겨야겠다는 쪽으로 결심이 굳어지기도 했다.

그로서는 가장 위험한 운명의 갈림길이 아닐 수 없었다.

이때 가벼운 움직임 소리와 함께 17호가 그 옆으로 다가왔다. 그녀는 그와 바싹 붙어 앉으며 나직이 한숨을 내쉬었다.

"두려워……."

"……."

"우리, 이대로 끝나는 것은 아니지? 이제 네 개의 관문만 남았잖아? 그동안 우리가 얼마나 고된 훈련을 거쳐 왔어? 여기서 좌절된다면 너무 억울해."

억울하다. 그녀의 말대로 수련이 중단되고 그들 모두가 탈락된다면 너무도 억울한 일이었다.

17호는 그의 어깨에 머리를 기댔다.

"계집은 어쩔 수 없나 봐. 아무리 죽음에 대한 두려움을 떨치려 해도 의연해질 수 없고, 아무리 대범한 척하려 해도 무심해질 수 없어. 난 자객이 될 자격이 없는 것 같아."

어깨 한쪽이 축축해졌다. 그녀는 울고 있었다.

태사린은 그녀가 가엾게만 느껴졌다. 남달리 강한 기질을 지닌 여인으로 생각했는데 그녀도 어쩔 수 없이 나약한 여인이었던 것이다.

"나도 두려워."

"44호……?"

"나뿐만 아니라 모든 수련생 역시 똑같은 두려움을 품고 있을 거야. 아니, 교두들도 마찬가지겠지. 우리는 인간이야. 원주님께서 말씀하셨듯 우리는 살인만을 위한 흉기가 아니라 인간이야. 두려움이 없다면 그건 인간일 수 없어. 다만 얼마나 억제할 수 있느냐의 차이겠지."

"아……!"

17호는 그의 팔을 끌어다 어깨에 둘렀다. 그녀는 그의 가슴에 편안히 머리를 기댔다.

"고마워. 네 말을 들으니 조금은 안심이 돼."

"……."

17호는 울음을 거두고는 나직이 넋두리를 늘어놓았다.

"한 소녀가 있었어. 유오이족 출신인데 엄마가 한족 상인에게 재가를 드는 바람에 중원으로 건너오게 되었지. 한데 한족 상인은 추악한 사기꾼이었어. 그 더러운 놈은 엄마를 사창가에 팔아버렸어. 게다가 그 짐승은 소녀를 겁탈하려고 했지. 불과 열 살짜리 계집애를 말이야."

그 소녀가 누구인지는 굳이 물을 필요가 없었다. 17호는 자신의 불우한 신세를 숨김없이 밝힌 것이다.

"열 살짜리 계집애는 반항을 하다가 손에 잡히는 촛대로 그 짐승을 찔렀어. 짐승은 죽어버렸지. 계집애는 살인을 한 거야. 불과 열 살짜리가 말이야. 최초의 살인이었지."

"……."

태사린은 그녀의 보드라운 머리카락을 천천히 쓸어주었다.

그녀의 표독스럽고 화려한 외모 내면에 이런 처절한 사연이 있을 줄은 몰랐다. 자신은 어린 나이에 부모가 피살된 충격적인 장면을 목격했지만 그녀가 받은 충격과 상처 또한 그에 못지않았던 것이다.

17호는 공허한 웃음을 흘렸다.

"계집애는 갈 곳이 없었지. 더군다나 살인죄를 저질렀기에 언제 관병에게 붙잡힐지 몰라 매일같이 두려움에 떨어야 했어. 사내놈들은 그런 계집애를 끌고 가 또 겁탈을 하려고 했어. 다행히 한 의협 덕분에 도망칠 수 있었어."

"넌 너무 예쁘잖아. 그게 죄야."

태사린은 마땅히 위로해 줄 말이 생각나지 않아 공연한 헛소리를 했다.

17호는 그의 가슴을 부드럽게 쓰다듬었다.

"계집아이는 산속으로 도망치다가 그만 낭떠러지에서 구르고 말았어. 다행히 누군가의 도움으로 살아나게 되었는데, 그 사람들은 자객이었지. 계집아이는 그때 자객이 되기로 결심했어. 그래서 세상의 모든 추악한 사내놈들을 죽이겠다는 심정으로 천예사원에 오게 된 거야."

"17호, 누구에게나 가슴 아픈 사연이 있지. 증오, 복수, 원한, 좌절……. 자객이 되어야 하는 이유 말이야."

"너는 왜 자객이 되려 한 건데?"

"난… 복수 때문이야."

"그래, 대부분 복수 때문에 자객이 되려고 하지."

17호는 더는 캐묻지 않았다.

한데 느닷없이 그녀가 그의 목을 끌어안았다. 그리고 뜨거운 입술이 그의 입을 덮었다.

"……?"

순간적으로 기습을 당한 태사린은 그만 아연해지고 말았다.

17호는 한바탕 격정적인 입맞춤을 퍼붓고는 입술을 뗐다. 그녀는 볼을 비비며 나직이 속삭였다.

"미안해……."

"……."

"지금이 아니면 내 심정을 밝힐 수 없을 것 같아서. 사실… 나… 너 좋아해."

"17호?"

"내 말 먼저 들어줘. 입문관 첫날 벼랑에서 굴러 떨어지는 날 붙잡 주었을 때 정말 감격했어. 하지만 모두가 지켜보고 있었고, 내 실수가 부끄러워… 오히려 너한테 화를 낸 거야. 그 후 난 너를 유심히 지켜보고 있었지만 넌 항상 내게 무관심했어. 내가 너한테 화를 내고 반발하고 못되게 군 것도… 사실 너의 관심을 끌기 위해서였어. 계집애들은 모두 그렇게 하니까."

태사린은 뭐라고 입을 열 수가 없었다.

17호가 자신을 연모하고 있었다는 사실은 다소 충격적이었다. 워낙 출중한 미모를 지닌 그녀였기에 대부분의 수련생은 고된 훈련 와중에도 그녀와 친분을 가지려 애썼다.

물론 그 또한 그런 마음이 전혀 없었다면 거짓말이다. 하지만 그는 관문을 통과하기 위해 모든 정신을 집중해야 했기에 더 이상 관심을 가질 수가 없었다. 무심을 중시하는 자객으로서 사사로운 감정을 갖는 것이 방해가 되었기 때문이다.

한데 그녀가 자신을 그렇듯 연모하고 있을 줄이야.

미안했다. 정말 미안했다. 자신을 얼마나 원망했을까? 아마 서로가 좋은 관계를 유지했다면 고된 훈련을 이겨내는 데 조금은 힘이 되었을 것이다.

잠시 어색한 시간이 흘렀다.

그나마 절대적인 어둠이 서로의 얼굴을 가려주었기에 어색함을 이내 해소할 수 있었다.

태사린은 그녀의 어깨를 다소 힘주어 안았다.

“사실 난 네가… 9호를 좋아하는 줄 알았어. 그래서 널 생각지 못한 거야.”

“9호? 그래, 사내로서는 정말 괜찮은 녀석이지. 용모도 준수하고 재능도 뛰어나니까. 하지만 너무 냉혹해. 문득문득 그가 우리 또래의 인간인지 두렵기도 해.”

17호는 그의 손을 쥐고 자신의 젖가슴 위에 얹었다.

한껏 성숙된 육봉은 팽팽했다. 손아귀에 가득 찰 만큼 풍만했고, 뜨거운 열기가 느껴졌다.

“44호, 난 요즘 질투를 느껴. 네가 3호, 그 계집애와 너무 가까이 지내는 것 같아 견딜 수가 없어. 대체 무슨 관계야?”

“그냥 친구야.”

“내가 보기에는 아니야. 3호의 눈빛을 보면 알아. 그 계집애 역시 널 좋아해.”

“오해 마. 3호가 이름을 말해주는 바람에 가까워진 것뿐이니까.”

17호는 육봉을 자극하는 사내의 손길에 비릿한 신음을 토했다.

“흐음… 이름? 이름까지 알고 있단 말이야?”

“문약이야. 성은 몰라. 3호가 자신의 이름을 말해준 덕분에 나도 내 이름을 분명히 기억할 수 있었지.”

“3호가 문약이라고? 그럼 넌 자신의 이름을 아직 기억해?”

"린… 태사린. 태사린이 내 이름이야."

태사린은 본능적인 욕정을 주체하기 힘들어 그녀의 육봉에서 손을 뗐다.

"넌 이름을 기억해?"

17호는 그의 품에서 떨어져 앉으며 벽에 등을 기댔다.

"몰라……. 이제는 기억도 안 나. 기억하기도 싫어. 내가 관문을 모두 통과하면 정식으로 천예사원의 자객이 되겠지. 그때 자객명이 주어질 거야. 17호가 아닌 또 하나의 이름. 그 이름만 기억하고 살 거야."

그녀가 품에서 벗어나자 태사린은 다소 허전함을 느꼈다. 그는 두 손을 깍지 긴 채 뒤통수를 받쳤다.

"난 잊지 않을 거야. 그래야 복수를 기억할 수 있을 테니까."

그는 스르르 눈을 감으며 자신을 향해 중얼거렸다.

"태사린… 넌 태사린이다."

2

혼정관을 나섰지만 여전히 눈앞은 어두웠다. 두 눈에 검은 띠가 둘러졌기 때문이다.

그는 두 교두에게 이끌려 돌 계단을 따라 올라갔다. 17호는 그보다 앞서 혼정관에서 호명을 받고 나갔기에 그가 마지막 호명자가 되었다.

빙글빙글 돌아 올라가는 나선형 계단은 한참 동안 이어졌다.

수련생들은 기존 자객들과 철저히 격리되었기에 자객들이 어디에 거처하는지 전혀 알 수 없었다. 태사린은 나선형 계단을 통해서 자객들의 거처가 그들이 수련하는 동부의 위쪽에 위치해 있음을 막연히 짐작할 수 있었다.

계단을 올라선 그는 긴 통로를 거친 후 한 방으로 안내되었다.

향이 피어져 있는지 냄새가 좋았다. 문이 닫히는 소리에 이어 건조한 음성이 들려왔다.

"띠를 풀어도 좋다."

원주의 음성이었다. 태사린은 눈을 가린 검은 띠를 풀었다.

원주의 방은 천장이 높은 장방형의 석실이었다. 벽 한쪽으로 채광과 환기를 위한 작은 창문 세 개가 나 있었다.

삼면의 벽은 서가로 가득 둘려져 있었고, 칠현금과 비파, 옥소와 금적 등 다양한 악기가 선반을 채우고 있었다. 마치 노문사의 처소처럼 정갈했다.

원주는 두 계단 위 단상에 놓인 태사의에 편안히 앉아 있었다.

태사린은 조용히 무릎을 꿇었다. 갈등을 접고 마음을 정한 상태였다. 그에게 어떤 결정이 내려질지는 운명에 맡길 수밖에 없었다.

원주는 잠시 그를 굽어보다가 입을 열었다.

"왜 자객이 되려 했느냐?"

"……."

"솔직히 밝힌다면 어떤 불순한 의도라도 용납할 것이다. 네가 누군가의 밀명을 받고 침투해서 노부를 죽이려 했다 하더라도 널 해치지 않을 것이다. 그러나 마국에 소속된 자라면 결코 용서할 수 없다."

태사린은 짧게 숨을 들이키고는 사실을 털어놓았다.

"저는 부모님의 복수를 할 의도로 자객이 된 것입니다."

"원수가 누구냐?"

"모릅니다. 하지만 자객임이 분명합니다."

“자객?”

“그렇습니다. 원수가 자객이기에 전 자객이 될 수밖에 없었습니다. 자객이 되지 않고서는 그 흉수들을 찾을 수 없기 때문입니다. 자객이 되어 다른 자객을 죽이려는 의도가 불순하다는 것은 알고 있지만 달리 방법이 없었습니다. 원주님의 처분만 바랄 뿐입니다.”

원주는 차를 한 잔 따라 손에 쥐었다. 그의 주름진 노안(老眼)에 흥미로운 빛이 감돌았다.

“원수가 자객임이 확실하냐?”

“부모님의 시신을 검시한 관리의 말이 그러했습니다. 물론 그동안 자객 수련을 받아온 저도 흉수가 자객임을 확신하고 있습니다.”

“연유를 말해봐라.”

“아버님은 돗자리를 짜시던 중 살해되셨습니다. 앉은 자세 그대로를 유지했으며, 목이 베어졌는데도 편안한 모습이셨습니다. 어머님은 등 뒤에서 검에 찔려 심장이 관통되셨습니다. 한데도 여전히 미소를 잃지 않았고, 수를 놓던 자세 그대로였습니다. 아버님은 쾌도에 당하셨고, 어머님은 쾌검에 찔리신 겁니다. 또한 두 분이 최후의 순간까지 전혀 외부의 기척을 느끼지 못했다면 동시에 살해되신 것이 분명합니다.”

“……”

“제가 알기로도 이렇듯 정교하면서도 치밀한 살인은 자객만이 가능하다고 확신합니다. 그것도 아주 뛰어난 쾌도와 쾌검을 지닌 자객의 솜씨입니다.”

찻잔을 쥔 원주의 손이 가늘게 떨렸다. 하지만 시선을 내리깔고 있었던 태사린으로서는 그 순간적인 반응을 전혀 감지할 수 없었다.

차를 한 모금 들이킨 원주는 협탁 위에 찻잔을 내려놓았다.

"네 분석이 정확하다. 분명 자객의 솜씨다. 네가 목격한 광경에 과장이 없다면 특급 자객이 분명하다. 그런 경지에 이른 자는 세상에 흔치 않지. 그런 자객이 동원돼 네 부모가 살해됐다는 것이 심상치 않구나. 아마 네 부모는 평범한 촌부가 아닐 것이다."

"……?"

태사린은 눈을 커다랗게 떴다.

살인의 전문가인 원주의 분석이기에 그는 액면 그대로 믿을 수밖에 없었다. 하지만 그가 알고 있는 한 그의 부모는 평범했다. 두 개의 생각이 교차되면서 머리 속이 몹시 혼란스러워졌다.

원주는 태사의에서 천천히 몸을 일으켰다.

"마국의 첩자인 23호는 네가 데리고 있던 부조장이었다. 넌 어떤 낌새도 눈치채지 못했느냐?"

"죄송합니다, 원주님. 특별한 움직임은 전혀 본 적이 없습니다."

"너무 자책할 것 없다. 놈은 마국의 사악한 대법에 의해 세뇌된 상태로 잠입했기에 네가 발견하기는 무리다. 노부와 교두들조차 미처 파악하지 못했으니까."

태사린은 잠시 주저하다가 조심스럽게 입을 열었다.

"저도 마국에 대해서는 들은 적이 있습니다."

"네가? 네가 은천마국에 대해 안단 말이냐?"

원주의 하얀 눈썹이 칼날처럼 솟구쳤다. 평소답지 않게 격동된 모습이었다.

"수련생으로 입문하기 전에 그들을 만난 적이 있습니다. 분명 은천마국으로 알고 있습니다."

"허어, 실로 놀랄 일이로다. 마국의 존재는 노부도 칠 년 전에 처음

접해서 알았다. 한데 네가 입문할 때면 육 년여 전이었어. 그들의 존재가 세상에 알려지기도 전에 네가 만났다는 것이 아니더냐?"

원주는 단상으로 올라 태사의에 앉았다.

"소상히 말해봐라."

"예, 원주님."

태사린은 은천마국의 마병들에게 쫓기던 감소채를 만나 들었던 얘기를 상세하게 털어놓았다. 하지만 감소채의 이름은 밝히지 않았다. 천예사원은 누구라도 죽일 수 있는 자객 단체였기에 그녀의 존재가 알려지기를 원치 않은 것이다.

신중한 모습으로 얘기를 들은 원주가 물었다.

"혈음마공을 맞고도 죽지 않았다면, 그 여인은 실로 대단한 사문을 두었음에 틀림없다. 아마도 은천마국에 대해 조사하던 중 발각되었을 것이다. 이름은 듣지 못했느냐?"

"모, 모릅니다."

"밝히고 싶지 않다면 말하지 않아도 된다. 아마도 네게 그 여인을 보호하고 싶은 마음이 있나 보구나."

속내가 발각된 태사린은 고개를 떨구었다.

"송구합니다, 원주님."

원주는 태사의에 깊숙이 몸을 묻었다.

"네 내력이 분명하니 의심할 여지가 없구나. 돌아가도 좋다."

태사린은 정중히 배례를 올리고는 몸을 일으켰다. 별반 의심을 받지 않았다는 생각에 그는 가벼운 발걸음으로 문을 향해 다가섰다.

이때 등 뒤로 원주의 건조한 음성이 들려왔다.

"44호, 네 부모를 살해한 자객을 어느 정도 짐작할 수 있을 것 같구나."

"……!"

태사린은 벼락을 맞은 듯 부르르 떨면서 걸음을 멈춰 세웠다. 격동과 충격으로 이가 딱딱 마주쳤다.

애써 감정을 주체한 그는 몸을 돌려 세웠다.

"그게… 정말이십니까?"

원주는 두 손으로 찻잔을 감싸 입으로 가져갔다.

"지금은 알려줘도 의미가 없으니 기다려라. 네가 수련을 마치고 정식으로 천예사원의 자객이 되는 날 알려줄 것이다."

태사린은 털썩 무릎을 꿇으며 고개를 조아렸다.

"감사합니다. 감사합니다, 원주님."

"네가 귀한 정보를 알려준 보답이다. 그만 나가봐라."

"예, 원주님."

태사린은 다시 한 번 배례를 올리고는 몸을 일으켰다.

심장의 고동 소리가 귀를 울렸다. 흉수를 찾아낼 수 있다는 희망에 혈관의 피가 무섭게 들끓었다.

'아버님, 어머님! 두 분 영전에 반드시 원수의 목을 바치겠습니다!'

그는 잔뜩 상기된 모습으로 문 앞에 섰다.

철문이 열리며 두 교두가 들어섰다. 그들은 태사린의 눈에 검은 띠를 두르고는 밖으로 이끌었다.

한데 나선형 계단을 내려왔는데도 띠를 풀어주지 않았다.

태사린은 내심 의아함을 금치 못했다. 후각으로 미루어 중앙 광장임을 알 수 있었다. 수련생들이 거주하는 장소이기에 굳이 눈을 가릴 필요가 없는데도 띠를 풀어주지 않은 것이다.

철컹!

요란한 쇳소리와 함께 철문이 열렸다. 태사린은 두 교두에 의해 철문 안으로 끌려 들어갔다.

비릿한 피 냄새가 코를 찔렀다. 교두가 검은 띠를 풀어주자 비로소 눈앞의 상황을 똑똑히 볼 수 있었다.

'어엇?

태사린은 그만 석상처럼 굳어지고 말았다.

3호는 두 손이 쇠사슬로 결박된 채 벽에 매달려 있었다. 모진 매질에 이미 만신창이가 된 혈인으로 변해 있었다. 고통을 못 이기고 실신했는지 몸이 축 늘어져 있었다.

"3호……?"

이때 옆에서 냉랭한 음성이 들려왔다.

"이 새끼도 매달아!"

교룡편을 손에 쥔 을화였다. 그녀는 시퍼런 독기를 뿜어내고 있었다.

두 교두가 태사린을 벽에 결박 지어 세우자 을화는 교룡편으로 바닥을 내려쳤다.

"너희들은 나가봐!"

"예, 부수석."

두 교두가 나가자 이내 문이 닫혔다.

을화는 태사린에게 다가서며 대뜸 볼따귀를 후려쳤다.

"이 멍청한 새끼! 사내자식이 왜 이렇게 입이 싸? 내가 너 때문에 얼마나 곤욕을 치렀는 줄 알아?"

“…….”

“널 생각해 열양단을 주었으면 혼자 처먹을 것이지 왜 소문은 내?”

태사린은 죄책감에 젖어 눈길을 내리깔았다.

자신과 3호밖에 모르는 비밀이 어떻게 흘러나갔는지 알 수가 없었다. 유일한 가능성은 3호가 동생처럼 생각하는 35호에게 귀띔해 주었고, 그것이 새어 나갔을 경우였다.

“죄송합니다.”

“새끼야, 내가 노인네한테 혼난 것은 그냥 넘어갈 수 있어. 하지만 네놈은 중대한 실수를 저질렀어. 3호, 이 계집애도 마찬가지고. 그 죄가 뭔지 알아?”

“모릅니다.”

“몰라? 네 주둥이로 나불대 놓고 몰라?”

“정말 모르겠습니다.”

을화는 그의 귀를 아프게 쥐었다.

“수칙 제1조가 뭐냐?”

“절대 이름을 말해서는…….”

태사린은 수칙을 채 말하기도 전에 중대한 사실을 깨닫게 되었다.

3호가 왜 이렇게 초주검이 되도록 맞았는지, 그리고 을화가 왜 이토록 자신을 닦달하는지 분명하게 알게 되었다.

17호, 그녀가 발설한 것이다!

그녀가 원주의 심문을 받는 도중에 자신의 이름을 밝혔고, 3호 또한 문약이라는 이름을 자신에게 말해주었다는 것을 고한 것이다.

태사린은 구토가 일 것만 같았다.

17호의 달콤한 말은 거짓이었고, 그를 연모한다는 고백은 철저한 농

락이었다. 그녀의 눈물은 최면제였고, 가슴 저린 과거는 그에게 연민
지심을 불러일으키기 위한 독약이었던 것이다.

'함정이었어. 날 견제하고 내가 탈락하기를 노린 추악한 계략이었
어. 그 계집애가 독사와 같은 혓바닥으로 날 속인 거였어.'

태사린은 자신의 단순함과 심약함을 저주했다. 할 수만 있다면 자신
의 심장을 찢어버리고 싶었다.

을화는 그의 턱을 받쳐 올렸다.

"새끼, 눈치는 빠르군. 그런 놈이 그 앙큼한 년한테 당했단 말이냐?
혼정관에서 그년이 너한테 몸이라도 바치겠다고 약속하더냐?"

"제 잘못입니다. 저를 때려죽여도 좋습니다. 하지만 3호는 잘못이
없습니다. 3호는 제발 용서해 주십시오."

"흥, 저년이 너한테 문약이라고 말했다면서? 수칙 1조를 무시하고
말이야."

"제가 캐물었습니다. 제가 강제로 캐물었습니다!"

"이 새끼가 정말!"

을화는 그의 뺨을 연이어 후려갈겼다.

"정신 차려, 이 바보야! 계집한테 당하고도 여전히 3호를 두둔해? 저
년도 어떤 속셈으로 너한테 접근했는지 모르잖아!"

"……."

"넌 수칙을 어겨 감점이다. 두 번의 감점을 한꺼번에 받았어. 3호,
저년이 이름을 말했으면 당연히 고했어야 하는데 그것을 숨겨서 한 번,
네 이름을 밝혔기 때문에 또 한 번. 이제 네게 실수는 용납되지 않는
다. 그것은 3호, 저 계집애도 마찬가지야."

"부수석 교두님……."

“네가 이렇게 어리석은 놈인 줄 몰랐다. 너란 놈이 이 정도인 줄 알았다면 내가 동생으로 생각지도 않았을 거야. 넌 내 유혹도 이겨낸 녀석이잖아.”

“…….”

“44호, 나도 여자야. 네 이모뻘이 될 만큼 나이를 먹었지만 나도 여자야. 한데 네놈이 날 완전히 썩은 시체로 만들었어. 내 유혹을 뿌리친 놈이 17호, 그 여우 같은 년한테는 홀딱 빠져서 모든 비밀을 털어놓았단 말이지? 네 눈에는 내가 그렇게 형편없는 계집으로 보였냐?”

태사린은 그녀의 모진 질책보다 살이 찢기는 매질을 당하고 싶었다.

“그렇습니다. 부수석은 여자도 아닙니다. 그러니 어서 날 때려주십시오!”

“이 나쁜 새끼!”

을화는 벌겋게 상기된 모습으로 교룡편을 휘둘렀다.

짜악! 짜악!

대번에 옷이 찢기며 피부가 벗겨졌다. 매서운 채찍질에 태사린은 반사적으로 몸을 부들부들 떨었다. 하지만 마음의 고통이 너무 심해 몸은 고통은 느껴지지 않았다.

그는 을화를 향해 악을 쓰듯 외쳤다.

“왜 이렇게 간지럽습니까, 형편없는 아줌마! 더 세게, 더 세게 때리란 말입니다!”

“뭐, 뭐야? 아줌마?”

교룡편을 집어 던진 을화는 주먹을 불끈 쥐었다.

“이 새끼가 정말 죽고 싶어!”

잔뜩 독이 오른 그녀는 발길로 걷어차고 주먹으로 태사린을 내리찍었다.

그녀의 주먹은 철퇴였다. 강력한 주먹질에 태사린은 코뼈가 주저앉고 입 안이 헤졌다. 이내 얼굴은 퉁퉁 부었고 머리가 깨졌다. 발길질을 당한 몸도 엉망이었다. 갈비뼈도 몇 대 부러진 것 같았다.

웬만한 사람이었다면 오장육부가 터져 죽었을 것이다.

그러나 육 년여 세월 동안 수련된 그의 몸은 무쇠처럼 단단했다. 그토록 맞았는데도 몸이 완전히 으스러지지도 않았고, 죽지도 않았다.

태사린은 가쁜 숨을 헐떡이면서도 그녀를 계속 자극했다.

"더… 때려요! 더!"

을화는 양손으로 그의 머리카락을 움켜쥐었다.

"그년 죽여! 17호, 그년을 반드시 죽이라고! 36관인 자객관에서는 누구를 죽여도 상관없어! 그년을 못 죽이면 넌 사내도 아니야! 알았어, 새끼야?"

태사린은 입술이 퉁퉁 부르터서 말도 제대로 할 수 없었다.

"싫습니다. 안… 죽일 겁니다."

"뭐야?"

"속은 제가 자, 잘못입니다. 제 자신을 주, 죽이고 싶습니다."

"새끼, 배우기는 제대로 배웠어. 계집한테 약한 것은 빼고 말이야."

을화는 옷소매로 그의 얼굴을 닦아주었다.

"44호, 네놈은 위대한 자객이 될 수 있는 놈이야. 이왕 자객이 될 마음을 먹었다면 최고의 자객이 되어라. 우리 천예사원에서 탄생시킨 절대 자객이 되란 말이다."

"되겠습니다! 반드시!"

"당연히 그래야지."

을화는 그의 주저앉은 코뼈를 바로 세워주었다. 격한 감정을 해소한 듯 입가에 요염한 미소가 감돌았다.

"한데 말이야, 내가 그렇게 형편없는 아줌마로 보였어?"

태사린은 3호를 업은 채 숙소를 향해 걸어가고 있었다.

모질게 얻어맞았지만 그의 걸음걸이는 흐트러짐이 없었다. 죽을 때까지 절대 흐트러진 모습을 보여서는 안 되는 것이 자객의 삶이었다.

숙소 입구에는 17호가 서 있었다. 그녀는 팔짱을 낀 채 도도한 미소를 짓고 있었다.

"괜찮아, 44호?"

"……."

"날 너무 원망하지 마. 수련생들은 공평한 조건에서 경쟁해야 된다는 것이 내 신조야. 수칙을 어겼으면 당연히 감점을 받았어야 돼."

태사린은 그녀를 무시한 채 지나쳤다.

17호는 간특한 웃음을 터뜨렸다.

"후훗, 매질을 당해야 할 사람은 너인데 수석 조장만 매질을 당할 수는 없잖아?"

걸음을 멈춘 태사린이 한마디 던졌다.

"고맙다, 17호."

"뭐, 뭐야?"

17호는 오히려 사례를 받자 눈을 동그랗게 떴다.

태사린은 천천히 걸음을 옮겼다.

"넌 내게 큰 교훈을 주었어. 아름다운 계집일수록 믿을 수 없고, 달콤한 말일수록 조심해야 한다는 중요한 가르침을 주었지. 그래서 고맙다고 한 거다."

"……."

"널 미워하지 않아. 넌 여전히 예쁘니까."

태사린은 복도를 따라 사라졌다.

17호는 한 방 맞은 모습으로 멍하니 서 있었다.

교활한 눈물과 달콤한 혀로 그를 함정에 빠뜨린 그녀였다. 당연히 자신을 원망하고 분노의 감정을 쏟을 것이라 예상했다. 한데 그의 반응은 너무도 의외였다.

그는 분노라는 극한의 감정을 이겨낸 것이다. 모진 매질과 수모 속에서도 남을 원망하기보다 자신을 질책해 분노를 자기 성찰로 승화시킨 것이다.

17호는 붉은 입술을 깨물며 진저리를 쳤다. 매서운 칼날을 날렸지만 오히려 그를 베지 못하고 그녀 자신을 베고 말았다.

'두렵다……. 정말 무서운 놈이야.'

第7章

버려야만 얻을 수 있다

제34관은 대련관(對鍊關)이었다.

수련생들은 갑영과 을화, 네 명의 교두를 상대로 실전에 가까운 싸움을 벌이는 훈련을 받게 되었다.

42호와 23호가 동시에 죽으면서 남은 수련생은 열두 명뿐이었다. 1조와 2조 각 여섯 명씩. 수련은 각 조 별로 이루어졌고, 한 번의 대련이 끝나면 부상을 치료하고 부족함을 스스로 보완해야 했다.

탱! 탱! 탱—!

3호는 오현 교두의 지도를 받고 있었다.

교두들은 매번 다른 병기와 초식을 구사했다. 빠름을 위주로 하는 쾌초(快招), 변화가 심한 환식(幻招), 강력한 힘이 깃들인 패초(覇招)를 비롯해 사술과 같은 신법을 선보여 주었다.

병기는 모두 예리했고, 목검 따위는 없었다. 하기에 신중을 기하지 않으면 목숨을 잃거나 팔다리가 잘리는 불구자 신세를 면할 수 없다.

3호는 채찍이 주특기였다.

채찍은 다루기가 까다로운 병기였지만 잘만 구사하면 공격과 수비에 있어 아주 유리했다. 이 장도 넘는 긴 병기였기에 먼 거리에서도 상대의 요혈을 적중시켜 절명시킬 수 있고, 짧게 쥐면 상대의 공격도 무난히 막아낼 수 있다.

하지만 상당한 공력을 요구하기에 장시간의 대결을 벌이기에는 불리했다. 다행히 대련은 십 초를 넘지 않는다. 속전속결은 자객들의 필수적인 수법이기 때문이다.

오현 교두는 현란한 채찍 속으로 파고들며 대두도를 내려쳤다.

"차앗!"

3호는 급히 채찍을 회수하며 빠르게 회전시켰다.

파악—!

대두도는 그대로 채찍의 그림자를 뚫고 파고들었다. 도기가 번득이며 3호의 가슴 부위를 갈랐다.

3호는 애써 신음을 참으며 뒤로 물러섰다. 앞자락이 붉게 물들어 있었다. 치명상은 겨우 면했지만 상처가 깊어 보였다.

오현 교두는 대두도를 어깨에 걸쳤다.

"상처를 치료해라."

"지도에 감사드립니다."

3호는 상처를 감싸쥐고는 지하 동부로 달려갔다.

이번에는 을화가 앞으로 나섰다.

"35호, 나와."

35호는 앞으로 나서며 장창을 붕붕 휘둘렀다. 신체적 열세를 만회하기 위해 그가 선택한 병기였다.

을화는 아무런 병기도 지니지 않은 채 고개를 좌우로 움직이며 우둑우둑 소리를 냈다.

"재주 피우지 말고 빨리 덤벼!"

35호는 자세를 낮춰 미끄러지며 연속적으로 창을 찔렀다. 한 번에 일곱 개의 사혈을 찌를 수 있는 연환칠섬식(連環七閃式)이었다.

을화의 몸이 순간적으로 흐느적거렸다. 그녀의 몸이 바람에 휘어지는 풀잎처럼 나풀거리자 35호의 연환칠섬식이 대번에 무산되었다.

"이런 굼벵이!"

어느새 35호의 옆으로 접근한 을화는 냅다 걷어찼다.

옆구리를 걷어차인 35호는 바닥을 데굴데굴 굴렀다. 신음을 참느라 구슬 같은 땀이 비질비질 흘러나왔다.

을화는 무료한 표정으로 돌아섰다.

"젠장, 이런 새끼들을 언제 가르치지?"

2조의 수련생 다섯이 나서 모두 부상을 당했다. 다행히 큰 부상을 면한 35호와 두 조원은 한쪽으로 비켜선 채 조장의 대련을 지켜볼 수 있었다.

태사린은 검을 쥔 채 앞으로 나섰다. 그의 상대는 갑영이었다.

갑영은 십대천살 중에서도 최강자였기에 태사린으로서는 그의 옷깃 하나만 벨 수 있어도 성공적이었다. 하지만 그조차 어렵다는 것을 스스로 잘 알고 있었다. 그의 목표는 최소한 삼 초 이상을 버티는 것이었다.

'단월쾌식, 환우일섬, 귀명참살은 충분히 연마했다. 공격이 최선의 방어다. 갑영 천살이 공세를 펼치면 난 도저히 막아낼 수 없다.'

그는 세 가지 쾌검식을 뇌리에 떠올리며 천천히 다가섰다.

갑영은 무심한 표정으로 서 있었다. 허리춤에 검을 차고 있었지만 두 손을 늘어뜨린 채 전혀 뽑을 생각을 하지 않았다. 시선도 하늘가를 향하고 있었다.

태사린은 은근히 오기가 치밀었다.

'아무리 뛰어난 자객이라 해도 인간이다. 옷자락 한 조각이라도 베겠다.'

그는 순간적으로 뛰어들며 검을 휘둘렀다.

쐐애액—!

흐르는 달빛을 자른다는 쾌검식이었다. 검기가 사선으로 흐르며 갑영의 어깨서부터 베어갔다. 갑영은 여전히 아무런 움직임도 보이지 않았다.

태사린은 급히 손목을 틀어 초식을 변화시켰다. 사선으로 흐르던 검을 수평으로 바꾼 것이다. 자신의 공격에 대비한 상대의 반응보다 앞서겠다는 의도였다.

한데 그가 귀명참살로 변화시키기도 전에 갑자기 검광이 스러졌다. 검을 쥔 손목이 어느새 갑영의 손에 잡힌 것이다. 갑영의 손에 의해 손목이 꺾이는 바람에 그의 검은 자신의 목을 겨누게 되었다. 검극과의 거리는 불과 한 치.

만일 갑영이 일 푼의 힘만 더 가했다면 태사린은 이미 목이 뚫린 채 절명했을 것이다.

수련생들은 모두가 입을 딱 벌렸다.

눈 한 번 깜빡이지 않은 채 지켜보고 있었지만 갑영이 어떻게 태사린을 제압했는지 전혀 알아챌 수가 없었다. 그들의 눈에는 그저 신기로 보일 뿐이었다.

태사린은 갑영의 무심한 눈빛을 접하는 순간 맥이 쭉 빠졌다.

'난 아직 멀었다!'

2

촤아악……!

두레박에서 쏟아진 물이 사내의 건장한 몸을 타고 흐른다. 다소 그을린 피부는 온통 상처투성이였다. 작은 상처는 헤아릴 수 없이 많았고, 삼 촌 이상 깊이의 상흔도 열 곳이나 되었다.

그것은 험난한 수련을 거쳐 온 몸임을 의미한다.

대련관에서 오전 훈련을 마친 태사린은 몸을 씻고 있었다. 아니, 마음을 씻고 있는 중이었다.

대련관 수련 한 달째.

수련생들은 밤낮없이 교두들과 대련하면서 다양한 초식과 병기술을 익혔다. 일 대 일 대련에 이어 이 대 일, 혹은 다수의 대련을 통해 적절한 협공도 배웠다.

하지만 2조에 속한 여섯 명의 수련생이 모두 합세해도 지살급 교두 한 명을 이기지 못한 것이다.

대련관 수련에는 정해진 기한이 없다. 최소 두 명의 수련생이 합세해 지살급 교두에게 부상을 입혀야만 통과가 인정된다. 그것이 1차 과정이며, 다시 을화나 갑영을 상대로 두 명이 합세해 득수를 해야만 대련관 훈련이 종료된다.

을화는 대략 육 개월 정도만 지켜보겠다고 했다. 그 기간이 넘으면 대련 도중 죽게 될 것임을 분명하게 주지시켰다.

태사린은 조장의 신분이기에 누구보다 책임이 무거웠다. 소속 조원 모두를 통과시키기 위해서는 수련생들의 특기를 적절하게 배합해야 했다.

그는 차가운 감천정 물을 연신 끼얹으며 상심의 기분을 씻어내려 애썼다.

'9호가 이끄는 1조는 벌써 1차 과정을 통과했어. 한데 우리 조는 아직 지살교두 하나를 감당하지 못하고 있다. 모두 내가 무능한 탓이야.'

1조 수련생들의 1차 과정 수료는 2조 수련생들에게 있어 커다란 충격이 아닐 수 없었다.

똑같은 훈련을 받아왔고 지금까지 같은 과정을 거쳐 왔기에 수련생들 간의 격차는 그다지 크지 않다. 물론 수석 조장인 9호는 월등한 능력을 지녔기에 제외지만 말이다.

결국 2조 수련생들이 1차 과정을 통과하지 못한 것은 조장의 무능으로밖에 볼 수 없었다. 그동안 그를 형처럼 따르던 35호도 적지 않게 실망한 모습을 보였다.

'뭐가 잘못된 것일까? 우리도 이제는 지살교두와 대등하게 싸울 만큼 성장했는데 왜 이길 수 없는 걸까?

태사린은 바위 위에 걸터앉으며 심각하게 고민했다.

한데 누군가가 그의 등을 찰싹 때렸다.

"임마, 너 혼자 고민한다고 해결될 것 같아?"

을화였다. 그녀도 수욕을 하러 온 듯 한 겹의 천만 두르고 있었다.

태사린은 옷을 끌어다 어깨에 걸쳤다. 아무리 남녀의 구분이 없는 자객이라 해도 여교두와 함께 수욕을 한다는 것은 어색했다.

을화는 그의 다리 사이를 힐끔 보고는 키득거렸다.

"새끼, 이제 확실히 성년이 되었군. 생각보다 늠름해."

태사린은 그녀의 장난기를 익히 경험했기에 아무런 대꾸 없이 옷을 걸쳐 입었다.

을화는 한 겹 옷을 내던지고는 두세 번 물을 끼얹었다.

"44호, 내 등이나 밀고 가."

"……."

"어라? 이게 감히 내 말을 거역해?"

을화가 날카롭게 쏘아보자 태사린은 어쩔 수 없이 그녀의 등 뒤로 다가섰다. 상흔은 희미했지만 상처가 많은 몸이었다. 그래도 마흔을 바라보는 나이가 무색할 만큼 피부는 비단결이었다.

그의 손길이 등을 타고 미끄러지자 을화는 과도한 신음 소리를 발했다.

"으음, 좋아. 아, 시원해."

"……."

"이왕이면 가슴도 좀 문질러 줘."

그녀의 노골적인 요구에 태사린은 다소 난감해했다.

"그만 가보겠습니다."

"난 허락하지 않았어."

"교두님, 솔직히 교두님의 호의가 전 부담스럽습니다. 공평하게 대해주십시오."

을화는 몸을 돌려 적나라한 알몸을 고스란히 내보였다.

"대체 뭐가 불만이야? 내가 너만 특별 지도를 한다고 생각하는 거냐?"

"……."

“난 가능성이 있는 녀석들을 독려하려는 생각에서 지도를 하는 거야. 너뿐만 아니라 다른 녀석들도 내 지도를 받았어. 물론 너만큼 많이 받지는 못했지만.”

“돌아앉으십시오.”

“왜, 보기 싫으냐? 내가 여전히 형편없는 아줌마로 보여? 아직 애도 낳아본 적이 없는 내가 말이야?”

태사린은 진지하게 말을 받았다.

“아닙니다. 아름답습니다. 교두님의 몸매는 처녀처럼 예쁩니다.”

“호호, 새끼, 진작 그럴 것이지.”

을화는 스스럼없는 웃음을 짓고는 돌아앉았다.

“44호 넌 말이야, 생각이 너무 많아. 그게 너의 장점이자 가장 큰 단점이지.”

“…….”

“자객은 생각이 단순해야 돼. 깊이는 가지되 복잡하게 생각해서는 안 되지. 그만큼 냉철하면서도 빠른 판단력이 생명이야. 상대를 앞에 두고 이렇게 할까, 저렇게 할까를 갈등한다면 이미 죽은 목숨이야. 무슨 말인지 알겠어?”

“예.”

을화는 천에 물을 묻혀 자신의 몸을 문질렀다.

“천예사원 내에는 최고의 자객이 네 명 있다. 그들을 사대금살(四大禁殺)이라 하지. 원주님이 직접 키운 제1기 수련생 출신이야. 본래는 여섯 명이었는데 지금은 네 명만 남았어. 나와 갑영, 그리고 천살로 불리는 자객들은 2기 수련생 출신이야. 모두 열 명이었는데 지금은 일곱 명만 남아 있어. 나머지 셋은 실종됐지. 그들은 아직 사망자로 분류되지 않았기에 그냥 십대천살을 유지하고 있는 거야."

태사린은 그녀의 말을 들으면서 천예사원의 실상을 조금씩 파악할
수 있었다.

'금살, 천살, 그 다음이 지살이었군.'

을화는 그의 손을 끌어다 자신의 젖가슴 위에 얹었다.

"3기 수련생 중에서 살아남은 녀석은 열두 명인데, 그들이 바로 너
희들의 교두인 12지살이야. 한데 네 명은 이미 죽은 것으로 판명됐
고, 그들의 사인을 조사하러 떠난 네 명 역시 아직 돌아오지 않고 있
어."

"……."

"너희들이 4기 수련생이다. 아마 원주님이 키우는 마지막 제자들일
수 있어. 많은 수련생이 통과하기를 바라지만 열 명도 안 남을 것 같
아. 내가 보기에 두세 명은 더 탈락 대상이야."

"내가 무능해서 2조 수련생들을 잘 이끌지 못하고 있습니다."

을화는 그의 손을 잡고 자신의 젖가슴 부위를 문질렀다.

"기분 어때?"

"모르겠습니다."

"훗, 쑥맥처럼 굴지 마. 노인네의 신조 몰라? 자객은 단순한 살인 병
기가 아니야. 감정을 숨길 필요는 없어. 다만 절제가 중요한 거지. 네
가 조원들과 함께 교두들을 격파하지 못하는 것은 능력 문제가 아니야.
네가 감성이 너무 풍부하고 생각이 많아서야. 조원들이 부상당하는 것
을 두려워하기에 과감한 공격 방법을 구사하지 못하는 거지. 그래서는
절대 지살교두들을 제압할 수 없어."

순간 태사린은 혼란스러웠던 머리 속이 환해졌다. 그녀가 그의 고민

을 정확하게 꿰뚫어 본 것이다.

"부수석 교두님……."

을화는 고개를 돌리며 생긋 미소를 지었다.

"44호, 이렇게 귀중한 조언을 해주었으면 한 번쯤 누님이라고 불러
줘야 하는 거 아니야?"

태사린은 가볍게 목례를 취했다.

"고맙습니다, 누님."

"호호, 좋아, 아주 좋아."

"그만 가보겠습니다."

"그래, 졸개들 데리고 열심히 연구해. 현재 너희 둘의 능력이라면 교
두들과 충분히 겨룰 수 있는 수준이니까. 문제는 경험 부족인데, 그것
을 보충하기 위해서는 과감한 결단이 필요해."

"알겠습니다."

태사린은 홀가분한 심정으로 돌아섰다.

그동안 연속된 패배로 위축된 가슴이 활짝 펴졌다. 그녀의 말대로
그는 조원들을 위한 배려에 너무 신경을 썼던 것이다. 하지만 부상의
우려 때문에 아무도 대련관을 통과하지 못한다면, 그것이 오히려 조원
들을 죽이는 길일 수 있었다.

'결단……. 그래, 모든 것을 버리지 않고서는 아무것도 얻을 수 없
어!'

또 하나의 진리를 깨달은 그는 주먹을 불끈 쥐었다.

3

보름 후.

2조 수련생들은 두 명씩 조를 이루어 각각 지살교두들을 격파하는 데 성공할 수 있었다.

태사린은 비교적 무공이 약한 3호와 짝을 이루었고, 35호는 쌍검을 잘 쓰는 16호와 한 조가 되었으며, 12호는 31호와 맺어졌다.

12호는 장족(壯族) 출신의 이민족으로 단궁(斷弓)에 능했다. 워낙 손놀림이 좋아 한 번에 세 대의 화살을 동시에 쏠 수 있었고, 연속적으로 열여덟 발의 화살을 발출할 수 있는 특기를 지녔다. 그가 해현 교두(亥玄敎頭)의 움직임을 사전에 봉쇄하는 바람에 31호가 옆구리를 베어 득수를 할 수 있었다.

비록 1조에 비해 보름이나 늦게 1차 과정을 수료했지만 조원들 모두는 한껏 고무돼 있었다. 2차 과정 수료는 1조에 비해 앞서겠다는 것이 그들의 굳은 결의였다.

"뭐야? 이게 다 창술에 관한 무서란 말이야?"

35호는 서탁 위에 가득 올려진 책자를 보고는 혀를 내둘렀다.

3호는 한 아름 안고 있는 책자를 더 내려놓았다.

"아직 수십 권이 더 있지만 일단 이것부터 보고 연구해."

35호는 책자를 뒤적이다가 혀를 내둘렀다.

"대체 어떻게 다 찾아낸 거야? 설마 저 많은 책들을 모두 보았단 말이야?"

3호는 스스로 작성한 서첩을 내보였다.

"목록을 정리해 두었어. 기회가 된다면 단편적으로 기재된 절기와 정보를 체계적으로 정리하고 싶어. 그래야 누구라도 손쉽게 필요한 항

목을 찾아낼 수 있으니까."

"와아, 3호는 정말 똑똑해."

35호는 그녀에게 눈을 찡긋해 보이고는 나직이 속삭였다.

"고마워, 누나."

이때 9호와 17호가 서고 안으로 들어섰다.

17호는 두 사람을 쓸어보고는 도도하게 냉소를 흘렸다.

"흥, 이제야 겨우 첫 번째 과정을 수료했다면서? 하지만 부수석과 수석 교두는 지살급 교두에 비해 차원이 달라. 너희들은 모두 탈락될 거야."

35호는 그녀를 무시한 채 3호에게 물었다.

"3호, 여우 잡는 창술 같은 것 없을까? 불여우 주둥이를 대번에 꿰뚫는 창술이면 좋겠는데."

3호는 피식 실소를 짓고는 서가를 향해 걸어갔다.

17호는 탁자에 걸터앉으며 35호를 쏘아보았다.

"네 무딘 창으로 여우 한 마리나 잡을 수 있겠냐? 내가 쥐새끼 목을 비트는 수박술(手搏術)을 가르쳐 줄까?"

"창으로 못 잡으면 발로 숨통을 끊을 수 있어. 압정각(壓頂脚)으로 말이야."

"호호, 그 짧은 다리를 놀리기도 전에 내 선풍참(旋風斬)에 두 다리가 베어질걸?"

"그래도 환유등공(幻幽騰空)으로 피하면 불여우 껍질을 벗기는 데는 문제없을 거다."

두 사람의 살벌한 논검은 계속되었다.

그들은 같은 숙소에 배정된 첫날부터 앙숙이었기에 사사건건 충돌이 잦았다. 수련생들 간의 다툼은 용납되지 않는다는 수칙만 없었다면 진작 사생결단을 벌였을 것이다.

35호는 그녀의 도도함과 과시욕을 멸시했고, 17호는 자신의 키에도 못 미치는 그가 자신에게 대드는 것을 우습게 보았다.

수련생들 사이에 감정적 대립은 거의 없었지만 두 사람만은 제외였다. 하지만 그들은 한 번씩 감점을 당한 몸이라 서로 간에 최대한 조심했다. 한 번 더 감점을 당할 경우 심각한 위기 상황에 처하게 된다는 것을 잘 알고 있었기 때문이다.

3호는 태사린을 위해 쾌검에 관한 책을 고르고 있었다.

이때 9호가 옆으로 다가서며 조용한 어조로 부탁을 해왔다.

"도법에 관한 무서를 찾고 싶은데 도와주겠어?"

3호는 내심 놀라움을 금치 못했다.

9호는 자존심이 강해 누구에게도 부탁을 한 적이 없었다. 물론 모든 방면에서 월등했기에 남에게 부탁할 일도 없었다.

3호는 조심스럽게 되물었다.

"지금 나한테… 물은 거야?"

9호는 희미한 미소를 지었다.

"물론이지."

그가 미소를 보인 것도 극히 드문 일이었다. 그의 무심함은 수석 교두인 갑영과 비교될 정도였고, 냉소적인 기운은 오히려 그가 더 강했다.

수려한 조각상에서 피어나는 미소에 3호는 절로 방심이 흔들려 살짝 얼굴을 붉혔다.

"그, 그러지, 뭐. 수석 조장은 아마 쾌도에 관한 책자를 원할 거야."

9호는 쾌도가 주특기였다.

지살교두들과 단독 대결을 벌여도 패하지 않을 수련생은 그가 유일했다. 교두들 모두 그의 쾌잔한 쾌도술을 인정하고 있었다.

3호는 몇 권을 책자를 찾아내 9호에게 건넸다. 9호는 책자를 받으면서 자연스럽게 그녀의 손을 쥐었다. 차갑지만 부드러운 손이었다.

"……?"

3호는 다소 당황한 눈빛으로 그를 바라보았다.

한참 35호와 실랑이를 하다 돌아선 17호의 표정이 확 구거졌다. 그녀가 부리나케 다가섰다.

"지금 뭐 하는 거야?"

3호는 얼른 손을 빼며 뒤로 물러섰다.

9호는 3호가 골라준 책자를 17호에게 건넸다.

"가져다 놔."

"조장……?"

"어서!"

9호의 냉엄한 지시에 17호는 잔뜩 3호를 쏘아보다가 책자를 받아 들었다. 9호는 3호에게 목례를 취해 보이고는 돌아섰다.

3호는 태사린을 위한 쾌검 비급을 몇 권 찾아 들고는 35호 앞에 앉았다.

35호는 멀리 떨어져 앉아 있는 9호를 힐끗 쏘아보았다.

"저 빙골(氷骨)이 무슨 수작을 한 거야?"

빙골은 수려한 풍채를 뜻하는 빙기옥골(氷肌玉骨)이라는 수식어를 빗대서 35호가 만들어낸 9호의 별명이었다.

3호는 덤덤하게 응수했다.

"쾌도에 관한 책자를 몇 권 원하기에 찾아줬을 뿐이야."

“그럼 빙골이 3호한테 부탁을 했단 말이야? 그렇게 자부심이 강한 녀석이?”

“조용히 해. 듣겠어.”

“뭐가 걱정이야? 그렇다고 날 죽일 수 있을 것 같아?”

3호가 차분하게 일러주었다.

“우리는 같은 배를 탄 수련생들이야. 모든 관문을 수료하면 정식 자객이 되어 함께 행동하게 되지. 사적인 감정은 도움이 안 돼.”

“조장과 3호가 모질게 매질을 당한 것도 17호와 빙골 때문이었잖아? 그렇게 당했는데도 9호를 두둔해?”

35호는 불쾌한 표정을 짓고는 책자를 덮었다.

“쳇, 여자들이란 그저 잘생긴 놈만 보면 환장을 한다니까!”

한데 일어서려는 그의 어깨를 누군가가 찍어눌렀다. 태사린이었다.

“당장 3호한테 사과해.”

“조장……?”

“네가 마음속으로 나와 3호를 형과 누나로 생각한다면 그렇게 말해서는 안 돼. 어서 사과해.”

35호가 잔뜩 볼멘 표정을 짓자 3호가 만류했다.

“괜찮아, 조장. 내게도 잘못이 있어.”

“감정이 있어도 그것을 표출하면 안 돼. 난 그것을 경계하는 거야.”

태사린이 35호를 직시하자 그는 억지로 고개를 숙였다.

“미안해, 3호. 내가 지나쳤어.”

그는 태사린의 손을 뿌리치고는 서고를 나갔다.

3호는 어두운 기색이 되었다.

“35호에게 그럴 필요까지는 없잖아?”

"1차 과정을 수료했다고 너무 자만심에 들떠 있어. 가장 위험스럽게 통과한 주제에 말이야."

"어느 정도의 자부심은 필요해."

"내가 35호를 꾸짖은 것은 자부심이 아니라 과신 때문이야. 과신은 자객에게 있어 가장 치명적인 독이지. 판단력을 흐리게 하니까."

"……"

"을화 교두는 두세 명 정도가 더 탈락될 우려가 있다고 했어. 비록 세 개의 관문밖에 남지 않았지만 정신 바짝 차려야 돼. 여기까지 와서 죽는다면… 정말 원통한 일이니까."

태사린은 다소 표정을 풀고는 3호 앞에 놓인 책자를 바라보았다.

"그건 뭐지?"

"쾌검에 관한 주해가 잘돼 있는 것 같아 골라보았어."

"성의는 고맙지만 이제는 너를 위해 노력해. 남을 배려하기에 너는 너무 약해."

"알아. 하지만 누군가는 모든 관문을 수료하고 당당히 천예사원 정식 자객이 되기를 원해."

태사린은 그녀의 따뜻한 배려에 가슴이 뭉클해졌다. 그는 그녀의 맑은 눈을 직시했다.

"누군가가 아니라 우리 모두가 통과해야 돼. 그러기 위해 우리가 아직까지 죽지 않은 거잖아?"

4

폭염이 한 풀 꺾인 계절은 어느새 가을로 바뀌어 있었다. 천예사원은 높은 산정에 위치해 있기에 때 이른 서리를 맞은 잎사귀들이 붉고 누렇게 변색돼 있었다.

한빙담 옆 평지에는 수련생과 표두들이 넓게 둘러서 있었다.

1조 수련생은 다섯 명. 2차 과정을 통과하는 와중에 한 명이 을화의 쾌도에 목숨을 잃고 말았다. 득수를 하기 위해 너무 서두르는 바람에 불귀의 객이 된 것이다.

다행히 더 이상의 사상자는 발생하지 않아 1조 수련생 다섯은 34관 통과가 결정되었다.

2조 수련생 중에서는 네 명이 이미 관문을 통과했고, 마지막 두 명만 남겨놓고 있었다. 최후의 두 수련생은 태사린과 3호였다.

그들을 심사할 교두는 갑영이었다.

태사린과 3호는 그를 사이에 둔 채 앞뒤로 포진했다. 상대의 신경을 최대한 분산시키겠다는 의도였다.

갑영은 언제나처럼 무심하게 하늘가를 응시하고 있었다. 두 손을 늘 어뜨리고 있어 전신이 허점투성이였다. 자칫 오만한 태도로 보일 수도 있지만 그것은 잘못된 판단이었다.

빈틈없는 방어 속에서 보이는 허점은 표적이 될 수 있지만 갑영처럼 모든 허점을 드러내 놓고 있는 사람은 공략이 어렵다. 공격 부위가 너무 많아 어디를 노려야 할지 모르기 때문이다.

태사린은 갑영을 가운데 둔 채 주변을 돌았다. 3호와는 이미 묵계가 돼 있기에 항상 마주 보는 상황을 유지했다. 자칫 한쪽으로 쏠릴 경우 갑영의 일초에 그들이 쓰러질 수 있기 때문이다.

"차앗!"

태사린은 빠르게 접근하며 삼 초의 쾌검을 연속적으로 발출했다.

세 가닥 검형이 갑영의 무릎과 단전, 천돌혈로 뻗어 나갔다. 마치 세 사람이 동시에 다른 쾌검을 펼친 것처럼 검형은 거의 같은 순간에 갑영의 몸에 도달했다.

을화도 놀랍다는 듯 짙은 눈썹을 한껏 치켜 올렸다.

"제법인걸?"

3호는 약간의 차이를 두고 빙글 회전하며 상방을 후려쳤다. 그것은 예측 공격이었다. 갑영이 태사린의 쾌검을 피해 위로 솟구칠 것을 예상한 것이다.

한데 갑영은 꼿꼿이 선 채 뒤로 미끄러지며 두 사람의 공격을 동시에 무산시켰다.

태사린은 첫 출수부터 의도가 파악되자 다소 당황했다. 3호를 보완하기 위해 그가 칠 할의 공격을 담당해야 했기에 사실 부담이 많은 협공이기도 했다.

"난쾌섬(亂快閃)!"

훌쩍 뛰어오른 그는 급속히 떨어져 내리며 연속적으로 오 검을 내질렀다.

쐐애액—!

다섯 개의 검화가 현란한 궤적을 일으키며 갑영의 백회와 미심, 견정혈로 날아들었다. 동시에 그를 지원하기 위한 3호의 채찍이 갑영의 등판을 강타했다.

두 사람은 갑영을 상대하기 위해 다양한 협공을 준비했고, 수백 번의 반복 훈련을 통해 충분히 호흡을 맞춰왔다. 하기에 전면을 공격하는 태사린의 공세와 배후를 노리는 3호의 협공은 빈틈없는 조화를 이루고 있었다.

한데 갑영의 몸이 연기처럼 흐려지면서 두 사람의 앞뒤 공격은 허공만을 가르게 되었다.

순간적으로 갑영을 놓친 태사린은 가슴이 덜컥 내려앉았다.

'사라졌다!'

상대의 행적을 놓쳤다는 것은 지극히 위험한 상황이었다.

놀랍게도 갑영은 어느새 3호의 등 뒤로 내려서 있었다. 대번에 3호의 뒷덜미를 잡아챈 그는 그녀를 방패로 삼은 채 태사린을 향해 쏜살같이 달려들었다.

번—쩍—!

아찔한 광휘가 하늘을 뒤덮었다. 갑영의 쾌검이 발출된 것이다. 과연 천살자객답게 쾌검의 속도는 상상을 불허했다.

태사린은 정신이 아득해졌다.

3호가 제압된 상태였기에 이제 단독으로 맞설 수밖에 없는 상황이었다. 죽음을 각오한 정면 승부는 필연이다. 그러나 갑영은 3호를 제압해 방패처럼 자신을 보호하고 있었다. 갑영과 맞대결을 펼치기 위해서는 3호를 찌를 수 있어야 가능했다.

'안 돼! 내 손으로 3호를 해칠 수는 없어!'

그의 손에 쥐어진 검이 부들부들 떨렸다.

이 순간 그의 귓속으로 을화의 전음성이 가늘게 들려왔다.

"정신 차려! 둘 다 탈락할 셈이냐?"

태사린은 불현듯 정신을 차렸다. 지난번 을화의 조언을 받아 깨달은 진리가 뇌리 속에서 빛을 발한 것이다.

'그래, 버려야만 얻을 수 있다!'

그는 독한 마음을 먹고 마주 쾌검을 발출했다.

번—쩍—!

두 자루의 쾌검이 교차되었다. 서로의 검이 부딪치지 않았기에 금속성은 들려오지 않았다.

갑영이 뻗은 검은 태사린의 미심혈에 꽂혀 있었다. 한 방울의 피가 태사린의 콧날을 타고 또르르 흘러내렸다.

태사린의 검은 3호의 가슴을 비껴서 관통한 상태였다. 검은 그녀의 몸을 꿰뚫고 갑영의 견정혈 부위에 닿아 있었다. 회색 경장으로 붉은 피가 번지고 있었다.

갑영의 눈이 희미하게 웃고 있었다.

물론 그것은 태사린의 착각일지도 모른다. 하지만 갑영의 무심한 눈빛 속에서 그런 기운을 감지할 수 있었다.

검을 거둔 갑영은 뒷덜미를 제압한 3호를 놓아주었다.

"으음……!"

3호는 나직한 신음을 토하며 털썩 주저앉았다.

"3호!"

그녀를 찌른 검을 뽑아낸 태사린은 급히 자세를 낮춰 그녀의 상처를 살폈다. 치명상은 아니었지만 허연 뼈가 드러날 만큼 깊은 상처였다.

태사린은 자신의 심장이 찔린 듯 가슴이 아팠다.

"미안해……."

3호는 고통을 참으며 애써 미소를 지어 보였다.

"잘했어. 정말 훌륭한 판단이었어."

갑영이 수련 동부로 향하자 을화가 큰 소리로 외쳤다.

"34관은 종료됐다! 오늘 하루는 쉬어도 좋다! 내일부터 35관에 도전하게 될 것이다!"

네 명의 교두는 1조 수련생들을 대동해 숙소로 귀환했다.

2조의 수련생들이 태사린의 주위로 달려왔다. 35호가 급히 3호를 부축해 안았다.

"괜찮아, 3호?"

긴장이 풀린 3호는 스르르 눈을 감았다.

"그래, 난 괜찮아."

35호는 얼른 그녀를 들쳐 업었다. 태사린을 쏘아보는 눈빛에 적개심이 가득했다.

"저, 정말 실망이야. 어떻게 3호를 죽이려 할 수 있어? 조장만 통과하면 된다는 거였어?"

2조 수련생들 역시 한마디씩 했다.

"지나쳤어."

"3호가 죽지 않은 것이 천만다행이야."

"조장이 이렇게 냉혹한 줄 몰랐다."

그들은 3호를 대동해 급히 수련 동부를 달려갔다.

태사린은 군이 변명하지 않았다. 경황이 없어서 그렇지, 그들도 곧 상황을 파악할 것임을 믿었기 때문이다.

그는 손에 쥔 검을 보았다. 3호의 피가 검신을 타고 또르르 흘러내렸다.

그는 자신이 3호를 찔렀다는 것이 믿어지지 않았다. 그런 상황에서 어떻게 3호를 찔러 갑영을 공격할 마음을 먹었는지 기억할 수도 없었다. 그로서는 본능에 가까운 임기응변이었다.

다행히 공격은 성공적이었다. 갑영도 그의 득수를 인정했고, 그와 3호는 합격한 것이다. 그러나 돌이켜 보면 정말 위험한 순간이었다. 그의 검이 한 치만 옆으로 빗나갔어도 3호는 심장이 관통돼 절명했을 것이다.

이때 을화가 그의 손에서 검을 빼앗아 들었다.

"수련이 종료되면 병기를 반납하는 것이 수칙이야."

태사린은 잠시 그녀를 바라보다 공손히 예를 올렸다.

"고맙습니다."

"호호, 당연히 그래야지."

을화는 어깨를 으쓱해 보였다.

"내 말이 틀림없지? 생각은 냉철하고 단순해야 돼. 판단은 빨라야 하지. 만일 네가 3호 때문에 주저했다면 네 미심혈이 뚫렸을 것이다. 갑영은 너의 냉철한 판단력을 시험하기 위해 일부러 3호를 방패로 삼은 거였어."

"저를 일깨워 준 사람은 교두님이십니다."

"내가 해줄 수 있는 것은 선배로서 길을 알려줄 뿐이다. 그 길의 끝에 이르는 것은 각자의 역량이지. 네가 날 실망시키지 않아 다행이다."

"다시 한 번 감사드립니다."

태사린이 또 한 번 정중히 포권을 취하자 을화는 갑자기 그의 등 뒤로 뛰어올랐다. 그의 등에 업힌 그녀는 포근한 미소를 지었다.

"아, 좋구나. 역시 사내의 등이라 듬직하네?"

"교두님?"

"아무 소리 말고 동부 입구까지 업고 가. 그게 널 일깨워 준 보답이야."

"왜 이렇게 저를 불편하게 만드십니까?"

을화는 그의 볼을 가볍게 토닥였다.

"이게 행복에 겨워 비명을 지르네? 내가 아무한테나 업히는 색녀인 줄 알아?"

태사린은 어쩔 수 없이 그녀를 업은 채 동부로 걸어갔다.

을화는 그의 등에 업힌 채로 등을 어루만졌다.

"방금 네가 3호를 찌른 수법을 잘 기억해 둬. 살인 청부에 나서다 보면 그런 순간이 올 때도 있으니까. 설사 동료를 죽인다 해도 임무는 완수해야 돼. 물론 그런 최악의 순간은 피해야겠지만."

"실전이라면 못 찌를 것 같습니다."

"네가 좋아하는 3호를 찌른 너야. 못 찌를 게 어디 있어? 또한 내가 그런 상황에 처해도 반드시 찔러야 돼."

태사린이 능청스럽게 대꾸했다.

"물론 교두님이 그런 상황에 처한다면 가차없이 찌를 자신이 있습니다."

"뭐, 뭐야?"

을화는 그의 머리를 마구 쥐어박았다.

"요놈의 자식, 이래서 사내놈은 키워봤자 소용이 없다니까!"

第8章

일검향(一劍香) 일도살(一刀殺)

일검향(一劍香) 일도살(一刀殺) 1

　　제35관은 살예관(殺藝關)이었다.

　　열한 명의 수련생은 살인에 관한 보다 전문적인 수법을 배우게 되었다. 사람의 목숨을 빼앗아야 하는 살인은 가장 고통스런 직업이기에 살인 수법은 신속하면서도 정확해야 한다는 것이 천예사원의 수칙이었다.

　　최고의 경지에 이른 자객은 죽이는 자에게 고통을 주지 않는다.

　　그것은 자객이라 하여 생명을 경시해서도 안 되고, 살인을 결코 즐겨서도 안 된다는 인간적인 도리를 의미했다. 이는 자객이 단순한 살인 병기가 아니라는 천예사원의 원칙과도 상통했다.

　　수련생은 수백 가지의 살인 기술을 모두 암기해야 했고, 그것을 시전해 보여야 했다.

　　심사관은 원주였다. 그가 수련생을 직접 심사하기는 이번이 처음이었다.

이제 최후의 한 관문을 남겨서인지 원주는 수련생에게 최대한의 관용을 베풀었다. 암기를 제대로 못한 수련생에게 다시 기회를 주었고, 수법을 틀리게 펼쳐 보이면 즉석에서 지적해 주기도 했다.

살예관은 여태껏 수련생이 거쳐 온 모든 수련을 정리하는 과정이기도 했다.

출동, 침투, 은신, 잠복, 기회 포착, 그리고 척살…….

수련생은 수백 가지의 살인 수법을 배우면서 자객이 되기 위한 마지막 단계를 준비하였다. 몸은 편했지만 심정은 괴로웠다. 최후의 순간이 다가올수록 심한 압박감에 잠을 이룰 수 없을 정도였다.

칠 년에 걸친 기나긴 수련. 도중에 죽은 자가 살아남은 자들보다 몇 배는 많은 죽음의 행로.

마침내 자객이 되기 위한 마지막 관문이 열렸다.

제36관 자객관(刺客關).

중앙 광장에는 열한 명의 수련생이 일자로 도열해 있었다. 이제는 1조, 2조의 구별도 없었다. 수련복을 벗어 던진 그들은 각자 원하는 색깔의 경장으로 갈아입고 있었다. 병기도 지급되었다.

태사린은 검을 착용했고, 3호는 채찍, 9호는 도, 17호는 연검, 18호는 단궁, 35호는 창 등등 각자 주특기로 삼은 병기를 휴대했다.

이때만큼은 그들 모두 흥분으로 상기돼 있었다.

칠 년 동안 무심을 강조해 온 수련을 받았지만 훈련보다 강한 것이 본능이었다. 그들 모두 최후의 관문 앞에 섰다는 뿌듯한 자부심을 느끼면서도 과연 마지막 관문을 통과할 수 있을지에 대해서는 누구도 자신있게 말할 수 없었다.

태사린은 옆에 선 3호에게 시선을 돌렸다.

3호는 지그시 눈을 감은 채 흥분을 진정시키고 있었다. 콧등에 땀이 맺힌 채 입술을 덜덜 떨고 있었다. 그는 그녀가 너무도 안쓰러워 힘껏 부둥켜안아 주고 싶었다.

그녀 옆에 선 35호는 두 손으로 창을 꽉 쥔 채 이를 악물고 있었다. 갓 청년의 나이에 이르렀지만 아직도 동안을 지녀 앳돼 보였다. 그는 태사린과 눈길이 마주치자 억지로 미소를 지어 보였다.

태사린은 힘있게 고개를 끄덕여 보이고는 우측으로 고개를 돌렸다.

9호는 눈을 반개한 채 무심하게 전면을 응시하고 있었다. 조각상처럼 시원스런 옆모습은 보기에도 아름다웠다. 빙골로 불리는 그도 약간은 긴장한 듯 입을 꾹 다물고 있었다.

문득 그의 시선을 감지한 9호가 고개를 돌렸다.

어떤 감정도 읽을 수 없는 무심한 눈빛. 마치 그 깊이를 알 수 없는 심연처럼 보였다. 태사린이 눈인사를 보냈지만 그는 아무것도 보지 못한 듯 무심하게 고개를 돌렸다.

9호 옆으로는 17호가 서 있었다.

연신 심호흡을 하느라 팽팽한 육봉이 물결처럼 요동쳤다. 그녀의 푸른 눈이 연신 깜빡거렸다. 그녀는 좌우로 눈알을 굴리다가 태사린과 눈길이 마주치자 얼른 돌려 버렸다.

태사린은 깊이 숨을 들이키고는 허리춤에 찬 검을 쥐었다.

'내가 선택한 길을 후회하지 않는다. 설사 자객관을 통과하지 못하고 죽는다 해도 울지 않을 것이다. 난 최선을 다했다. 결과는 운명에 맡길 뿐이다.'

잠시 후 갑영과 을화가 단상 아래 늘어섰다. 그리고 원주가 단상 위로 올라섰다. 수련생을 둘러보는 원주의 눈빛에도 가벼운 흥분이 담겨 있었다.

그는 뒷짐을 진 채 단상 위를 걸었다.

"세월이 무상하구나. 칠 년여 전 어리기만 한 너희들이 이렇듯 성년이 되었어. 당시 육십 명이 넘는 아이들이 입문했지만 남은 사람은 너희 열한 명뿐이다. 이 자리에 서 있지 못한 많은 아이들이 안타깝지만 그것이 운명이다. 너희는 가혹한 처사라 할지 몰라도 그런 과정을 거치지 못한 수련생은 자객이 될 수 없다."

수련생들은 원주의 훈시를 조용히 새겨들었다.

그들이 수련생으로서 듣는 마지막 훈시였다. 그들이 무사히 자객관을 통과한다면 훈시가 아니라 지시가 될 것이다.

"자객관은 너희들이 과연 자객이 될 자격이 있느냐를 판단하는 최후의 관문이다. 그 안에서 너희는 그동안 배웠던 모든 재예를 동원해 살아남아야 한다. 자객관은 거대한 미로다. 몇 개의 인도등(引導燈)이 밝혀져 있지만 지극히 어둡다. 너희들은 오감을 총동원해서 통로를 찾아내 빠져나와야 한다."

"……."

"미로 곳곳에는 기관과 함정이 매설돼 있다. 그리고 너희들끼리의 상살도 배제할 수 없다. 곳곳에 지살과 천살자객들이 매복해 너희의 목숨을 노릴 것이다. 하기에 동료인지 자객인지 구분도 하기 전에 죽을 수도 있다. 살기 위해서는 기척을 느끼는 순간 선제공격을 펼쳐야 할 것이다."

수련생들의 분위기가 숙연해졌다.

자신이 살기 위해 칠 년 동안 함께 수련해 온 동료를 죽여야만 하는
비정한 현실. 아마 그 상황은 순식간에 전개될 것이기에 상대를 죽인
후에야 누구인지 알게 될 것이다.

원주는 천천히 수련생들을 둘러보았다.

"통로는 일정 시간이 지나면 닫힌다. 신중하면서도 최대한 서둘러야
할 것이다. 그동안 고생 많았다. 이제 당당히 천예사원의 자객으로서
만나기를 기대하겠다."

그는 언제나처럼 수련생들의 예도 받지 않은 채 단상을 내려가 버렸
다.

을주가 수련생들 앞을 걸으며 독려해 주었다.

"야, 그렇게 죽을상 짓지 말고 가슴을 펴. 원주님 훈시대로 너희가
지닌 역량을 최대한 펼치면 반드시 통과할 수 있다. 나 역시 너희들의
구역질나는 얼굴을 다시 보고 싶으니까."

그녀는 중앙 광장을 따라 걸음을 옮겼다.

"따라와."

수련생들은 일렬로 그들의 뒤를 따랐다.

자객관의 상황을 상세하게 알게 된 후부터는 눈빛이 달라졌다. 막연
한 두려움과 흥분은 가라앉아 있었다. 대신 싸늘한 살기가 그들을 지
배했다.

살기 위해서는 누구라도 죽여야 한다.

그들은 행여 자신이 급박한 상황에 처했을 때 주저하지 않도록 강하
게 자신을 다그쳤다.

태사린은 자객관이 지닌 의미를 어느 정도 파악할 수 있었다.

'이것은 실전에 가까운 관문이다. 최대한 침착하게 대응하면 모두가

통과할 수 있다. 원주님이 지살과 천살자객이 매복해 있다는 것을 사전에 밝힌 이유도 우리가 허무하게 죽기를 원치 않아서다.'

중앙 광장 끝에는 거대한 철문이 세워져 있었다. 수련생들은 평소 그 철문 안쪽을 궁금하게 생각했는데, 그곳이 바로 자객관이었던 것이다.

그그궁!

육중한 철문이 열리며 벌집 같은 통로가 모습을 드러냈다.

을화는 수련생들의 얼굴을 한 명, 한 명 두 손으로 감싸주었다.

"너희들은 반드시 통과할 수 있어. 웃으면서 만나자."

태사린은 그녀의 손이 너무도 따뜻하게만 느껴졌다. 만일 그녀가 없었다면 오랜 수련 과정은 정말 삭막했을 것이다.

을화는 통로를 가리키며 소리 높이 외쳤다.

"가라, 미래의 자객 전사들이여!"

열한 명의 수련생은 힘차게 몸을 날렸다. 그들은 급속히 흩어지며 각기 하나의 통로 속으로 뛰어들었다.

을화는 수련생들이 모두 뛰어든 것을 확인하고는 몸을 돌렸다. 밖으로 나서며 철문을 닫은 그녀는 길게 한숨을 내쉬었다.

"아아, 마침내 지겨운 교습이 끝났군."

통로는 몹시 어두웠다. 혼정관만큼의 절대 어둠은 아니었지만 다섯 자 앞을 분간하기 힘들 정도였다.

통로의 크기는 일정하지 않았다. 어느 부분은 몸을 웅크려야 겨우 통과할 수 있고, 어느 부분은 천장이 보이지 않을 만큼 높았다. 또한 희뿌연 인도등이 보이는 곳마다 여러 개의 통로로 갈라져 있었다.

태사린은 신중을 기하며 천천히 이동했다.

심장을 조여오는 압박감을 이겨내는 것이 중요했다. 냉정을 잃고 급한 마음에 길을 재촉했다가는 매복에 당하기 십상이었다.

실타래처럼 흩어진 통로는 몹시 어지러워 한 번 갈랫길을 통과하면 지나온 길을 찾을 수 없을 정도였다.

한데 이때였다.

챙그렁!

날카로운 금속성이 희미하게 메아리쳐 들려왔다. 여러 곳에서 메아리쳐 들려왔기에 방향을 가늠할 수 없었다.

'매복인가? 아니면 함정?'

갑자기 발목 부근에 압박이 전해졌다. 통로 하단을 가로지른 철사를 건드린 것이다.

'앗!'

태사린은 최대한 몸을 말아 앞으로 굴렀다.

차차차창!

수십 개의 창날이 천장에서 내리 꽂히며 바닥에 꽂혔다. 아슬아슬한 순간이었다. 조금만 반응이 늦었다면 그의 몸은 만신창이가 되었을 것이다.

잠시 심호흡을 하며 놀란 가슴을 가라앉힌 그는 통로를 따라 앞으로 전진했다. 통로 밖으로 희뿌연 불빛이 보였다. 인도등이었다.

태사린은 바싹 신경을 곤두세운 채 걸음을 내디뎠다. 일순 그는 좌측 통로에서 희미한 기척을 감지했다.

'매복?'

곧바로 예리한 파공성과 함께 시퍼런 검기가 그의 옆구리로 파고들었다. 워낙 지척 거리인데다 급소를 노리는 수법이 정교했다.

태사린은 급히 몸을 틀며 쾌검을 발출했다.

차앙!

금속성과 함께 옆구리가 뜨끔해졌다. 하지만 상처를 돌볼 여가가 없었다.

그는 재차 쾌검을 뻗어 상대의 심장 부위를 찔렀다. 상대의 형상을 알아볼 수 없을 만큼 어두웠지만 예민한 청력을 통해 심장의 위치는 찾아낼 수 있었다.

“아앗!”

여인의 날카로운 비명 소리였다.

태사린은 기겁하며 검극을 틀었다. 이미 뻗어낸 검을 회수한다는 것은 지극히 위험한 행위였다. 검극에 실린 진기가 회수되면서 내부에서 충돌을 일으켜 내상을 유발하기 때문이다.

가까스로 출수가 멈춰지면서 검은 상대의 심장만 찌른 채로 고정되었다.

“17호?”

태사린은 상대를 확인하기 위해 안력을 집중시켰다. 그러자 여인의 음성이 들려왔다.

“44호……? 너야?”

태사린은 비로소 안도하며 검을 내렸다. 긴장이 풀리며 한 모금의 선혈이 뿜어져 나왔다. 17호의 비명 소리를 듣고 쾌검을 회수하는 바람에 내상을 입게 된 것이다.

17호가 가슴 부위를 움켜쥔 채 바싹 다가섰다. 그녀는 떨리는 손을 뻗어 그의 얼굴을 매만졌다.

"오, 44호. 너였구나, 너였어."

"상처는 어때? 괜찮아?"

"그래, 너는?"

17호는 서로의 입김이 느껴질 만큼 얼굴을 가까이 들이댔다.

"어마, 내상을 입었구나?"

"별거 아니야."

17호는 그를 와락 끌어안으며 와들와들 떨었다.

"나… 무서워……."

태사린은 그의 등을 다독였다.

"진정해. 너답지 않게 왜 이래?"

"주… 죽었어."

"죽다니? 누가?"

"25호……. 인도등 아래 쓰러져 있는 것을 보았어. 등이 심하게 베어졌어."

"……."

"우, 우리 같이 가자. 제발 같이 가."

태사린은 가만히 그녀를 떼어놓았다.

"둘이 같이 움직이면 더 위험해. 상대의 기척을 정확하게 감지할 수 없게 되니까."

17호는 옷자락을 찢어 가슴의 상처를 처맸다. 그녀는 파르르 떨었다.

"한데… 왜… 왜 나를 안 죽였어?"

"동료를 어떻게 죽여?"

"그래도 난 네게 못되게 굴었잖아? 나 때문에… 혹독하게 매질까지 당했는데……."

태사린은 벽에 기대앉은 채 잠시 휴식을 취했다.

"내가 고맙다고 얘기하지 않았던가?"

"44호… 태사린……."

"훗, 이제 마지막 관문이라고 함부로 이름을 말하는군."

17호의 푸른 눈에 엷은 물기가 맺혔다.

"린, 나는… 내 이름은……."

"그만둬. 난 너를 미워하진 않지만 신뢰하고 싶지도 않아."

17호는 긴 한숨을 내쉬었다.

"그래, 날 믿을 수 없겠지. 난 교활한 계집애니까."

그녀는 힘없이 몸을 돌렸다.

"하지만 내 비참한 어린 시절은 사실이야. 그것만은 믿어줘."

"……."

태사린은 물끄러미 그녀의 축 처진 어깨를 바라보았다. 그녀는 이내 통로를 따라 어둠 속으로 묻혔다.

태사린은 가볍게 고개를 저었다.

'현혹되지 마라, 태사린. 난 차마 그녀를 찌를 수 없었지만 그녀는 나인 줄 알면서도 찌를 계집이니까.'

진기를 일 주천시켜 내상을 가라앉힌 그는 자리를 털고 일어섰다.

'너무 지체했군.'

그는 온몸의 감각을 최대한 일깨우며 빠른 속도로 달려갔다.

몇 곳의 기관 장치와 함정.

태사린은 빠른 대처를 통해 큰 부상은 당하지 않았다. 시간이 흐르면서 막연한 두려움과 압박감도 떨쳐 낼 수 있었다.

'이 정도 기관 장치와 함정이라면 3호와 35호도 충분히 피해낼 수 있다. 다른 수련생도 마찬가지일 테고.'

문제는 어디서 뛰쳐나올지 모르는 자객이었다.

희뿌연 불빛이 스며드는 것으로 보아 인도등이 밝혀진 곳인 듯싶었다. 태사린은 비교적 밝은 곳에서 잠시 휴식을 취할 요량으로 통로를 나섰다.

순간 머리 위에서 싸늘한 한기가 엄습해 왔다.

쐐애액―!

태사린은 바닥에 등을 대고 미끄러지면서 검을 올려쳤다.

차앙……!

맑은 금속성과 함께 쏟아지던 한기가 튕겨져 올라갔다.

태사린은 몸을 일으키며 빠르게 주변 상황을 살폈다. 천장이 높은 자그마한 지하 광장이었다. 그는 천장을 살펴보았지만 순간적으로 기습을 펼친 자객은 찾아낼 수 없었다.

일순 등 뒤가 서늘해졌다.

"차앗!"

태사린은 몸을 빙글 돌리며 연속적으로 쾌검을 발출했다.

땅! 땅! 땅!

요란한 금속성과 함께 불꽃이 번득였다.

태사린은 현란한 불꽃을 통해 비로소 상대를 알아볼 수 있었다. 검은 위장복에 복면을 쓴 자객이었다. 한쪽 눈 부위에 깊은 상흔이 나 있었다. 그렇다면 지살자객은 아니었다. 천살자객 중 한 명인 것 같았다.

천살자객은 빠르게 접근해 오며 철도를 내려쳤다.

태사린은 마냥 천살자객과 대적할 수는 없었기에 철도를 막으면서 급히 뒤로 물러섰다. 다행히 천살자객은 더 이상 그를 쫓지 않고 은신술로 사라져 버렸다.

'후우, 서둘러야겠군.'

그는 벌집 같은 통로 중 한곳을 택해 뛰어들었다.

얼마나 갔을까?

그의 영민한 후각은 어둠 속에서 풍겨오는 비릿한 피 냄새를 감지해 냈다.

"……?"

그는 바싹 긴장하며 조심스럽게 걸음을 옮겼다.

여러 개의 통로가 교차되는 지점에 한 구의 시체가 놓여 있었다. 목이 베어진 시체였다. 갓 죽은 시체인 듯 베어진 목을 통해 아직도 피가 흘러나오고 있었다.

복장으로 미루어 매복해 있던 자객은 아니었다.

'누굴까?

또 한 명의 수련생이 죽었다는 생각에 그는 씁쓸한 심정으로 다가섰다. 순간 측면 통로에서 도광이 번득였다.

번―쩍!

태사린은 급히 몸을 틀며 쾌검으로 응수했다.

차아앙!

검과 칼이 교차되었다. 두 사람은 병기를 맞댄 채 서로를 직시했다.

쾌도를 펼쳐 그를 공격한 사람은 9호였다. 어둠 속에서 보여지는 안색이 유난히 차갑게 느껴졌다.

태사린은 자객이 아니라는 사실에 안도하며 건조한 미소를 지었다.

"조심해야지. 하마터면 죽을 뻔했잖아?"

9호는 강렬한 눈빛으로 그를 쏘아보고는 정면의 통로 속으로 뛰어들었다.

태사린은 잠시 얼어붙고 말았다.

'이럴 수가?'

9호의 눈빛은 평소의 무심한 눈빛이 아니었다. 무서운 살기와 음습한 기운까지 깃들어 있었다. 게다가 끔찍하게 핏발이 곤두서 있었다.

혈안(血眼)!

태사린은 과거의 끔찍한 한 장면을 떠올리며 진저리를 쳤다. 9호의 혈안이 당시 감소채를 추격해 오던 은천마국의 마인들이 지녔던 핏빛의 눈과 똑같았던 것이다.

그는 홀린 듯한 심정으로 고개를 흔들었다.

"마, 말도 안 돼!"

분명 억측이었다. 단지 혈안을 지녔다 하여 은천마국의 마인이라 단정할 수는 없었다.

물론 수련생 중에 은천마국의 첩자가 있었지만 그는 이미 죽었다. 42호를 죽인 절름발이 수련생 23호. 그는 도주할 수 없는 몸이 되자 스스로 심장을 찔러 자결했다.

그 이후 모든 수련생은 원주로부터 엄중한 심문을 받게 되었다.

3호와 35호의 말에 의하면, 원주가 직접 맥문을 쥐고 공력을 주입시켜 반응을 살펴보았다고 한다. 왜 자신에게는 그럼 검사를 하지 않았는지 모르지만 9호 역시 원주에 의해 검사를 받았을 것이다. 만일 9호에게 문제가 있었다면 원주의 능력으로 충분히 밝혀냈을 것이다.

태사린은 잠시 자신이 환각을 보았다 싶어 의혹을 지웠다.

“모두의 긴장감이 최고조에 올라 있어. 아마 눈에 핏발이 돋았을 뿐일 거야.”

그는 수급을 집어 들고 살펴보았다.

20호였다. 1조 소속으로 나이가 가장 많은 수련생이었다. 말수가 적었고, 매사에 신중했기에 아직 감점 한 번 당하지 않은 것으로 알고 있었다.

“정말 안타깝군. 뛰어난 자객이 될 인재였는데…….”

태사린은 20호의 부릅뜬 눈을 감겨주고는 수급을 베어진 목 부위에 붙여주었다. 문득 새로운 의혹이 떠올랐다.

‘17호의 말에 의하면 25호도 등에 칼을 맞고 죽었다고 했어. 한데 20호 역시 똑같이 뒤에서부터 목이 베어졌다. 사실 매복해 있는 자객들은 위협을 할 뿐 우리를 죽일 의도는 없었다.’

그는 20호의 손에 쥐어진 낫을 살펴보았다. 낫은 전혀 손상되지 않았다.

‘이상하군. 20호의 능력이라면 매복해 있는 자객의 기습을 받았다 해도 능히 접전을 펼쳤을 거야. 한데 자신의 절기를 구사하기도 전에 목이 베어지고 말았어.’

태사린은 다시 9호의 섬뜩한 혈안을 떠올렸다.

‘설마… 9호가?’

이때였다. 요란한 쇠사슬 소리와 함께 기관이 작동되는 음향이 통로를 진동시켰다.

“앗, 통로가 닫히고 있다!”

태사린은 급히 통로 한곳을 찾아 뛰어들었다.

일정 시간이 지나면 닫히기에 그전에 출구를 찾아내 탈출해야 했다.

출구가 닫히면 미로 속에서 뼈를 묻어야 할 것이다.

　벌집 같은 복잡한 통로가 조금씩 줄어들었다.

　매복해 있던 자객들도 철수했는지 더 이상 기습을 펼쳐 오지 않았다. 세 번 정도 기관이 작동됐지만 그의 행보를 막지는 못했다.

　세 갈래 통로가 하나로 합쳐지면서 잘 다듬어진 긴 복도가 보였다.

　'출구다!'

　태사린은 숨을 들이키며 복도로 뛰어들었다. 바닥으로 검고 흰 석판이 바둑판처럼 놓여 있었다.

　그그궁!

　멀리 출구의 빛이 보였고, 철문이 서서히 닫히고 있었다.

　"차앗!"

　태사린은 최대한 신법을 발휘해 뛰어갔다. 석판 하나가 철경 내려앉으며 좌우 벽에서 철침이 튀어나왔다.

　피피핑—!

　태사린은 검을 휘둘러 검막을 형성하며 그대로 돌파했다. 검막을 뚫고 여러 개의 철침이 몸속으로 파고들었지만 아픈 줄도 몰랐다.

　'제발!'

　그는 발끝에 혼신의 진기를 운집해 앞으로 몸을 날렸다.

　그그궁!

　철문이 막 닫히기 직전 그는 간발의 차이로 탈출에 성공했다. 마침내 자객관을 통과할 것이다.

　한데 안도할 새도 없이 예리한 지풍이 측면에서 날아들었다.

　태사린은 반사적으로 검을 휘둘렀지만 지풍은 이미 그의 혼혈을 찍

어버렸다. 차가운 바닥에 몸이 닿는 것을 느끼는 순간 그는 정신을 잃
었다.

2

죽음처럼 깊은 잠이었다.

얼마나 오랫동안 잠들어 있었는지 모르지만 기력이 충만했다. 눈을
감고 있어도 빛이 느껴졌다. 코끝에 와 닿는 공기도 상쾌했다.

수련생의 숙소는 확실히 아니었다. 지하 동부에 위치한 수련생 숙소
는 항상 칙칙했고, 등불의 그을음 냄새 때문에 깊은 숨을 쉴 수가 없었
었다.

태사린은 천천히 눈을 떴다.

문득 정신을 차린 그는 벌떡 일어나 앉았다. 순간적으로 자신이 너
무 깊은 잠에 빠져 소집 종소리를 듣지 못한 것은 아닌지 불안했다. 칠
년여에 걸친 수련생 시절의 습관이 아직 몸과 마음속에 배어 있었기
때문이다.

'아, 내가 자객관을 통과했었지?'

그는 비로소 마음을 놓으며 주변을 둘러보았다.

장방형의 정갈한 석실이었다. 한쪽 벽에는 서가 한 칸이 부착돼 있
었고, 선반에는 간단한 집기가 채워져 있었다.

우측으로 두 개의 창문이 외부로 나 있었다.

침상에서 내려선 그는 창문으로 다가섰다. 외부로 열린 창문이 있는
방이 있다는 것이 신기하게만 생각되었다.

창문을 통해 운무 속에 우뚝 선 봉우리들이 보였다. 그늘진 곳에 잔

설이 드문드문 남아 있었지만 완연한 봄기운을 느낄 수 있었다.

그는 봉우리들의 형태를 가늠해 현재의 위치를 측정할 수 있었다.

'그렇군. 천예사원을 둘러싼 벼랑을 파서 만들어진 곳이야.'

이때 등 뒤로 문 열리는 소리가 들려왔다.

태사린은 반사적으로 고개를 돌렸다. 붉은 경장 차림의 여인이 요염한 미소를 짓고 있었다.

"방은 마음에 들어?"

"교두님……."

"임마, 아직도 교두 타령이냐? 난 십대천살 중 두 번째이니 이천살(二天煞)로 호명하면 돼. 갑영은 대천살(大天煞)이지."

을화는 팔짱을 낀 채 방을 둘러보았다.

"네 방이니 알아서 꾸며."

"여기가… 제 방이라고요?"

"그래. 당당히 자객이 됐으니 자신의 방을 가질 자격이 있지. 뭐, 싫으면 내 방에서 함께 자도 되고."

"이천살, 전 어린애가 아닙니다. 제발 애 취급은 말아주십시오."

"호호, 갓 수련생 티를 벗은 주제에 누구한테 설교야?"

을화는 태사린의 볼을 토닥거렸다.

"내 눈에 넌 아직 열세 살짜리 어린애야. 제발 데려가 달라고 떼를 쓰는 어린애 말이야."

"그만 좀 하시죠."

"녀석도 참."

을화는 그를 밀쳐 침상에 앉혔다.

"몸은 어때? 힘이 넘치지?"

태사린은 굳이 운기를 하지 않아도 충만한 기력을 느낄 수 있었다.

"내공이 꽤나 증진된 것 같습니다."

"그럴 거야. 자객관을 통과한 아홉 명 모두에게 현명신단(玄明神丹)을 먹여주었지. 게다가 사대금살이 추궁과혈을 펼쳐 너희들의 공력을 증진시켜 준 거야."

"그렇군요."

을화는 창문가에 기대섰다.

"한데 너한테는 특별한 기운이 있다 하더군. 어렸을 적 무슨 영약이라도 복용했냐?"

태사린은 감소채의 보혈을 떠올리며 쓴웃음을 지었다.

"피를 좀 마신 적이 있습니다."

"피? 설마 전설의 붕란지혈(鵬鸞之血)을 마신 것은 아니겠지?"

"붕란지혈? 그게 뭐죠?"

"붕란은 신비로운 영조(靈鳥)야. 그 피를 마시면 인간 한계를 돌파하는 공력을 보유할 수 있고, 금강불괴지신을 이룰 수 있어. 하지만 아무도 붕란을 본 적이 없으니 그냥 전설일 뿐이지."

"그런 피는 본 적도 없습니다. 저는 사람의 피를 마셨습니다."

"뭐? 사람의 피?"

을화의 표정이 묘하게 변했다. 그녀는 자신이 희롱당했다 싶었는지 눈에 쌍심지를 돋았다.

"네가 감히 날 놀려?"

"사실입니다. 얘기가 기니 나중에 말씀드리죠."

태사린은 문득 자객관 내에서 죽은 20호를 떠올리며 물었다.

"이천살, 모두 몇 명이 통과했습니까?"

"아홉 명. 네가 마지막이었지. 난 네가 통과하지 못하는 줄 알고 정말 가슴 졸였어."

태사린은 적이 마음이 놓였다.

'아홉 명. 그렇다면 25호와 20호를 제외하고는 모두 통과했구나. 3호와 35호도 무사히 통과했어.'

그는 을화의 의심을 사지 않기 위해 대수롭지 않은 표정으로 물었다.

"자객관에서 죽은 두 명은 어떻게 되는 겁니까?"

"지하 수련관은 당분간 모두 폐쇄돼. 훗날 새로운 수련생을 받게 되면 전면적으로 수리를 하고 개조하지. 유감스럽지만 죽은 두 녀석은 해골이 돼 있을 거야."

"그렇겠군요."

태사린은 잠시 갈등했다.

20호의 죽음은 확실히 의문이 짙다. 그가 의문을 제기해 조사가 이루어지면 9호가 유력한 용의자가 된다. 그러나 9호가 정당방위로 둘을 살해한 것이 확인된다면 9호와는 씻을 수 없는 원한만 쌓게 된다. 또한 수련생들 간의 신뢰가 깨지면서 내부적인 결속이 무너질 수 있다.

'공연히 소란을 피우지 말자. 확실치도 않은데 9호를 의심해서는 안돼. 수련생들이 마침내 자객관을 통과한 경사스러운 날인데.'

그는 의혹을 떨쳐 내고는 주변을 두리번거렸다.

탁자 위에 두 벌의 푸른 경장이 올려져 있었다. 그는 경장을 집어 들고는 돌아섰다.

"옷을 갈아입어야 하니 나가주십시오."

"그냥 갈아입어, 새끼야. 네 알몸 한두 번 봤어?"

“이천살, 저는 이제 수련생 44호가 아닙니다. 천예사원의 당당한 자객으로 대접해 주십시오.”

을화는 기가 막힌 듯 헛웃음을 쳤다.

“홋, 기껏해야 지살에 보충될 녀석이 감히 천살에게 명령을 해?”

그녀는 재미있다는 표정을 지으며 돌아섰다.

“알았어. 어서 갈아입고 명왕전(冥王殿)으로 집결해. 노인네가 자객명을 수여하실 거다.”

태사린은 옷을 갈아입으면서 점잖게 타일렀다.

“그 호칭도 고치십시오. 원주님께 노인네가 뭡니까?”

을화는 말똥말똥 그를 바라보다가 공손히 손을 모았다.

“알겠습니다, 아직 자객명도 받지 못한 신참내기님.”

“알았으면 물러가시오.”

태사린이 능청스럽게 응수하자 을화는 이를 빠드득 갈았다.

“요 새끼, 어디 두고 보겠다!”

그녀는 방을 나서며 세차게 문을 닫았다.

태사린은 소리없는 웃음을 터뜨렸다.

너무도 유쾌한 기분이었다. 엄격한 수련생 규칙을 지키지 않아도 됐기에 너무도 홀가분했다. 물론 별도로 자객 수칙이 주어지겠지만 아직은 수칙을 받기 전이었다. 한껏 을화를 놀려준 그는 벽에 부착된 동경 앞에 섰다.

자신의 모습을 본 그는 깜짝 놀랐다.

수련생 시절 자신의 모습에 대해 한 번도 신경을 써본 적이 없기에 자신이 이렇듯 성장했는지 처음 알았다. 약간 마른 체구였지만 단단한 근골을 느낄 수 있었다. 양 볼이 다소 홀쭉했고, 안색이 지나치게 창백해 보기에 썩 좋은 모습은 아니었다.

"햇볕을 받으면 혈색은 회복될 거야. 며칠 잘 섭생하면 살도 좀 붙겠지. 이런 모습은 너무 눈에 띈다. 평범하게 보여야 돼. 아무런 특색도 없는 평범한 모습. 그래야 유령과 같은 자객이 될 수 있어."

넓은 지하 광장에는 아담한 석전이 세워져 있었다. 검은 대리석으로 쌓아 올린 전각은 웅장하면서도 신비로워 보였다.

하얀 편액에 붉은색의 세 글자가 새겨져 있었다.

冥王殿!

명왕전은 불문에서 얘기하는 지옥십대명왕이 거주하는 장소를 말한다. 세상 사람들이 흔히 말하는 염라대왕(閻羅大王)도 십대명왕 중 하나다.

명왕전 돌 계단 아래에 긴 탁자가 놓여져 있었고, 그 탁자 위에는 아홉 자루의 병기가 가지런히 진열돼 있었다.

자객관을 통과한 아홉 명의 수련생은 다소 상기된 모습으로 명왕전을 향해 서 있었다. 자객관을 앞에 두고는 긴장과 불안으로 몸을 떨었지만, 지금은 감격과 흥분으로 몸을 떨었다.

35호는 가운데 서서 태사린과 3호의 손을 꼭 쥐었다.

"형, 누나, 이제 이렇게 불러도 되는 거지?"

3호가 조용하게 타일렀다.

"35호, 자객 수칙은 수련생 수칙보다 더 엄격할 거야. 하지만 어느 정도 자유로운 생활이 용납될 테니 사적인 자리에서는 괜찮겠지. 지금은 엄숙한 자리이니 너무 들뜨지 마."

"나도 많이 참는 중이야. 마음 같아서는 통쾌한 웃음을 마구 터뜨리고 싶은데 말이야."

이번에는 태사린이 그의 흥분을 가라앉혔다.

"35호, 원주님이 아무리 인성을 강조하셨지만 우리는 자객이야. 감정을 절제해야 하는 것은 기본 수칙이다."

"알았어."

35호는 그제야 웃음기를 거두며 엄숙한 표정을 지었다.

잠시 후 석전 안에서 갑영과 을화를 대동한 원주가 나섰다.

그는 평소와 달리 자색 도포에 검의 피풍의를 두르고 있었다. 표정은 근엄했고, 형형한 눈빛이 압도적이었다.

원주는 수련생들을 쓸어보고는 고개를 끄덕였다.

"너희는 천예사원 제4기 자객이다. 이제부터 너희에게 자객명과 병기를 수여할 것이다. 특히 성적이 가장 뛰어난 수련생에게는 일(一)의 영예가 주어질 것이다."

그는 소매 속에서 두루마리를 꺼내 탁자에 내려놓았다.

"3호, 나오너라."

"예, 원주님."

호명을 받은 3호가 탁자 앞에 서며 깊숙이 읍을 올렸다.

원주는 손을 뻗어 채찍을 집어 들었다.

"너의 성적은 아홉 번째다. 무공이 약하고 침투 능력이 미흡하지만, 지략이 뛰어나고 지형 숙지가 비상하니 동료를 지원하는 데에는 부족함이 없으리라 본다. 너의 자객명은 다훼(多卉)다."

을화가 술을 한 잔 따라 건넸다.

"축하한다, 다훼."

"감사합니다, 이천살."

을화가 술잔을 비우고 내려놓자 원주는 채찍을 하사했다.

"다훼, 너를 지살자객으로 임명한다."

채찍을 받은 3호 다훼는 정중히 삼배를 올렸다.

"충성을 다하겠습니다."

이어 두 번째로 호출을 받은 35호가 탁자 앞으로 다가섰다.

원주는 단창을 집어 들었다.

"너는 어린 나이에도 불구하고 당당히 자객 36관을 모두 통과했다. 마음이 여려 결단력이 약하지만 뛰어난 신법이 너를 지켜줄 것이니, 경험을 통해 부족함을 보완토록 해라. 너의 자객명은 창비(槍飛)다."

을화가 술잔을 건네며 미소를 지었다.

"축하한다, 창비."

"감사합니다."

35호 창비는 다소 들뜬 표정으로 술잔을 비웠다.

원주는 손에 쥔 단창을 비틀어 장창으로 변환시켰다.

"창비, 너를 지살자객으로 임명한다."

길고 짧게 변환되는 창을 받아 든 35호 창비는 감격에 젖어 배례를 올렸다.

"제자 창비, 충성을 맹세합니다."

이어 수련생들이 차례로 호명되어 자객명과 병기를 하사 받았다.

장족 출신의 수련생 12호의 자객명은 묵궁(默弓)이었다. 그는 단궁과 화살통을 품에 안고는 감격의 눈물을 글썽거렸다.

17호가 일곱 번째로 호명되었다.

원주는 허리띠 형태의 연검을 집어 들었다.

"너는 속임수와 시기심이 많지만 집요한 성격으로 이 자리에 서게 되었다. 너의 빼어난 용모는 단점이자 결점일 수 있다. 심성을 닦는 데 각별히 노력해야 할 것이다."

"명심하겠습니다, 원주님."

"너의 자객명은 교교(狡狡)다. 지살자객으로 임명한다."

술잔을 비우고 연검을 받아 든 17호 교교는 정중히 절을 올렸다.

"충성을 맹세합니다."

이제 남은 수련생은 둘이었다.

44호 태사린과 9호. 그들 중 한 사람에게 수석을 의미하는 일(一)의 영예가 주어질 것이다.

9호가 먼저 호명되었다.

"너는 자객으로 가장 완벽한 능력을 지녔다. 어린 나이에 무심의 경지를 이루었고, 무공 또한 뛰어나다. 하지만 너무 일찍 자신을 완성하면 그릇은 크지 않은 법이다. 겸허함을 갖고 네 자신을 높이 키우도록 힘써라."

"명심하겠습니다."

원주는 그에게 검은 가죽에 싸인 긴 칼을 건넸다.

"너의 자객명은 일도살(一刀殺). 너를 천살자객에 임명한다."

새로 지살자객으로 임명된 자객들이 나직이 탄성을 발했다. 교교는 당연하다는 듯 웃음을 지으며 고개를 끄덕였다.

9호가 당당히 일도살이란 자객명을 받고 지살자객보다 높은 직급을 받게 되자 창비는 쓴입맛을 다시며 다훼를 바라보았다. 그는 태사린에게 일(一)의 영예가 주어지지 않을까 내심 희망했던 것이다.

원주는 일도살을 들여보내지 않고 마지막으로 태사린을 호명했다. 태사린은 일도살 옆으로 서며 공손하게 읍을 올렸다.

원주는 자색 검집에 싸인 검을 집어 들었다.

"44호, 너는 뛰어난 친화력과 통솔력으로 휘하 조원들을 잘 이끌어 자객 36관을 통과시켰다. 무공의 부족함은 깊은 통찰력으로 대신할 수 있을 것이다."

"명심하겠습니다."

"너의 자객명은 일검향(一劍香)이다. 너를 천살자객에 임명한다."

검을 하사 받은 태사린은 가슴 뜨거운 감동에 젖었다.

일검향(一劍香)!

그 이름을 수여받는 순간 칠 년여의 고된 수련을 잊을 수 있었다. 비록 아홉 명의 생존자만 남았지만 당당히 공동 수석으로 수료를 마쳤기에 더 감격스러웠다.

태사린과 일도살은 정중히 배례를 올렸다.

"충성을 맹세합니다."

원주는 신입 자객들은 둘러보고는 숙연한 표정을 지었다.

"본래 자객 임명식이 끝나면 모든 자객들이 참석한 연회에서 상견례를 갖는 것이 전통이었다. 하지만 지금은 비상 시국이기에 연회는 생략하고 간단한 주연으로 대신한다. 대천살과 이천살이 너희에게 자객 수칙을 전하고 자객으로서의 임무를 지시할 것이다."

말을 마친 원주는 언제나처럼 예를 받지 않은 채 석전 안으로 사라져 버렸다.

을화가 훌쩍 탁자 위로 올라섰다.

"하사 받은 병기는 너희들의 생명과 같다. 소중히 다뤄야 할 것이다.

주연석에는 병기가 필요없으니 각자 처소에 두고 소청실(小廳室)로 집 결해라. 해산!"

태사린은 하사 받은 자청검(紫靑劍)을 침상 위에 올려놓고 조용히 무 릎을 꿇었다.

"아버님, 어머님, 소자는 이제 자객의 길을 걷게 되었습니다. 복수를 위해 자객이 되었지만 이 또한 운명으로 생각하고 있습니다. 자객이 되었기에 소자의 이름을 바꾸겠습니다. 일검향. 제 이름을 일검향으로 바꾸겠습니다. 그렇다고 태사린이 죽은 것은 아닙니다."

그는 지그시 눈을 감았다.

"태사린이란 이름은 가슴속에 묻어두겠습니다. 누구도 불러주지 않 을 이름이기에 묻어둘 수밖에 없습니다. 부디 용서해 주십시오."

그는 부모의 묘소가 위치한 동쪽을 향해 아홉 번의 절을 올렸다.

일검향!
이제 그는 천예사원의 천살자객으로 새롭게 탄생된 것이다.

第9章
용이 울어야 봉황이 화답한다

"아마 맛이 형편없을 거야. 내가 요리를 했거든."

을화는 커다란 원탁에 둘러앉아 있는 신참 자객들을 쓸어보고는 말을 이었다.

"그래도 든든히 먹어둬. 내일 아침 일찍 출동해야 하니까."

창비가 눈을 동그랗게 뜨며 물었다.

"벌써요?"

"임마, 당연히 밥값을 해야지. 그동안 너희들 수련시키면서 들인 은자가 얼마인 줄 알아? 여느 자객 단체보다 열 배는 많이 들었어."

"보수는 줍니까?"

"물론 준다. 청부가 있든 없든 매월 일정 급여가 지급되며, 임무를 완수했을 때에는 상당한 보수가 주어질 것이다."

창비가 닭 튀김을 우물거리며 고개를 끄덕였다.

“생각보다 괜찮은 직업이군요?”

“그렇게 생각해? 하기는 매번 척살에 성공하고 무사히 탈출한다면 괜찮은 직업이라 할 수 있지.”

을화는 술을 한 잔 입에 털어 넣었다.

“곧 겪어보면 알겠지만 우리 천예사원의 살인 청부는 상당히 힘겹다. 살인 전문가들인 자객 단체에서 포기한 척살이기에 신중을 기할 수밖에 없다. 물론 대부분의 척살은 무공만으로 해결되지 않는다. 침투, 척살, 퇴각은 치밀한 작전에 의해 이루어져야만 한다.”

좌중의 분위기가 다소 무거워졌다.

고된 수련을 거쳐 갓 자객이 된 그들은 혹독한 수련 과정 하나하나가 그들의 생명과 직결된 훈련임을 깨닫게 되었다.

을화는 분위기를 환기시키기 위해 장난기 어린 표정을 지었다.

“경험이 가장 중요해. 겪어보기 전에 미리 겁먹을 필요는 없다. 처녀가 첫날밤이 두렵다고 혼례를 올리지 않을 수는 없잖아?”

창비가 실소를 지으며 말을 받았다.

“이천살의 구변은 참으로 멋들어지십니다.”

“한데 왜 네놈만 지껄이는 거야? 다른 녀석들은 모두 꿀 먹은 벙어리냐?”

교교가 심드렁하게 대꾸했다.

“전 아직 꿀을 못 먹어봤습니다.”

좌중에서 가벼운 웃음이 흘러나왔다.

을화는 사내처럼 호탕한 웃음을 터뜨렸다.

“호호호, 17호, 아니, 교교. 난 네가 어렸을 때 꿀을 많이 훔쳐 먹어 몸에서 단내가 나는 줄 알았는데?”

“어마, 제 체향이 그렇게 향기로운가요?”

“사실이야. 너무 달콤해서 역겨울 정도지만.”

노골적인 비아냥거림에 교교의 눈꼬리가 샐쭉 치켜 올라갔다.

을화는 시답지 않은 얘기로 대화를 이끌었고, 신참 자객들은 대부분 음식을 먹으면서 듣기만 했다.

일검향은 힐끗 갑영을 보았다.

갑영은 간간이 술잔을 비우고 안주 삼아 요리를 한 점 우물거릴 뿐 도통 입을 열지 않았다. 물론 그가 한마디도 하지 않은 것은 이 자리뿐만이 아니었다. 지살교두를 대신해 수석 교두로 부임한 이래 한 번도 말을 한 적이 없었다.

‘분명 벙어리는 아니다. 듣는 능력은 정확해. 혹시 아혈이라도 다친 것일까? 만일 정상인으로서 이렇게 함구하고 있다면 대단한 묵언 수행이 아닐 수 없어.’

신임 자객들을 위한 축하 주연은 을화의 독무대로 끝나가고 있었다. 그녀의 요리는 생각보다 훌륭했기에 대부분의 접시는 모두 비워졌다.

을화는 흐뭇한 표정으로 식탁을 둘러보고는 손을 내저었다.

“대충 치우고 설거지해라.”

“설거지요?”

창비가 떨떠름한 표정을 짓자 을화가 톡 쏘아붙였다.

“그럼 내가 해?”

“아, 아닙니다.”

“누가 꼴찌로 통과했지? 앞으로 임무 수행 여하에 따라 서열이 바뀌겠지만 그전에는 관문을 통과한 성적이 서열이다.”

다훼는 자신이 가장 낮은 서열임을 알기에 설거지를 자청했다.

“제가 하겠습니다.”

“그래, 네가 꼴찌지? 혼자서는 힘들 테니 한 명 더 나서.”

창비가 볼멘 표정으로 음식 접시를 주섬주섬 거둬들였다.

“다음은 접니다.”

“너일 줄 알았어. 둘만 남고 나머지는 해산.”

신임 자객들은 갑영과 을화에게 가볍게 예를 올리고는 각자의 처소로 향했다.

일검향은 다휘와 창비를 돕기 위해 함께 식탁을 치웠다.

“검향은 그만둬.”

을화가 손을 저어 만류했다.

“넌 일검향이야. 노인네, 아니, 원주님이 네게 일의 영예를 부여하셨어. 게다가 넌 직급이 천살자객이야. 수련생 시절에 너를 지도했던 교두들인 지살자객도 너한테는 예의를 갖춰야 돼. 무슨 말인지 알겠어?”

“이천살, 서열을 무시하려는 것이 아닙니다. 그저 친구들을 돕고자 할 뿐입니다.”

“잠깐 앉아 있어. 네게 할 얘기가 있으니까.”

일검향은 한쪽으로 접시를 치워놓고는 그녀 옆에 앉았다.

다휘와 창비가 접시를 안아 들고 주방으로 향하자 을화가 목소리를 낮추었다.

“어서 명왕전으로 가봐. 애들 눈에 띄지 않게 은밀하게 움직여.”

“……?”

잠시 의아해하던 일검향은 이내 그 이유를 알아채고는 얼른 자리에서 일어섰다.

을화는 한 손으로 턱을 괴며 중얼거렸다.

"거 이상하네? 왜 갓 자객이 된 녀석을 별도로 부른 걸까? 노인네가
여태 나한테 숨긴 비밀은 없었는데?"

명왕전 안은 조용했다.

바닥과 벽은 온통 검은색이고, 간간이 흰색 대리석이 장식돼 있어
극반의 대조를 이루었다. 복도는 아주 조용해 걸음을 옮기기가 겁날
정도였다.

커다란 문에는 현무(玄武)의 형상이 양각돼 있었다.

일검향이 인기척을 내기도 전에 안에서 원주의 음성이 들려왔다.

"들어오너라."

일검향은 옷을 단정히 여미고는 안으로 들어섰다.

넓은 대청은 무공을 수련하는 연공실로 보였다. 한쪽 벽에는 수십
가지의 병기가 진열된 병기대가 세워져 있었고, 두 개의 벽면은 서가로
채워져 있었다.

원주는 둥근 석대 위에 단정히 앉아 있었다.

석대 앞으로 다가선 일검향은 무릎을 꿇으며 예를 올렸다.

"찾으셨습니까?"

원주는 천천히 시선을 내렸다.

"오냐. 네가 당당히 자객이 되었으니 너와의 약조를 지켜야겠다."

일검향은 깊이 숨을 들이켰다.

"말씀해 주십시오."

"노부가 네 부모의 시신을 직접 보지 못해 단정하기는 어렵다. 하지
만 그렇듯 빠른 쾌검과 쾌도를 지닌 자는 자객 세계에서도 백 명을 넘
지 않는다. 더군다나 혼자가 아니라 두 사람이 한 조를 이루어 그런 척

살을 해냈다는 것은 그 사례가 극히 드물다.”

“……”

“노부의 판단으로는 귀견쌍살(鬼見雙殺)일 가능성이 높다.”

일검향은 그 이름을 뇌리에 분명히 새겨두었다.

“귀견쌍살! 그들은 어떤 자들입니까?”

“그들은 어떤 자객 집단에도 속하지 않은 부부 자객이다.”

“부부 자객이오?”

“그렇다. 부부가 동시에 자객으로 나서는 경우는 흔치 않지. 남편이 쾌검의 고수이고, 아내가 쾌도의 달인이다.”

원주는 지그시 눈을 감으며 말을 이었다.

“노부가 알기로 그들은 일 년에 한두 차례만 척살을 한다. 한데 최근까지 입수한 정보로는 오 년 이래 한 건의 살인 청부도 수행한 적이 없다. 하기는 최근에 실종된 사람들이 너무 많지. 그들도 그 부류에 속하는진 모르겠다.”

“실종자들이 왜 많아진 겁니까?”

“은천마국 때문이다.”

“은천마국? 그들은… 대체 그들은 누구입니까?”

“무서운 마도 집단이다. 하지만 그 거대한 실체를 정확히 아는 사람은 없다. 최근 들어 본 원과 교류를 가졌던 수많은 자객 단체들이 와해되는 바람에 정보를 입수하기도 쉽지 않다.”

원주는 천천히 눈을 뜨며 그를 굽어보았다.

“일검향, 너의 원한은 가급적 드러내지 마라. 자객으로서 자객을 죽이려 한다는 것은 쉽게 용납될 수 없는 일이다. 노부는 묵과할 수 있지만, 본 원의 자객들은 받아들이기 어려울 것이다.”

"명심하겠습니다."

"나가봐라."

일검향은 깊이 고개를 조아렸다.

"제 부모님의 원수를 밝혀주신 은혜, 백골난망입니다."

"확실치는 않으니 신중하게 행동해라. 혹시 노부가 잘못 판단했다 하더라도 원망은 마라."

"깊으신 배려에 감사드립니다."

일검향은 거듭 절을 올리고는 명왕전을 나섰다.

그는 요동치는 가슴을 주체할 수 없었다. 흉수에 대한 결정적인 단서를 찾아냈다는 생각에 피가 끓었다. 너무도 막연했기에 영원히 찾지 못할 것이라는 생각에 좌절감이 팽배했는데, 복수의 기회가 너무도 갑작스럽게 다가온 것이다.

'역시 자객이 되기를 잘했어. 자객에 대해 자객만큼 상세히 아는 사람도 없지.'

그는 힘껏 주먹을 쥐었다.

'귀견쌍살! 그들을 찾아내는 것이 급선무다. 그들이 부모님의 원수인지는 만나보면 알 수 있을 테니까!'

2

강호출도(江湖出道).

첫 임무의 부담보다는 출동 자체에 모두들 흥분되었다. 갑영과 을화를 따라나서는 자객은 모두 네 명이었다.

일검향, 다훼, 창비, 묵궁.

그들과 함께 수련 과정을 겪은 다섯 명의 자객은 다른 천살자객과 함께 이미 출동한 상태였다. 천예사원에 들어올 때는 혼절한 상태였기에 그들 스스로 생사철교를 건너보기는 처음이었다.

네 명의 신입 자객은 갑영과 을화를 따라 운무 속에 숨겨진 봉우리를 찾아 몸을 날렸다.

짙은 운무는 시야가 오 장밖에 되지 않았다. 만일 두 천살자객의 인도가 없었다면 징검다리와 같은 봉우리를 찾아내는 데만도 진땀을 흘려야 했을 것이다.

철그렁! 철그렁!

한줄기 쇠사슬이 운무 저편을 향해 뻗어 있었다. 갑영이 먼저 쇠사슬을 밟으며 운무 속으로 사라졌다.

을화가 생사철교 옆에 서서 신입 자객들에게 엄포를 놓았다.

"떨어지면 개죽음이다. 밥값은 한번 해야 하니까 조심해서 건너."

"걱정 붙들어 매십시오."

신법에 가장 자신이 있는 창비가 먼저 몸을 날렸다. 단숨에 칠 장을 건너뛴 그는 생사철교를 힘차게 밟고는 몸을 말아서 운무 속으로 사라졌다.

이어 단궁, 다훼, 일검향이 차례로 생사철교를 건넜다. 을화는 신입 자객들이 무사히 생사철교를 건넜음을 확인하고는 맨 나중에 건넜다.

생사철교는 한 개가 아니었다.

징검다리 같은 봉우리 사이가 넓은 곳은 생사철교를 거치지 않고 달리 건널 방법이 없었다. 일검향 일행은 다섯 개의 생사철교를 건너서야 비로소 세상이라고 할 수 있는 벼랑 위에 내려설 수 있었다.

그들은 벼랑 위에 서서 천예사원이 숨겨진 봉우리를 찾아보려 했지만 불가능한 일이었다. 희뿌연 운무 저편으로 뾰족한 검봉이 몇 개 보일 뿐이었다.

일검향은 감탄을 금치 못했다.

"과연 저 안에 천예사원이 숨겨져 있는 줄 누가 짐작이나 하겠어? 원주님께서 저런 절지를 찾아냈다는 것이 정말 놀라워."

다훼 역시 혀를 내둘렀다.

"천혜(天惠)의 험지야. 백만 대군이 몰려와도 천예사원을 넘보기는 불가능해."

을화가 길을 재촉했다.

"감탄은 귀환하는 길에도 얼마든지 할 수 있어. 어서 하산하자."

일검향은 을화의 설명을 듣고 비로소 천예사원이 사천성 횡단준령 어딘가에 위치해 있음을 알게 되었다. 워낙 첩첩산중이라 한나절을 꼬박 달려서야 그들은 사천 분지에 이르게 되었다.

한창 신록이 우거진 드넓은 사천 분지에는 수많은 양과 소, 야크, 말이 무리를 지어 방목돼 있었다.

드문드문 민가가 보이자 을화는 일행을 멈춰 세웠다.

"우리가 유람할 장소는 천자산(天子山)이다. 경치가 볼 만하지."

창비가 의아한 표정으로 물었다.

"유람이요? 임무 수행이 아니고요?"

"임마, 너, 사람들이 물으면 뭐라고 대답할 거냐? 사람 죽이러 간다고 말할 거야?"

"무, 물론 아니죠."

을화는 네 명의 자객을 향해 빠르게 말했다.

"집결 장소는 천자산에서 남쪽으로 삼십 리 정도 떨어진 곳에 위치한 무릉장(武陵莊)이다. 이름은 근사하지만 막상 가보면 형편없다는 것을 알게 될 거다. 그 지역이 무릉원이기에 대충 지은 거야. 정확히 보름 후 그곳으로 집결한다."

창비가 당황한 모습으로 물었다.

"이천살, 함께 가는 것이 아닙니까?"

"우리가 뭐, 떼도둑이냐, 우르르 몰려다니게? 나와 갑영은 몇 가지 조사를 한 후 무릉장으로 가겠다. 너희들도 각기 흩어져서 다녀. 사고 치지 말고 기일 반드시 엄수해."

을화는 일검향에게 지시를 내렸다.

"검향, 네가 천살자객이니 책임지고 집결시켜. 한 놈이라도 기일 안에 당도하지 못하면 네 책임이다."

"알겠습니다."

"그럼 무릉장에서 보자."

을화가 훌쩍 몸을 날리자 갑영이 뒤를 따랐다. 두 사람은 순식간에 계곡을 가로질러 수림 속으로 사라졌다.

창비는 머리를 마구 헝클어뜨렸다.

"제기, 이런 법이 어디 있어? 이제 첫 번째 출동인데 집결지만 말해주고 가버리면 어쩌라는 거야? 천자산이 어디 있는지도 모르는데 무릉원을 알 게 뭐야?"

다휘가 그를 질책했다.

"대체 지형 숙지를 어떻게 통과했어? 천자산은 호남 서북 지역에 위치해 있어. 기암괴봉으로 유명하지. 이곳에서 대략 삼천 리 길이야."

"뭐야? 삼천 리나 되는 길을 보름 안에 당도하라고?"

묵궁은 어깨에 멘 바랑에서 사냥꾼 옷을 꺼내 들었다.

"창비, 네 날랜 발이면 보름 안에 오천 리도 주파할 수 있어. 넌 예전의 어린애가 아니잖아?"

"맞아. 난 이제 무림 고수지?"

창비는 자신의 머리를 툭툭 치다가 물었다.

"한데 사냥꾼 복장은 왜?"

"평범한 복장으로 활과 화살을 지니고 다니면 무림인으로 오해받기 쉬워. 더군다나 난 장족이라 남의 관심을 끌기 쉽지. 하지만 사냥꾼으로 변장하면 활을 지녀도 당연하다고 생각할 거야."

일검향은 크게 고개를 끄덕였다.

"좋은 방법이야. 생각 많이 했구나?"

묵궁은 공손하게 응대했다.

"물론입니다. 첫 임무부터 실수를 해서는 안 되니까요."

일검향은 어색한 표정을 지었다.

"묵궁, 편하게 말해도 돼."

"아닙니다. 검향 천살은 천살자객이십니다. 우리 지살자객들은 예의를 갖춰야 하며 명령에 복종해야 합니다. 그것이 자객 수칙입니다."

일검향은 그가 지키려는 자객 수칙을 무시할 수 없었다. 자객들 간의 위계질서는 매우 엄격해 하극상은 절대 용납되지 않기 때문이다.

일검향은 묵궁의 어깨를 다독여 주었다.

"그래, 조심해. 무릉장에서 보자."

"예, 검향 천살."

묵궁은 포권지례를 올리고는 가파른 벼랑을 타고 내려갔다.

창비가 일검향의 눈치를 살피며 물었다.

"검향 천살, 나도 그렇게 불러야 돼?"

"공적인 자리에서는 서열과 직급을 지켜야겠지. 하지만 우리만 있을 때는 그냥 형이라 불러. 나도 그게 편하니까."

"히힛, 좋아. 한데 우리는 함께 가는 거지?"

"셋이 이동하면 아무래도 이목을 끌게 돼. 난 따로 갈 테니 넌 다훼와 함께 움직여. 너 혼자 가게 하려니 마음이 놓이지 않는다."

창비는 슬금슬금 일검향에게로 다가섰다.

"난 검향 형과 함께 가고 싶은데……."

다훼가 쾌히 수락했다.

"그럼 그렇게 해. 내가 따로 갈게."

일검향이 정색을 했다.

"안 돼. 강호는 험난한 곳이야. 여자 혼자 다니면 넘보는 놈들이 많아."

"괜찮아. 내가 뭐, 교교처럼 예쁜 것도 아니잖아?"

"그래도 안 돼."

일검향은 창비를 밀어냈다.

"다훼와 함께 가. 네가 책임지고 다훼를 보호해."

"알았어. 다훼 누나는 내가 확실하게 책임질게."

"창비, 나중에는 혼자서 수천 리 길을 가서 임무를 수행해야 할 때도 있을 거야. 남에게 의지하지 말고 홀로 서는 연습을 해야 돼. 자객 36관을 통과한 너야. 수련 과정을 생각하면 힘이 될 거다."

일검향은 창비와 다훼의 손을 쥐었다.

"기일 엄수해. 무릉장에서 보자."

그는 힘있는 미소를 지어 보이고는 가파른 벼랑 아래로 몸을 날렸다. 몇 번 번득이는 사이 그는 이내 모습을 감추었다.

창비는 어깨를 으쓱해 보였다.

"쳇, 검향 형, 너무 위세 부리는 거 아냐?"

다훼는 잔잔한 미소를 머금었다.

"책임감 때문이야. 우리를 너무 사랑하니까."

창비는 드넓은 사천 분지를 내려다보며 양팔을 벌렸다.

"와아, 이게 정말 세상이로군! 이렇게 넓은 광경은 처음 봐!"

"창비, 너, 말 타봤어?"

"아니, 누나는?"

"나도 아직. 하지만 배워야지."

"말을 타고 가게?"

다훼는 수백 마리의 말이 몰려다니는 마장 쪽을 바라보았다. 두 눈에 아련한 회상의 빛이 감돌았다.

"어렸을 적부터 말을 꼭 한 번 타고 싶었어. 난 마구간을 청소하고 말을 목욕시키기만 했거든."

"누나……?"

"가자. 이제는 남이 깨끗하게 목욕을 시켜놓은 말을 타보고 싶어."

3

성도(成都)는 사천성의 성도(省都)답게 아주 번화했다.

사천의 고산준령 속에서도 성도평원은 기름진 옥답으로 유명했고, 물산이 풍부해 예로부터 도읍지에 걸맞는 명당이기도 했다. 전통의 무림 세가인 사천당문(四川唐門)도 이곳 성도에 위치했다.

청명절(淸明節)을 맞이한 성도 양민들은 잠시 농사일을 접고 야외로 나들이를 나가 봄기운을 들이키며 즐거운 하루를 보내고 있었다.

사람들은 저마다 버드나무를 꺾어 머리에 꽂고 있었다. 이는 버드나무 가지가 사악한 기운을 쫓는다 하여 비롯된 삽류(揷柳)라는 의식이었다.

성도로 향하는 관도를 따라 무수한 수레와 마차가 교차되고 있었다. 사람들의 왕래는 끊이지 않았고, 성도에 인접할수록 인파가 늘어났다.

사람들의 왕래가 빈번한 곳에 반드시 세워지는 것이 먹거리 장터였다.

성도 외곽에도 노천 반점들이 향기로운 기름 냄새를 풍기며 행인들을 유혹하고 있었다. 또한 각종 풍물을 파는 좌판이 벌어졌고, 혼자 흥에 겨워 재주를 뽐내는 악사들의 음률도 드높았다.

푸른 경장의 청년은 인파에 섞여 천천히 성도 성으로 향하고 있었다.

깔끔한 모습이 처음 보면 호감을 주지만 두 번 보면 잊혀질 평범한 용모였다. 청년도 머리 한쪽에 버드나무 가지를 꽂고 있었다.

그는 주변의 볼거리와 소란에 연신 두리번거리며 흥미를 보였다. 아마도 성도를 처음 방문하는 사람이거나 촌뜨기로 보였다. 행색으로 미루어 상인은 아니었고, 단순한 유람객인 듯싶었다.

허리춤엔 자줏빛 검집의 검을 차고 있었는데 장삼 자락에 가려져 있어 잘 드러나지는 않았다.

청년은 바로 일검향이었다.

사천 분지를 따라 남하 도중 잠시 성도에 들른 것이다. 천자산까지는 아직 십이 일이나 남았기에 여유가 있었다.

‘대단하군. 이렇게 큰 성시는 처음이다.’

호북의 자그마한 현에서 살아온 그였기에 성도의 번화함에 취한 것도 무리가 아니었다. 물론 그가 단순히 유람을 즐길 요량으로 성도를 찾은 것은 아니었다.

천예사원에서 그는 다양한 무공과 재예, 병법을 비롯한 학문을 습득했지만 강호무림에 대해서는 별반 들은 바가 없었다.

물론 그가 각대 문파와 군웅들에 대한 기록들을 상세히 읽었다면 무림 상황을 충분히 머리 속에 그려낼 수 있었을 것이다. 하지만 매번 관문을 통과하는 수련이 중요했기에 수련과 무관한 지식에는 그다지 관심을 기울일 수가 없었다.

'백문이 불여일견이라 했어. 내 눈으로 직접 경험하는 것이 가장 정확한 정보다.'

정보 수집은 역시 인파가 붐비는 장터와 객잔이 제격이다. 그는 시장하기도 해서 노천 반점을 향해 사람들 사이를 헤집었다.

일순 그는 누군가의 손이 자신의 품을 스쳐 가는 것을 피부로 감지할 수 있었다.

사실 사람들 사이를 비집고 지나는 와중이었기에 여간해서는 감지하지 어려운 일이었다. 하지만 인간 한계에 이른 오감을 수련한 그였기에 순간적으로 감지해 낸 것이다.

'좀도둑이로군.'

그는 허전한 감촉으로 은자 주머니가 없어진 것을 알았다.

절로 실소가 흘러나왔다. 아무리 자객 초년생이라지만 좀도둑에게 은자를 빼앗겼다는 것은 수치스러운 일이었다.

'내가 그렇게 만만히 보였나?'

어찌 생각하면 냉혹한 자객의 기운을 완전히 감추었다고 볼 수도 있었다. 그는 인파 속으로 사라지는 허름한 옷자락을 대번에 찾아냈다.

헝클어진 반백의 머리카락을 새끼줄로 묶은 노인이 헛기침을 하며 노천 반점 사이의 으슥한 좁은 골목으로 향하고 있었다. 비렁뱅이에 가까운 행색에 몰골까지 추레했다.

그는 빠르게 주변을 살피고는 얼른 소매 속에서 비단 주머니를 꺼내 들었다. 주머니 속에서는 두둑한 은자와 약간의 금, 그리고 귀한 보석까지 몇 개 들어 있었다.

노인은 횡재를 했다 싶어 입이 귀밑까지 찢어졌다.

"헐헐, 어젯밤에 뒤간에 풍덩 빠지는 꿈을 꾸더니 운수대통이로다. 한동안 실컷 계집을 품고 술이나 퍼마실 수 있겠군."

추레한 노인이 바로 일검향의 은자를 훔친 좀도둑이었던 것이다.

한데 그때 등 뒤에서 담담한 음성이 들려왔다.

"술값은 넉넉히 드리겠소. 갈 길이 머니 여비라도 조금 돌려주시오."

깜짝 놀란 노인이 급히 몸을 돌렸다. 푸른 경장 차림의 청년은 노인이 눈여겨보았던 촌뜨기였다.

그는 자신의 투도술(偸盜術)을 자부했기에 발각되리라고는 꿈에도 생각지 못했다.

"무, 무슨 말을 하는 겐가? 남이 들으면 내가 도둑놈인 줄 알겠구먼? 젊은 사람이 그래, 할 짓이 없어 늙은이 돈을 뺏으려 하는가?"

노인은 적반하장으로 그를 꾸짖으며 비단 주머니를 품속에 쑤셔 넣었다.

일검향은 은자를 도둑맞은 사람치고는 너무나 태연했다.

"노인장, 주머니 안쪽에는 내 이름이 수놓아져 있소. 관청에 가서 시비를 가리면 노인장은 영락없이 도둑으로 지목돼 투옥될 것이오."

노인장은 입맛을 쩍 다시며 연신 일검향을 훑어보았다.

"촌뜨기치고는 여간내기가 아니로군."

그는 더 이상 발뺌을 해도 소용없음을 알고는 비단 주머니를 건네주었다.

"헐헐, 그냥 재미 삼아 한번 훔쳐 본 걸세. 곧 돌려줄 생각이었지. 이 늙은이가 잠시 갖고 있어야 흉악한 도둑놈들이 자네를 노리지 않을 테니 말일세."

그는 낯짝 두껍게도 손을 내밀었다.

"자, 술값은 두둑이 준다 했으니 어서 한 덩이 건네게나."

"알겠소."

일검향은 기꺼이 은자 한 덩이를 노인의 손에 쥐어주었다.

노인은 의아한 눈빛으로 그를 바라보았다.

"정말 주는 건가?"

"물론이오."

"내가 자네 품에서 은자를 훔쳤는데도 화나지 않는가?"

"은자만 훔쳤기에 다행이오. 만일 내 목숨을 훔쳤으면 어쩔 뻔했소?"

노인은 허리를 뒤로 꺾었다.

"헐헐헐! 이제 보니 촌뜨기가 아니라 대장부로군. 내 평생 실수한 적이 없는데 오늘 단단히 임자를 만났네그려."

그는 앞서 골목을 나섰다.

"가세. 내 자네에게 크게 한턱 쓰겠네."

점심 무렵이 지나서인지 노천 반점은 다소 한가해 보였다.

노인은 훔친 주머니를 돌려주고 받은 은자를 갖고 마치 자신이 한턱을 쏘는 듯 의기양양해했다. 그는 은덩이를 내려놓으며 술을 단지째 주문하고 푸짐한 안주를 요구했다.

"술부터 가져오너라! 모처럼 목구멍의 때를 씻어야겠다!"

그는 누런 이를 드러내며 자신을 소개했다.

"헐헐, 노부는 엽운표(葉雲彪)라 하네."

"소생은 검향이오."

"검향? 어째 기녀 년 이름 같군."

엽운표는 손가락을 하나씩 꼽아보았다.

"화향, 유향, 난향, 단향, 월향… 헐헐, 그래도 검향은 없군."

두 점소이가 낑낑거리며 술을 단지째 가져왔다.

엽운표는 커다란 대접으로 연신 석 잔을 들이키고는 고약한 트림을 했다.

"꺼억! 이제야 조금 살 것 같군."

그는 일검향 앞에 술 한 대접을 내려놓았다.

"쭉 들이키게."

일검향은 잠시 망설였다.

그는 술을 마셔본 적이 거의 없었다. 자객관을 통과한 후 몇 잔 마셔본 것이 전부였다. 그렇다 해도 건장한 청년으로 술을 마다할 수는 없었다.

그는 대접을 들어 벌컥벌컥 들이켰다.

뱃속이 뜨거워지며 정신이 핑 돌았다. 아주 독한 술이었다. 아니, 술을 많이 접하지 못한 그였기에 독하게 느껴질 수밖에 없었다.

엽운표는 탁자에 놓인 오리구이를 게걸스럽게 먹어대다가 기름이 묻은 손가락을 쪽쪽 빨면서 물었다.

"성도에 무슨 용무가 있어 온 건가?"

"그냥 유람 차 왔소."

"헐헐, 노부가 반반한 계집을 하나 소개해 줄까? 소홍(蘇鴻)이라고, 성도에서 아주 유명한 기녀일세. 그년과 한 번 잠자리를 가지면 다음 날 두 발로 걸어나올 수가 없다네."

노인은 도둑질뿐만 아니라 주색(酒色)에도 도가 튼 듯싶었다.

일검향은 실소를 지으며 고개를 저었다.

"계집은 별 취미가 없소."

"이런, 알고 보니 쑥맥이로군? 그래, 사내대장부가 계집을 마다해? 내 자네 나이 때는 하루라도 계집을 품지 않으면 아랫도리에 불이 났다네."

한데 이때였다.

두두두—!

자욱한 흙먼지를 일으키며 한 떼의 무리가 급박하게 말을 몰아 달려오고 있었다.

"비켜라!"

앞에 선 자들이 채찍을 휘두르자 관도 위를 오가던 수레며 마차가 급히 길 좌우로 비켜섰다. 미처 피하지 못한 사람들은 채찍에 맞아 나가동그라졌고, 수레와 마차는 그들이 휘두르는 채찍에 박살이 났다.

기세가 지극히 흉험했다.

그들은 붉은 피풍의를 휘날리며 그대로 관도를 따라 질주했다. 누구도 그들의 앞을 가로막지 못했다.

일검향은 무심코 그들을 바라보다가 눈을 번쩍 떴다.

'아니, 저들은?'

우람한 체구의 장한들은 하나같이 체구가 당당했다. 형형한 눈빛과 불쑥 불거진 태양혈로 미루어 상당한 내가 고수로 보였다. 특이하게도 미간에 단풍잎 형태의 붉은 문장이 새겨져 있었다.

'은천마국!'

미간의 문장은 분명 은천마국 마인들의 표식이었다. 하지만 마인들 특유의 섬뜩한 붉은 눈이 아니었다. 눈빛은 강렬해도 정상인의 눈이었다.

십여 명의 장한은 흙먼지를 남긴 채 성도 쪽으로 사라졌다.

급히 좌우로 비켜선 채 숨을 죽이고 있던 행인들과 상인들은 겨우 안도를 하며 다시 관도로 올라섰다. 다친 사람이 여럿이었고, 박살난 수레며 마차도 다섯 대나 되었지만 누구 하나 큰 소리로 불만을 토로하지 못했다. 그저 불운을 탓하는 듯 한숨만 지을 뿐이었다.

엽운표는 연신 혀를 차며 술 대접을 집어 들었다.

"쯧쯧, 어떻게 이런 세상이 되었는가? 해는 해가 아니고, 낮은 낮이 아니야. 사악한 어둠이 낮을 갉아먹건만 아무도 나서지를 못하니……."

일검향이 의아한 표정으로 물었다.

"엽 노인, 저들은 대체 누구요? 저들의 행패에 대해 왜 아무도 불평 한마디 못하는 것이오?"

엽운표가 오히려 그를 이상하게 보았다.

"자네, 대체 어디서 온 사람인가? 마국을 등에 업은 쥐새끼들을 모른단 말인가?"

"은천마국을… 말하는 것이오?"

"왜 아니겠나? 세상에 마국으로 불릴 곳은 은천마국뿐이지. 별 쓰레기 같은 놈들이 마빡에 낙인(烙印)을 찍고는 마국의 제자로 행세하고 다닌다네. 그런 놈들을 잔마대(殘魔隊)라 하네."

"그럼 아까 지나간 놈들은 잔마대로군요? 소생이 알기로 소림과 무당을 비롯한 명문정파들이 무림 정의를 수호한다 들었는데 어찌 보고만 있는 거요?"

엽운표는 술잔을 내리며 길게 탄식했다.

"태산북두라는 소림과 무당도 옛말일세. 마국에서 파견된 마인들에 의해 소림사의 산문(山門)이 박살난 지 오래네. 무당 역시 존엄한 해검지(解劍池)를 훼손당했지. 그런 치욕을 당했지만 소림과 무당도 감히 은천마국과 맞설 엄두를 내지 못하고 있네."

일검향은 울분을 토하는 그를 응시하며 고개를 끄덕였다.

"엽 노인은 단순한 좀도둑이 아니었구려. 아마도 세상에서 말하는 기인일 것이오. 별호가 어찌 되시오?"

"헐헐, 늙은 도둑놈이 무슨 별호가 있겠나? 노부가 보기에는 자네가 숨은 용 같구먼."

"……."

"용이란 영물은 머리는 보이지만 꼬리는 구름 속에 감춘다 들었네. 존재하되 보이지 않는 신비함. 노부는 자네한테 그것을 느꼈네. 처음 자네를 보았을 때는 분명 알아볼 수 있었지만, 다시 찾았을 때는 인파 속에 묻혀 버렸네. 그게 용이 아니고 뭐겠는가. 헐헐."

일검향은 일순 가슴이 뜨끔해졌다.

‘대단한 안목이야. 나를 정확히 파악하고 있어.’

그는 비로소 엽운표가 왜 자신의 주머니를 뒤졌는지 깨닫게 되었다.

단지 자신이 촌뜨기로 보여서가 아니었다. 의도적으로 자신에게 접근하기 위함이었던 것이다.

그는 담담히 미소를 지으며 술잔을 들었다.

“소생이 용이라면 엽 노인은 봉황이오. 울음소리는 들리지만 그 모습이 보이지 않는 봉황 말이오. 어두운 세상을 한탄하지만 말고 이제 모습을 드러내야 하지 않겠소?”

“헐헐, 용음봉명(龍吟鳳鳴)이란 말을 아는가? 용이 울어야 봉황이 화답하는 법일세. 노부는 봉황이 아닐세. 다만 봉황을 키우고 있을 뿐이지. 한데 용이 울지 않아 봉황도 그 신령스러운 울음을 가슴속에 삼키고 있다네.”

“……”

일검향은 점점 더 엽운표의 존재가 신비로워졌다.

그의 말은 불문의 선답(禪答)처럼 깊은 현기가 담겨 있어 의미를 알 수 없었다.

‘용이 울어야 봉황이 화답을 한다고? 스스로 봉황을 키우고 있다고 자부할 정도면 대단한 자부심이야. 대체 이 노인의 정체가 뭘까?’

그는 노인을 제압해 진정한 정체를 알아보고 싶었다. 하지만 자신의 능력으로는 상대가 되지 않을 것 같았다.

‘쓸데없는 호기심은 금물이다. 강호사에 휩쓸리면 내 임무를 수행할 수 없어. 난 천예사원의 자객 수칙에 따라 행동할 뿐이다.’

그는 엽운표의 의도적인 접근을 경계해 더는 응수하지 않았다.

한데 이때였다.

노천 반점의 기물들이 박살나며 일진광풍이 들이닥쳤다. 놀란 사람들은 아우성을 치며 사방으로 달아났다.

"오호홍!"

간드러진 웃음소리와 함께 아홉 명이 내려서며 일검향과 엽운표가 앉은 탁자 주변을 에워쌌다.

여덟 명은 늑대를 통째로 벗긴 가죽을 머리 위에서부터 뒤집어쓰고 있었다. 손에는 낭아곤을 쥐었고, 허리에는 포승줄을 둘렀다.

한 명만 흰 늑대 가죽을 장식 삼아 몸에 감았는데 복장이 아주 화려했다. 보석 허리띠, 목걸이, 팔찌에 귀고리까지 착용하고 있었다. 계집이라면 당연한 일이겠지만 흰 늑대 가죽을 걸친 사람은 사내였다.

사내는 눈두덩 주변을 검게 칠해 아주 음침해 보였다. 입술은 보랏빛으로 물들여 다소 역겹게 느껴졌다.

"호호홍, 늙은 쥐. 마침내 찾아냈군."

그는 어깨에 걸친 금 주판을 손에 받쳐 들고는 주판 알을 토닥거렸다.

"그동안 비용이 꽤나 많이 들었어. 네놈을 선궁(仙宮)으로 끌고 가 현상금 외에도 추가 보상을 받아야겠다."

엽운표는 사색이 되어 일검향의 등 뒤로 바싹 붙어 섰다.

"소, 소제, 제발 구해주게나."

일검향은 늑대 가죽을 두른 자들이 흥미롭게 생각되었다.

"저들은 대체 누구요?"

"저 흉악한 놈들은……."

흰 늑대 가죽을 걸친 사내가 불쑥 다가섰다.

"오호홍, 그건 나한테 물어야지?"

일검향은 담담한 눈빛으로 그를 응시했다.

"그럼 말해보시오."

"이런, 묻는 자세가 몹시 불량하군. 나에 대해 알고 싶다면 먼저 공손히 무릎을 꿇고 절을 올려야지."

"그럴 마음은 추호도 없소."

"오호홍, 그럼 죽을 텐데?"

사내는 냅다 금 주판을 휘둘렀다.

수평으로 그어진 금 주판은 일검향의 정수리를 향해 날아들었다. 한데 가벼운 음향과 함께 금 주판이 갑자기 정지되었다. 일검향이 어느새 대나무 젓가락을 들어 간단히 금 주판을 막아낸 것이다.

사내의 음침한 눈빛에 이채가 서렸다. 그는 급히 한 걸음 물러서고는 호들갑을 떨었다.

"어머나, 귀하가 이런 고수인 줄 정말 몰랐소. 무례를 용서하시고 잠시 자리를 지켜주면 늙은 쥐를 생포하겠소. 연후 귀하의 가르침을 받도록 하겠소."

"난 당신과 다툴 이유가 없소."

"오호홍, 이미 내 사냥을 방해했는데 그냥 둘 수는 없지."

그는 뒤로 미끄러지며 손을 쳐들었다.

"얘들아, 죽여 버려!"

"예, 대백랑(大白狼)!"

여덟 명의 장한은 짐승의 울음소리와 같은 괴성을 토하며 덤벼들었다. 뾰족한 철침이 박힌 낭아곤을 내려치는 그들의 모습은 마치 먹이를 물어뜯는 늑대처럼 보였다.

일검향은 예기치 않은 소동에 끼어든 것이 난감했지만 무참하게 당할 수는 없었다. 자신의 신분을 최대한 드러내지 않은 채 빠져나가는 것이 급선무였다.

그는 젓가락이 담긴 대나무 통을 홱 뿌렸다.

쉬쉬쉭—!

수십 개의 젓가락이 암기가 되어 사위로 비산되었다. 장한들은 움찔 놀라 급히 낭아곤을 휘둘렀다. 그들이 젓가락을 막는 사이 일검향은 엽운표의 뒷덜미를 쥔 채 훌쩍 뛰어올랐다.

"카오오오!"

세 명의 장한이 괴성을 지르며 낭아곤으로 찔러왔다.

일검향은 빙글 한 바퀴 재주를 넘으며 탁자와 의자를 연달아 걷어찼다. 장한들은 날아드는 탁자와 의자를 막느라 쫓아오지를 못했다.

일검향은 엽운표의 뒷덜미를 쥔 채 길게 늘어선 노천 반점을 그대로 가로질렀다.

순간 등 뒤로 날카로운 바람 소리가 들려왔다.

피피핑—!

금 주판 알 암기였다. 흰 늑대 가죽의 사내는 한쪽으로 주판을 받쳐 든 채 손가락을 튕겨 연속 주판 알을 쏘아댔다.

"오호홍, 넌 죽었어!"

급격한 호선을 그리며 날아드는 주판 알 암기는 보기에도 어지러웠다. 주판 알 하나하나에 내공이 실려 있었기에 위력은 극히 파괴적이었다.

일검향은 잠시 갈등에 젖었다.

그가 자객 절기를 펼친다면 주판 알 암기를 피해내기는 어렵지 않다. 하지만 자객의 신법을 함부로 드러내는 것은 자객 수칙에 위배되는 사안이었다.

한데 그의 손에 뒷덜미를 잡혀 끌려오던 엽운표가 양손을 움직여 주판 알을 하나하나 받아냈다. 암석도 관통할 위력적인 암기였지만 마치 곶감을 빼먹듯 간단하게 주판 알을 받아서 주머니에 챙겼다.

"어랍쇼? 이거 모두 황금일세? 오늘 복 터졌구먼."

추격해 오던 흰 늑대 가죽의 사내는 입을 딱 벌리며 내려섰다.

"마, 맙소사! 내 탄석금통술(彈石金通術)을 맨손으로 받아내다니!"

성도 남쪽 미산(眉山).

일검향은 추격을 충분히 따돌렸다 싶어 능선 위에 내려섰다. 그는 엽운표를 바위 위에 앉혔다.

"역시 절세기인이셨구려. 소생이 공연히 끼어든 것 같소."

엽운표는 여전히 두려운 모습으로 고개를 저었다.

"그런 소리 말게. 소제가 아니었다면 노부는 꼼짝없이 구랑금혈조(九狼擒血組)에 끌려갔을 것이네."

"구랑금혈조? 대체 뭐 하는 놈들이오?"

"인간을 사냥하는 아홉 마리 늑대일세. 그 느끼하게 생긴 놈이 조장인 대백랑(大白狼)이지."

일검향은 맞은편 바위에 걸터앉았다.

"인간을 사냥한다는 것이 무슨 뜻이오?"

"현상범들을 추적하는 놈들을 말하네. 구랑금혈조는 아주 지독한 늑대들이라 한 번 사정권 안에 걸려들면 달아나기가 힘들지."

"엽 노인의 죄목이 뭐기에 현상금까지 걸렸단 말이오?"

"헐헐, 노부가 도둑이 아닌가?"

엽운표는 허리춤의 호리병을 꺼내 몇 모금을 들이켰다.

일검향은 멀리 성도평원을 바라보았다.

"아닐 것이오. 저들은 엽 노인을 관청이 아니라 선궁(仙宮)으로 끌고 가겠다고 했소."

"한마디도 흘려듣지 않는군."

엽운표는 입맛을 쩍쩍 다시며 말을 이었다.

"내 사실 도둑질을 하러 선궁에 숨어든 적이 있었네. 훔칠 보물이라도 있나 싶어 침소까지 잠입했는데, 그만 해괴한 장면을 보게 되었어. 정숙하기로 유명한 선궁의 궁주가 계집아이로 변장시킨 사내놈을 방으로 끌어들여 그 짓을 하지 뭔가? 노부야 아주 재미있게 감상했지. 한데 선궁 궁주의 몸매가 너무 예뻐 침을 삼켰는데 그 바람에 들키고 말았네. 아, 들키지만 않았다면 조금 더 즐기는 건데."

그는 못내 아쉬운 듯 마른침을 꿀꺽 삼켰다.

일검향은 그가 기인인지 괴인인지 분간할 수가 없었다. 어쨌든 진정한 신분을 드러내지 않은 숨은 고수임에는 틀림없는 사실이었다.

엽운표는 금 주판 알을 꺼내 들고 살피면서 한숨을 쉬었다.

"후우, 그 바람에 선궁에서 내 목에 황금 백 냥의 현상금을 걸었네. 선궁의 보물을 훔쳐 갔다는 죄목으로 말일세."

"왜 세상 사람들에게 사실을 밝히지 않았소?"

"헐헐, 선궁의 궁주가 누구인가? 요지선자(瑤池仙子)일세. 아주 명예로운 사문을 둔 당대의 협녀야. 노부가 그 계집의 음탕함과 가증스런 위선을 밝히다 해도 과연 누가 믿어주겠는가? 오히려 노부만 더 죽일 놈이 되는 거지."

그는 금 주판 알을 깨물어보고는 바닥으로 내던졌다.

"젠장, 쫀쫀한 자식. 진짜 금인 줄 알았더니 납덩이에다 금칠만 한 거였잖아?"

일검향은 하늘색을 가늠하고는 바위 위에서 내려섰다.

"그만 가보겠소. 만나서 즐거웠소."

엽운표는 아쉬운 듯 중얼거렸다.

"소제, 소홍이란 년, 한번 만나보지 않겠나? 엉덩이를 얼마나 잘 놀리는데."

일검향은 아무런 대꾸 없이 벼랑을 타고 내려왔다.

문득 귓속으로 엽운표의 가느다란 전음성이 들려왔다.

"혈혈! 고맙네, 소제. 덕분에 소홍과 회포를 풀 수 있겠어. 여비는 조금 남겨 두었네."

상승 절기인 천리전성술(千里傳聲術)이었다.

일검향은 깜짝 놀라 품속을 더듬어보았다. 비단 주머니 속에는 은자 몇 조각만 들어 있었다. 구랑금혈조를 따돌리는 외중에 엽운표가 훔쳐 간 것이다. 하지만 은자나 패물 따위는 아무래도 좋았다.

'아, 이런 절세기인이었을 줄이야!'

그는 협곡의 좌우 벼랑을 번갈아 차면서 치솟아올랐다.

엽운표는 어느새 사라지고 없었다. 일검향은 안력을 집중해 주변을 빠르게 훑어보았다.

아득한 서쪽 하늘로 하나의 점이 날아가고 있었다.

엽운표였다. 그는 마치 구름을 타고 비월하는 선인처럼 꼿꼿이 선 채 비행술을 펼치고 있었다. 전설적인 육지비행술(陸地飛行術)이었다.

일검향은 상상도 못할 절기에 그만 입을 딱 벌리고 말았다.

한데 그의 귓속으로 엽운표의 천리전성술이 환청처럼 들려왔다.

"용이 승천하고자 하나 여의주가 없구나. 이것도 인연이니 술값 대신 한 줄의 구결로 대신하겠다. 헐헐!"

일검향은 손으로 이마를 짚었다. 늙은 도둑 엽운표와의 만남이 마치 한바탕 꿈처럼 여겨졌다.

그는 엽운표가 앉아 있던 바위를 살펴보았다.

몇 줄의 무공 구결이 금강지로 선명하게 새겨져 있었다. 금강지로 바위에 글씨를 새기려면 최소 일 갑자 이상의 내공이 요구된다. 하지만 그런 공력으로도 글씨 몇 자를 새기는 것도 힘겹다.

엽운표가 그와 헤어진 지는 촌각에 지나지 않았다. 한데도 엽운표는 스물여덟 자의 글씨를 단숨에 새겨놓은 것이다.

일검향은 세상이 넓고 높음을 새삼 깨닫게 되었다. 그는 자객 중의 자객이라는 천예사원의 자객이 되었지만 자신의 능력이 아직 보잘것없음을 절감한 것이다.

"아, 내가 무선(武仙)을 뵙고도 알아보지 못했으니 눈뜬 장님이었어."

第10章

의외의 복병

천자산 근경의 무릉장.

야산 기슭에 자리한 장원은 아담했다. 담장 주변으로 잡초가 무성했고, 기와도 절반은 떨어져 나가 겨우 폐가 수준을 면할 정도였다.

일검향은 십사 일째 저녁 무렵 무릉장에 당도했다.

생각 같아서는 혼자서 강호를 두루 다니며 다양한 정보를 습득하고 경험을 쌓고 싶었다. 하지만 그는 자유로운 몸이 아니었다. 기한 내에 집결 장소로 가야 한다는 사실은 큰 부담이 될 수밖에 없었다.

그는 만약의 사태에 대비해 하루 전에 당도해 무릉장으로 향했는데 별 사고가 없어 저녁 나절쯤 도착할 수 있었다.

이미 당도한 다훼, 창비, 묵궁은 한창 고기를 구워 먹는 중이었다.

그들은 일검향이 들어서자 일제히 일어서며 예를 취했다.

"이제 오셨습니까, 검향!"

“다들 일찍 왔군.”

일검향은 썰렁한 장원을 둘러보았다.

“두 분은?”

창비가 그의 소매를 끌어 자리에 앉혔다.

“내일쯤 당도하겠지, 뭐. 앉아, 형.”

일검향이 구수한 고기 냄새를 맡으며 물었다.

“냄새 좋군. 무슨 고기야?”

묵궁이 멋쩍은 표정을 지으며 대답했다.

“제가 잡아온 겁니다. 고슴도치 고기입니다.”

“고슴도치?”

“우리 고향에서는 아주 즐겨 먹는 음식입니다. 검향도 드셔보십시
오.”

천예사원을 멀리 떠나온 장소였기에 천살이라는 호칭은 생략되었
다. 물론 누군가의 접근도 용납하지 않을 그들이었지만 자객의 신분이
드러나지 않도록 조심할 필요가 있었다.

일검향은 알맞게 구워진 고기를 먹으며 고개를 끄덕였다.

“흐음, 맛있군. 아삭아삭 씹히는 육질이 별미인데?”

그는 고기를 굽고 있는 다훼에게 말했다.

“갑영과 을화가 드실 분량은 남겨놔.”

창비가 대신 대답했다.

“언제 오실지도 모르잖아? 게다가 몇 점이나 된다고.”

한데 두 줄기 인영이 창비 뒤로 소리없이 내려섰다.

“이 의리없는 새끼야, 한 점이면 어때? 너 혼자 다 처먹겠다는 거
야?”

창비는 우거지상이 되어 고개를 떨구었다.

'젠장, 하여간 귀신이라니까.'

일검향 일행이 모두 일어서 예를 올리자 을화가 손을 내저었다.

"그만둬. 그저 모처럼 만나는 가족 모임이야. 난 니들 형수이고, 갑영이 큰형님이야."

창비가 또 토를 달았다.

"한 가지로 하면 안 될까요? 왜 누님이 되었다 형수가 되었다 합니까?"

"닥쳐! 그렇게 부르라면 불러!"

을화는 한마디로 일축하고는 신입 자객들을 둘러보았다.

"강호 초행은 어땠어? 재미있었냐?"

"예, 형수님."

"사고 친 일은 없겠지? 니들 존재가 세상에 알려지면 절대 안 돼."

을화는 많지 않은 고기를 자신의 접시에 긁어모았다.

"임무를 알려주겠다. 표적은 오십 리 떨어진 곳에 있는 무릉상단(武陵商團)의 단주 고부전(高富傳)이다. 달포 전 자객 집단 사유림(死幽林)에서 표적을 쐈는데 실패했어. 그래서 우리에게 청부가 넘어온 거야. 표적은 한 번 위기를 당했기에 경비가 아주 철저해. 첫 임무로는 쉽지 않을 거다."

그녀는 중요한 사안을 전혀 심각하지 않게 말했다.

창비가 당연하다는 듯 물었다.

"저희는 이번에 견습만 하는 거죠?"

"견습이 어디 있어? 실전이다. 표적은 너희들이 맞춰. 나와 갑영은 너희들을 이곳까지 인솔할 뿐이다."

“그럼 지원도 안 해주시는 겁니까?”

“너희들끼리 알아서 해. 하지만 첫 임무이니 작전은 설명해 주겠다.”

을화는 유엽비도를 꺼내 들고 탁자 위를 대충 긁었다.

“너희 네 명이 함께 출동하면 두 명은 장원 내로 숨어들어 일부러 들키는 거야. 그럼 소란이 일어날 테고, 표적이 숨어 있는 곳으로 정예 무사들이 집중될 거다. 그때 다른 두 명이 기습을 전개해 표적을 명중시키는 거다.”

그녀는 신입 자객들을 쓸어보며 도도한 표정을 지었다.

“어때? 완벽하지? 머리는 이렇게 쓰는 거야. 빠른 살식을 수련한 놈보다 훌륭한 작전을 펼칠 수 있는 자객이 장수할 수 있지. 질문있어?”

창비가 조심스럽게 물었다.

“퇴각은 어떻게 합니까? 표적을 적중시킨다 해도 동료들이 포위돼 있을 텐데요?”

을화는 잔뜩 인상을 긁었다.

“내가 그것까지 일러줘야겠어? 대체 수련은 뭐 하러 한 거야? 침투와 척살, 퇴각에 대해서는 신물이 날 만큼 배웠잖아?”

그녀는 엄한 표정으로 네 자객을 하나씩 쏘아보았다.

“작전 기한은 삼 일. 그 안에 해치워야 돼.”

일방적으로 지시를 마친 그녀는 갑영을 이끌었다. 그의 팔짱을 낀 그녀는 갑자기 사근사근한 태도를 보였다.

“여보, 우리는 천자산이나 유람하자고. 언제 봐도 근사하니까.”

두 천살자객이 사라지자 일검향은 난감한 표정으로 탁자를 내려다보았다.

"이미 대비를 단단히 하고 있다면 쉽지 않겠어."

창비가 잔뜩 볼멘 모습으로 투덜거렸다.

"누님인지 형수인지 을화가 정말 자객 맞아? 도대체 심각할 때가 있어야지? 우리는 한 번도 실전에 나선 적이 없는데 어떻게 하란 말이야?"

다훼가 부드럽게 그를 달랬다.

"너무 고민할 것 없어. 내가 어제 무릉상단을 둘러보았기에 대략의 지형은 알 수 있어."

일검향이 놀랍다는 눈빛으로 물었다.

"다훼는 우리의 표적이 무릉상단에 있다는 것을 짐작한 거야?"

"나와 창비는 일찍 도착했어. 표적이 멀지 않은 곳에 있을 것이라 예상하고 주변 상황을 알아보았지. 언니 말대로 무릉상단이 보름 전 습격을 당했다는 사실을 알게 되었지. 무릉상단은 또다시 있을 척살에 대비해 거금을 들여 용병들을 대거 모집했어. 나도 용병에 응시해 1차에 합격하는 바람에 장원 내로 손쉽게 들어갈 수 있었지. 하지만 2차 면접에서는 소속이 불분명하고 여자라는 이유로 거부당했어."

다훼는 소매 속에서 잘 접은 종이를 꺼내 들었다. 비교적 상세하게 그려진 장원 내부도였다.

"정문에서 중문까지에 불과하지만 도움은 될 거야."

일검향은 싱긋 미소를 지었다.

"역시 다훼답군."

그는 나름대로 계획을 세웠다.

"나와 창비가 이틀에 걸쳐 침투하여 경비 상태를 파악해 보겠다. 퇴각로도 확보해야 되니까. 묵궁은 적당한 사냥감을 잡아서 무릉상단의 내부 사정을 잘 아는 부식 제공업자를 찾아봐. 뭔가 정보를 얻을 수 있을 테니까."

"알겠습니다, 일검향."

묵궁은 곧바로 사냥을 하기 위해 장원을 나섰다.

일검향과 창비가 몸을 일으키자 다홰가 따라 일어섰다.

"방에 야행복을 준비해 두었어. 오는 도중에 구입했으니 이곳에 있는 우리를 의심할 사람은 없을 거야."

일검향은 그녀의 철저한 준비에 적이 마음이 놓였다.

"잘했어. 실전은 하루 앞당겨 이틀 밤 축시에 펼친다. 형수님 예상보다 빨라야 하니까."

2

이틀 후 축시.

무릉상단은 조용한 정적 속에 휩싸여 있었다. 간간이 순찰 무사들이 순시를 하면서 마주치는 나무 소리만 딱, 딱 들려온 뿐이었다.

상단 외곽을 지키는 무사들은 용병이었다.

용병들의 주 업무는 호송과 경호다. 그 방면의 전문가들답게 어둠을 감시하는 눈빛이 예리했다.

중문 주변의 담장에는 상단에 소속된 무사들이 철통같이 지켜서고 있었다. 그리고 안채에 위치한 세 채의 전각에는 같은 수의 정예 무사들이 다섯 보 간격으로 전각 전체를 둘러싸고 있었다. 혹시 자객들이 침투해도 어느 곳에 단주가 머물러 있는지 헷갈리도록 조치를 한 것이다.

상단의 경호장은 호안의 중년인이었다. 부릅떠진 호안은 어둠 속에서 더 빛을 발했다.

그는 경호 무사들을 대동한 채 안채의 경비 상태를 점검하고 있었다.

"자객들이 재차 척살을 펼쳐 올 것이라는 정보가 입수됐다. 경계에 만전을 기해라."

"예, 경호장!"

안채를 경호하는 정예 무사들은 바싹 긴장하며 자신이 감시해야 할 지역에 이목을 집중시켰다.

중문을 나선 경호장은 바깥채를 지켜선 무사들을 쓸어보고는 만족한 듯 고개를 끄덕였다.

'이 정도면 쥐새끼 한 마리 숨어들 수 없다. 설사 유령이 되어 침투한다 해도 절대 단주를 척살할 수 없을 것이다.'

그는 바깥채를 세심하게 살펴보고는 외곽 경계 상태를 점검하기 위해 대문을 나섰다.

검은 위장포는 아주 느리게 이동했다. 화톳불 사이사이의 어둠을 타고 움직이는 위장포는 그저 그늘의 한 부분으로 보일 뿐이었다.

네 명의 자객은 이미 외곽 경비를 통과해 담장을 넘어서고 있었다.

일검향과 묵궁은 바깥채에 머물러 있었고, 창비와 다훼가 안채로 침투하는 중이었다.

둘은 위장포를 뒤집어쓰고 벽에 등을 댄 채 벽호공을 펼쳐 담장을 오르고 있었다. 수십 길 벼랑도 자유자재로 오를 수 있는 그들이었기에 일 장 오 척 높이의 담장은 아무것도 아니었다. 문제는 전혀 기척을 내지 않는 은밀함을 유지하는 데 있었다.

일검향은 나무 기둥에 몸을 바싹 붙인 채 예리하게 바깥채를 감시하고 있었다.

　그는 이틀에 걸쳐 안채의 전각을 감시하면서 의혹을 품게 되었다. 무릉상단에서 척살에 대비해 세 채의 전각에 정예 무사들을 엄중 배치했지만 경호장의 행동이 미심쩍었다. 만일 표적이 안에 있다면 무사한지 확인하기 위해 어느 전각으로든 찾아 들어가야 했지만 그런 움직임은 전혀 없었다.

　결국 그는 안채의 세 전각 어디에도 표적이 없음을 확신했다. 그렇다면 예상을 깨고 바깥채에 머물러 있음이 틀림없었다.

　'어느 전각일까?'

　그는 크고 작은 전각들을 하나씩 살펴보았다.

　그러나 특별하게 경비를 강화한 전각은 보이지 않았다. 지붕과 문에 배치된 경비 무사들의 숫자는 거의 일정했다.

　변화가 필요했다. 소란을 일으켜야 한다는 것이 을화의 작전이었지만 소동을 일으킨 장소는 바깥채가 아니라 안채였다.

　안채로 침투한 창비와 다휘는 돌 계단 아래까지 접근했다. 그 이상은 무리였다. 정예 무사들이 워낙 촘촘하게 전각을 에워싸고 있기에 은밀한 침투는 불가능했다.

　둘은 눈짓을 교환하고는 위장포를 벗어 던졌다.

　전각 정문으로 날아든 다휘가 빠르게 채찍을 휘둘렀다. 정예 무사 넷이 채 병기를 뽑기도 전에 나동그라졌다.

　"악!"

　"크윽!"

　뒤를 이어 날아든 창비가 단창을 비틀어 장창으로 변환시켰다.

"차앗!"

그는 풍천뇌격(風天雷擊) 초식을 전개해 정문을 막아선 정예 무사들을 강타했다. 정예 무사 셋이 구슬픈 비명과 함께 쓰러졌다.

"다훼, 어서!"

창비가 정문을 박살 내고 뛰어들자 다훼도 뒤를 따랐다.

때때땡—!

요란한 경종 소리가 상단 전체에 울려 퍼졌다. 경종이 울리자 교대로 휴식을 취하고 있던 순찰 무사들까지 대거 뛰쳐나왔다. 무려 이백에 가까운 무사가 상단의 안팎에 바글거렸다.

경호장은 바깥채를 지킨 채 무사들에게 외쳤다.

"당황할 것 없다! 안채에 침투한 자객들은 내부에서 처리될 것이다! 너희들은 각자 위치를 지켜라!"

무사들은 단주가 위험할 수도 있는데 안채로 들어가지 않는 경호장의 태도에 의구심을 품었지만 그들로서는 명에 따를 수밖에 없었다.

일검향은 자신의 판단이 정확했음을 확인했다.

'역시 바깥채에 숨어 있다. 그렇다면?'

그는 경호장이 지켜 서고 있는 전각을 직시했다.

투감관 수련은 단지 보고 듣는 것에 의존하지 않고 모든 감각을 총동원하는 데 있었다.

자객의 직감!

그것은 단순한 예측이 아니라 오감을 통해 찾아내는 정밀한 판단이었다.

"묵궁, 지원해!"

일검향은 묵궁을 향해 외치고는 한 전각을 통해 몸을 날렸다. 바깥채에서도 난데없이 자객이 튀어나오자 경비무사들은 아우성을 치며 달려들었다.

"자객이다!"

"바깥채에도 침투했다!"

한데 일검향에게 접근하던 자들은 갑자기 급살을 맞은 듯 비명과 함께 연이어 쓰러졌다.

피피핑—!

묵궁이 발사한 화살이 그들의 사혈을 정확히 꿰뚫은 것이다. 화살은 연속적으로 허공을 가르며 일검향을 막아서려는 무사들을 거꾸러뜨렸다.

묵궁의 엄호 덕분에 일검향은 경호장과의 이 장 거리까지 접근할 수 있었다.

"이놈!"

경호장은 칼등에 여섯 개의 고리가 매달린 육환도(六環刀)를 내질렀다. 파공성과 더불어 여섯 개의 환이 요란한 소리를 일으켰다. 육환도의 특징은 칼등에 매달린 환이 음공을 겸해 상대의 이목을 혼란시키는 데 있었다.

일류고수답게 그의 도법은 힘차면서도 빨랐다.

차앙!

쾌검으로 응수한 일검향은 두 자루 병기가 충돌하는 반탄력을 이용해 솟구쳐 올랐다. 그는 허공에서 내리 꽂히며 연속으로 삼 검을 발출했다.

쐐애액—!

시퍼런 검기가 동시에 내리 꽂히자 경호장은 흠칫 놀라 뒤로 미끄러졌다.

일검향의 표적은 그가 아니었기에 벼락처럼 쏟아지던 검기는 이내 회수되었다. 전각을 향해 날아든 일검향은 좌권을 내질러 문을 박살 냈다.

그대로 접견실을 지나친 그는 방문을 부수고 들어섰다.

침상에는 두터운 휘장이 드리워져 있었다. 일검향이 가볍게 검을 내리긋자 휘장이 쪼개지며 좌우로 갈라졌다.

한 사람이 단정하게 앉아 있었다.

당당한 체구의 삽십대 장년인이었다. 안색은 푸른 빛이었고 이마에 단풍잎 형상의 문장이 새겨져 있었다. 짙은 혈안은 악귀의 것인 양 섬 뜩했다.

'허억!'

일검향은 가슴이 덜컥 내려앉았다.

바깥채 전각을 기습한 그의 판단은 과히 틀리지 않았다. 무릉상단 단주의 은신처를 정확히 찾아낸 셈이다. 한데 그 자리에는 다른 사람 이 있었던 것이다.

은천마국의 마인!

어렸을 적 마령과 대면한 적이 있기에 그는 상대가 은천마국 소속임 을 대번에 알아챌 수 있었다.

혈안의 마인은 음침한 괴소를 흘렸다.

"크흐흐, 제법이다만 네놈 스스로 지옥에 뛰어들었구나!"

그는 침상에서 내려서며 오른손을 치켜들었다. 장심으로 붉은 기운 이 선명하게 응집되었다.

'혈음마공?'

일검향은 그 무서움을 경험했기에 급히 뒤로 미끄러졌다.

마인은 바싹 따라붙으며 일장을 내질렀다.

"뒈져라!"

콰류류류—!

핏빛의 폭풍이었다. 뼛속까지 얼려 버릴 듯한 한기를 대동한 핏빛 기류가 소용돌이를 일으키며 몰아쳐 왔다.

일검향은 감히 내공으로 받아칠 수가 없어 쾌검으로 상대했다.

"환우일섬!"

새파란 검기가 뻗어 나가며 핏빛 폭풍을 갈랐다.

퍼어엉!

일진 폭음과 함께 흩어진 핏빛 기류가 사위로 비산되었다. 핏빛 기류에 스친 몇몇 무사가 비명과 함께 나가동그라졌다. 그들의 몸은 순식간에 허연 빙기로 뒤덮였다.

가까스로 혈음마공을 갈라냈지만 일검향은 피가 얼어붙는 한기를 느꼈다.

'으음, 진정 가공할 마공이로군.'

그는 허옇게 얼어붙은 자청검에 진기를 주입시켜 빙기를 부서뜨렸다.

마인은 자신의 혈음마공이 무산되자 다소 놀란 눈빛을 띠었다.

"대단하군. 혈음마공을 막아낼 줄이야."

그는 양손을 빠르게 휘저어 허공 가득 손바닥 그림자를 형성했다.

일검향은 그의 공세가 발출되기 전에 선제공격을 펼쳤다.

"쾌천비락(快天飛落)!"

쐐애액—!

쾌검식은 시퍼런 궤적을 일으키며 마인의 천돌혈로 파고들었다. 한데 마인은 장인을 형성하는 와중에도 일지를 튕겨냈다.

태앵!

검극을 강타한 지풍에 일검향은 상당한 충격을 받았다. 진기가 흩어지면서 쾌검이 무산되었다.

'이자와 사생결단을 낼 상황이 아니다. 시간이 지체될수록 다훼와 창비가 위험해!'

그는 훌쩍 몸을 뒤집어 뒤로 날아갔다.

마인은 바닥을 박차며 허공 높이 솟아올랐다. 그는 두 발을 하늘로 향한 채 내리 꽂히며 연속적으로 장인을 발출했다.

"혈음천마인(血陰天魔印)!"

콰류류—!

하늘 가득 피 비가 쏟아지는 것만 같았다. 핏빛 기운이 닿기도 전에 지독한 한기가 엄습해 왔다.

일검향은 입술을 질끈 깨물었다.

'좋아, 정면 승부다!'

그는 검극에 혼신의 진기를 주입시켰다.

본래 표적을 찾는 데 실패하면 즉각적으로 퇴각해야 하는 것이 자객의 수칙이다. 하지만 상대가 은천마국의 마인이라는 사실에 그는 본능적인 적개심에 불타올랐다. 아무런 힘도 없는 열세 살 소년마저 죽이려 했던 그들의 잔악함을 잊을 수가 없었던 것이다.

한데 그가 막 쾌검을 발출하려 할 때였다.

"물러서!"

밤하늘을 가로지르며 한줄기 인영이 날아들었다. 검은 야행복 차림에 복면을 쓴 또 하나의 자객. 비록 두 눈밖에 볼 수 없지만 일검향은 그녀가 을화임을 대번에 알 수 있었다.

'이천살?

을화의 출현은 전혀 예상치 못한 반전이었다.

그녀는 허공을 밟고 뛰면서 연속적으로 도기를 발출했다.

"최륜(催輪)— 파심(破心)— 환극(環極)!"

쐐애액—!

하늘이 온통 도기로 뒤덮였다.

새로운 강적에 흠칫 놀란 마인은 급히 몸을 틀어 혈음천마인을 내질렀다.

퍼퍼펑—!

요란한 폭음과 함께 두 사람은 빠른 속도로 교차했다.

일검향은 을화의 현란한 도법에 감탄을 금치 못했다. 그녀와 같은 천살급 자객의 직급을 받았지만 자신으로서는 비교가 될 수 없는 경지였다.

마인은 적수공권으로 그녀의 칼을 막아내야 했기에 전세는 급격히 불리해졌다.

을화는 바닥으로 내리 꽂히며 칼로 바닥을 찍었다. 칼이 분질러질 듯 크게 휘었다 펴지면서 그녀가 용수철처럼 팅겨져 올랐다.

"귀영참(鬼影斬)!"

그녀가 팽그르르 회전하며 수평으로 칼을 휘둘렀다.

퍼억!

마인의 목이 대번에 날아갔다. 실로 경이적인 쾌검이었다. 아직까지 자신의 목이 베어졌는지 감지하지 못한 동체가 반사적으로 움직이며 혈음마공을 펼치려 했다. 그러다 반응이 정지된 그의 몸이 풀썩 쓰러졌다.

경호장의 입이 쩍 벌어졌다.

"허억? 동마사(銅魔仕)께서?"

을화는 빠르게 몸을 날리며 일검향과 묵궁을 지나쳤다.

"퇴각해!"

일검향이 안채 쪽을 돌아보았다.

"다훼와 창비는 어쩝니까?"

"이미 갑영이 구출했을 거다."

일검향은 비로소 안도할 수 있었다. 갑영이 지원을 나섰다면 창비와
다훼가 무사할 것임은 믿어도 되었다.

을화의 도움으로 장원을 나서는 그의 기분은 우울했다.

임무 실패!

첫 번째 척살부터 실패의 쓴맛을 본 것이다.

경호장은 멍하니 동마사를 내려다보다가 급히 뛰어갔다.

'그래도 단주님은 무사하실 테니 삼중 계략은 성공한 셈이다.'

단주의 비밀 은신처는 부식 창고를 개조한 자그마한 방이었다.

경호장은 문 앞에서 조심스럽게 아뢰었다.

"단주, 속하 경호장이외다."

한데 아무런 반응도 들려오지 않았다.

경호장은 잠시 주저하다가 슬며시 문을 열고 들어섰다. 침상 주변은
하얀 휘장으로 둘러져 있었다. 다행히 침입은 없었는지 기물은 전혀
손상된 것이 없었다.

경호장은 휘장 앞에 서서 가볍게 기침을 했다.

"단주! 단주! 아직 주무시옵니까?"

여전히 반응이 없었다.

경호장은 조심스럽게 휘장을 밀치고 안으로 들어섰다.

투실투실한 얼굴의 노인이 곤히 잠들어 있었다. 그가 무릉상단의 단주인 고부전이었다. 그는 밖에서 일어난 소란조차 전혀 느끼지 못한 듯 깊이 잠들어 있었다.

단주의 기색을 살핀 경호장은 비로소 안도의 한숨을 내쉬었다.

"후우, 다행히 무사하셨군."

한데 비릿한 냄새가 코를 자극했다.

"……?"

그는 깜짝 놀라 바닥을 내려다보았다. 침상 바닥이 피로 흥건했다.

"단주!"

급히 비단 이불을 젖힌 그는 석상처럼 굳어지고 말았다.

단주의 하얀 자리옷은 온통 피투성이였다. 심장 부위가 붉게 물들어 있었다. 그는 이미 절명한 상태였다. 다만 자객의 검이 너무 빨랐기에 자신이 죽었다는 사실조차 모른 채 불귀의 객이 된 것이다.

고통을 전혀 느끼지 못한 채 죽었으니 세상에서 가장 행복한 죽음일 수 있었다.

3

인시 무렵이었지만 서서히 여명이 밝아오고 있었다.

한 시진을 넘게 줄곧 달려온 여섯 명은 천자산의 절경이 내려다보이는 절봉 위에서 비로소 멈춰 섰다.

한숨을 돌리며 발 아래를 내려다보니 장관이었다. 자욱한 새벽 안개 속에 손가락처럼 세워져 있는 수백 개의 봉우리가 마치 하늘에서 내리꽂힌 듯 펼쳐져 있었다.

을화는 한바탕의 싸움을 벌였지만 마치 유람을 나온 사람처럼 한가했다.

"와아, 역시 새벽에 내려다보는 천자산은 절경이야!"

그녀는 침울한 표정을 짓고 있는 네 명의 신입 자객을 힐끗 보았다.

"표정들이 왜 그래, 떫은 감 씹은 애들처럼?"

일검향이 무릎을 꿇으며 고개를 떨구었다.

"실패에 대한 처벌은 달게 받겠습니다. 모두 제 책임이니 저를 벌하십시오."

다휘가 그 옆에 부복했다.

"아닙니다, 이천살. 저희들 모두의 책임입니다."

창비와 묵궁 역시 함께 무릎을 꿇으며 죄를 청했다.

"저희도 함께 벌하십시오."

"누님, 형수님, 검향 천살의 책임만이 아닙니다!"

을화는 웃음을 참으며 그들을 쓸어보았다.

"이 새끼들아, 왜 기분 좋게 감상하는 데 방해야?"

일검향은 시선을 들어 그녀를 올려다보았다.

그녀의 성격상 척살에 실패했다면 혹독하게 야단을 쳤을 것이다. 한데 그녀는 웃고 있었다. 갑영 역시 여전히 무심한 모습이었지만 웃음기가 깃든 눈빛이었다.

'이게 어떻게 된 거지?

일검향이 곤혹스런 표정을 짓자 을화가 그들을 하나씩 끌어 일으켰다.

"이 멍청이들, 아직도 눈치를 채지 못한 거냐?"

"그럼… 실패가 아니란 말입니까?"

"당연하지. 나와 갑영이 나섰는데 실패한다는 게 말이나 돼?"

"이천살, 웃지만 말고 제발 말씀해 주십시오."

일검향이 다그치자 을화는 배를 움켜쥐며 깔깔거렸다.

"호호호!"

그녀는 감정을 주체하지 못하고 팔짝팔짝 뛰었다.

"아유, 재미있어! 역시 어린애는 어쩔 수 없다니까! 모두 감쪽같이 속아 넘어갔지 뭐야?"

신입 자객들은 떨떠름한 표정이 되어 서로의 얼굴만 바라보았다.

한참을 웃어대던 을화가 비로소 말머리를 꺼냈다.

"잘 들어. 이래서 자객에게는 빠른 검보다 뛰어난 지략이 필요하다는 거야. 우리는 진작 무릉장에 당도해서 주변 상황을 모두 파악해 두었어. 무릉상단 안까지 몇 번이나 침투했었지. 하지만 돼지 고부전이 어디에 숨어 있는지 알아낼 수가 없었어. 그러던 중 안채의 세 전각에는 확실히 없다는 것을 파악했지."

"……."

"돼지가 바깥채 어딘가에 숨어 있다는 게 확실해진 거야. 한데 약간의 문제가 생겼어. 은천마국에서 돼지를 경호하기 위해 동마사를 파견한 것을 나중에 알게 되었지. 놈을 상대하기는 쉽지 않아. 게다가 놈을 죽이려다가 돼지가 더 깊이 숨을 수도 있다는 게 고민이었지."

일검향은 비로소 상황을 대략 짐작할 수 있었다.

"그렇다면 저희를 통해 단지 소란을 일으키려 한 것이었군요?"

"맞아. 달리 말하면 너희를 이용한 것이지. 그렇다고 너무 기분 나

빠하지는 마. 너희는 임무를 충실히 수행한 거야. 바깥채에 돼지가 숨어 있을 것이라는 판단도 훌륭했고 말이야. 어쨌든 검향이 동마사와 격돌하는 사이에 갑영이 돼지를 찾아내 해치울 수 있었던 거야.”

창비는 농락당했다는 생각에 분함을 못 이겨 씨근거렸다.

“한마디 언질이라도 주셨어야죠. 우리 손으로 임무를 해결하고 싶었는데 아무것도 못했잖아요?”

을화가 그의 머리를 쓰다듬어 주었다.

“임마, 자객의 임무는 누가 표적을 명중시키느냐가 중요한 게 아냐. 치밀한 작전을 펼쳐 함께 행동한 모두에게 공이 있는 거야.”

“그럼… 우리가 해낸 거죠? 우리가 말이에요?”

“그래, 첫 임무의 성공적인 수행을 축하한다.”

“야호!”

창비는 팔짝팔짝 뛰면서 봉우리 위를 뛰어다녔다. 묵궁과 다훼는 서로 손을 맞잡으며 의미있는 미소를 교환하였다.

일검향은 첫 임무를 완수했다는 안도감에 절로 한숨이 나왔다. 그러다 문득 한 가지 의혹이 떠올랐다.

“이천살, 무릉상단이 은천마국과 무슨 연관이 있습니까?”

“나도 잘 몰라. 은천마국은 천하 곳곳에 뿌리를 내리고 있어. 무릉상단도 그중 하나겠지.”

“동마사란 자는 어떤 위치입니까?”

“은천마국은 너무 은밀해 정보를 알아내기가 쉽지 않아. 하급 마인들이 철마병(鐵魔兵), 그 위로 동마사(銅魔仕), 은마령(銀魔嶺)이 있다는 것 정도로만 알아. 더 높은 놈들까지는 파악하지 못했어.”

을화가 갑자기 정색을 했다.

"참, 넌 왜 자객 수칙을 어긴 거냐? 표적을 발견하지 못하면 무의미
한 싸움을 피하고 퇴각하는 것이 규칙이잖아?"

"……."

"징계감인 줄은 알아?"

"압니다."

"좋아. 덕분에 은천마국의 마인 하나를 죽였으니 징계는 보류하겠
다. 대신 이번 임무 수행에 따른 보수는 없다."

일검향은 그 정도로 용서를 받은 것을 다행으로 생각했다.

한데 을화의 성격은 정말 변화무쌍했다. 그녀는 이내 장난기 어린
표정을 지으며 배시시 웃었다.

"호호, 그럼 네 보수는 내 몫이야. 아이, 좋아."

그녀는 벼랑을 따라 훌쩍 몸을 날렸다.

"귀환한다!"

갑영과 세 자객이 차례로 그녀의 뒤를 따랐다.

일검향은 몸을 돌려 동천을 바라보았다. 새벽 안개 속에서 수레바퀴
같은 붉은 태양이 막 솟아오르고 있었다. 일출의 햇살이 낙조보다 붉
어 보였다.

그는 붉은 일출 속에서 마인들의 섬뜩한 혈안을 떠올렸다.

'은천마국… 대체 너희는 누구냐?'

『검향도살』 2권에서…

무한 상상 · 공상 세계, 청어람 신무협&판타지

『초일』,『건곤권』,『송백』!! 신무협 소설의 성공 신화!
작가 백준!! 그가 쓰는 새로운 강호!

청성무사(靑城武士) / 백준 지음

강호를 뒤덮은
마도의 피바람을 잠재워라!

『청성무사』
(靑城武士)

"우화등선하거라… 나의 마지막 소원이다."
사부의 소원이 무섭다.
떠나버린 사매가 야속하다.
하지만 소초산은 개의치 않는다.

망해버린 청성의 마지막 장문인 소초산!
그러나 망한 문파에서도 천하제일인은 나온다!